芸人と俳人

又吉直樹
堀本裕樹

集英社文庫

芸人と俳人　目次

芸人と俳人

まえがき

子どもの頃から、俳句に対する憧れはあったものの、どこか恐ろしいという印象があり、なかなか手を出せないでいた。

なにが恐ろしかったかというと、難しくて解《わか》らないことが恐ろしかった。自分なりに俳句を鑑賞し、感じたことを正直に、「この句はこうだ」と勇気を持って解釈を披露したとして、俳句に詳しい人から、「お前、なに言うてるん？　お前の解釈めっちゃダサいやん！」などと言われるのではないかという恐怖である。これは、僕にとってはあらゆる恐怖の中でもかなり上位に来るスペシャルな恐怖である。

突然、占い師に任命され、自分なりに全力を尽くし、慣れない水晶をそれらしく睨《にら》みつけたりなどしているうちに、ぼんやりとなにかが見えて来て、列を作る人達の未来や内面を自分の感覚に正直に思った通りに告げる。

「もう一度、引き出しの中を捜してみてください」

「彼氏の前世はウサギですので、浮気してます」

などとやっているうちに、自分でも、それなりに占えているような気になり、暗い照明の中で眼《め》を閉じたまま話すことにも抵抗がなくなった頃に、「お前の言ってることは出鱈目《でたらめ》だ！　全然合ってない！」と大勢の人間に詰め寄られ、袋叩《ふくろだた》きにされる羞恥とほとんど同じ水準の恐怖だ。

「定型ってなんやろう？」

「季語ってなんやろう？」

「や、かな、けり、って呪文かな？」

という調子で、とにかく俳句が怖かったのである。

そういう意味でいうと、野外や名所などに出掛けて行き、見た景色や動植物や誰かの行動を、その場で詠む吟行や、複数で寄り集まり匿名で俳句を提出し、選評しあう句会などは、最も恐ろしいものであった。

それでも、なぜか俳句に対する興味は薄れることがなかった。俳句を理解し奥深さを堪能できれば楽しいのは間違いないだろうし、自分で自由に俳句を作ることができたら一生の趣味になるだろう。それに、俳句に親しむことによって、今まで遠い存在だった古典文学などを読み解くヒントになるかもしれない。母国語である日本語で表現されたものを理解できないというのは寂しくもあった。

なにより、十七音という限られた字数の中で、あらゆる事象を無限に表現できる可能性を秘めている俳句を心底カッコ良いと思った。

考えれば考えるほど、俳句に憧れるのであるが、それでも手が出せなかった理由は先にも述べたとおり恐怖によるものだった。俳句を趣味とするには、過酷な山登りを体験したり、滝に打たれたり、雪の道を何日も歩きつづけなければならないなどと極端な印象を持っていた。

俳句を恐れる一方で、子どもの頃から言葉を使った表現には、自分から積極的に関わっていった。例えば、小学生の時にTHE BLUE HEARTSの『リンダ リンダ』という曲の歌詞に衝撃を受けた。

「ドブネズミみたいに美しくなりたい　写真には写らない美しさがあるから」

この冒頭の言葉は僕の心を捉えて離さなかった。聴いた途端に胸がドキドキしていた。この詩はどういう意味だろうかと立ち止まって考えさせられる魅力に満ちていた。たとえ、汚く不要とされているものであっても、懸命に生きている命には揺るがない美しさがある、ということだろうと僕は解釈した。その言葉は、鬱々としたエネルギーを解放するような、「リンダリンダ　リンダリンダリンダ」という絶唱へと繋《つな》がって行く。

その時、少年だった僕の解釈は単純なものだったし、見当違いだったかもしれない。それでも、たとえ間違えていたとしても、僕の中に生まれた熱の塊のようなものは消滅しない。もう僕だけの特別な意味を持ってしまったのだ。そこに、恥などという感覚はない。僕は言葉に対して、このように触れてきた。小説に対しても、随分と自分本位で鑑賞してきた。

本書は、俳人の堀本裕樹さんから俳句の基本的な決まりを優しく丁寧に御指導いただき、僕の俳句に対する恐怖が取りのぞかれ、臆病だった僕が、素直な感覚で俳句に向かえるようになるまでの二年間の軌跡をまとめたものである。

今の僕には、『リンダ リンダ』を初めて聴いた時と同じように純粋な気持ちで俳句を楽しもうという心構えができた。

最終的には、悪魔を見るように恐れていた吟行も経験したし、地獄だと怯《おび》えていた句会にも参加した。どちらも、他では得られない喜びに満ちた想《おも》い出《で》になった。俳句を教わる前よりも、僕の世界は鮮明になった。大袈裟《おおげさ》な言い方かもしれないけれど、世界を捉える視界の幅が広がったように思う。

基本的なルールはあるものの、俳句も自分なりに鑑賞していいということが解った。そして、自分以外の誰かの解釈に数多く触れることによって、さらに俳句は面白くなるということが解った。堀本さんに俳句の話を聞かせていただくたびに、俳句が好きになった。

自分を苦しめる存在のように思っていた、「定型」も「季語」も「や・かな・けり」も敵ではなく、自分を助けてくれる頼もしい味方だと解った。

たしかに、俳句は奥深い。

堀本さんという素晴らしい師匠を得て、恵まれた環境で俳句に入門した僕ではあるが、いまだに歳時記と国語辞典を開きながら、うーん、と眉間に皺《しわ》を寄せ時間をかけて句の意味を考え込むことも多々ある。これは恐らく一生続くだろう。元々がアホだということも影響しているのかもしれない。

それでも俳句は、限られた人だけのものではなく、誰に対しても開かれているものだということを本書で皆様にお伝えしたい。

きっと、あなたは僕よりはるかに上達が早い。

又吉直樹

第一章

俳句は「ひとり大喜利」である

俳句を作る人って、
仙人の領域にいる
イメージです
生活の中の
“あるある”をベースに、
誰でも楽しめる
ものですよ

芸人と俳人の出会い

堀本　初めてお会いしたのは、千野帽子《ちのぼうし》さんが司会をされて小説家の長嶋有《ゆう》さんやゲームデザイナーの米光一成《よねみつかずなり》さんや僕も参加している「東京マッハ」というイベントスタイルの句会でしたね。又吉さんが、フツーにお客さんとして客席に座っていた。あのときは、驚きました。

又吉　ライブハウスみたいな場所で、俳人や作家の方々が集まる句会があると知り、どういう見せ方をするのだろうという関心がありました。それと、単純に俳句に興味があったんですよね。

堀本　『カキフライが無いなら来なかった』と『まさかジープで来るとは』（※ともに作家・せきしろ氏との共著）、読ませていただきました。いろいろな要素が入っていて、自由律俳句（※五七五の形式や季語にとらわれない形の俳句）として本当におもしろかったです。

又吉　ありがとうございます。

堀本　たとえば、「愚直なまでに屈折している」。これぞまさに又吉さんという人を表す象徴的な一句ですよね。自意識過剰な勘ぐりみたいなものが全開のこうした句が、又吉さんの独特の味やおもしろさになってにじみ出ている。と思いきや、この句の隣に、「蟬《せみ》の羽に名前を書いて空に放した」というまったく趣の違う句が並べられている。僕、この句、すごく好きです。

又吉　ほんまですか。

堀本　又吉さん、この句を作った頃は、季語は意識してないでしょう?

又吉　はい。今もあまりわかりません。

堀本　蟬は夏の季語ですよね。僕はこの句に、夏の晴れ渡る空に蟬を放すように、自分の心を解き放ちたいという気持ちを読み取って、寂しさというかせつなさを感じました。「名前」というのは、まさに自分自身のことですよね。だから、自分自身を解放したいのかな、と思ったんです。

又吉　自分で作ったにもかかわらず、こうして客観的な感想を聞くと、そんな意味もありそうに読めてくるから不思議ですね。でもこれは、子ども頃、実際にやってたことを書いたんです。蟬って、七日経《た》ったら死ぬっていうじゃないですか。自分の名前を書いた蟬を、七日後に捜そうと思ったんですね。子どもの頃って、そういう変なこと考えますよね。

又吉直樹が書きためていたもの

堀本　又吉さんが本好きというのは僕も知っていましたが、自由律俳句はいつ頃から始められたんですか?

又吉　最初は、自由律俳句だと思ってやっていたわけじゃなかったんです。もともと、言葉にすごく興味があって、昔から、引っ掛かる言葉やおもしろい言い方を、短いフレーズにして、ノートや漫才のネタ帳のすみっこに書くということをしていました。ただ、そういうものは、僕としては「これはいいフレーズだ」と思うんですが、漫才のボケやコントにそのまま使えるわけでもないし、お笑いライブでお客さんが引っ掛かってくれそうというわけでもない。だけど、捨てたくない言葉なんです。お笑いでこれはウケる、これはウケないという線とはまた別の軸で、ネタとしてウケるだろうと自分が確信できるものと一緒か、それ以上に大切なものに感じられるんですね。そのうち、そういうものがたまりにたまって、どうしたらいいかわからなくなってきたんです。それで、解決策がないし、書き続ける行為もイマイチ気持ち悪い気がして、自分を納得させるために、「これはひとり大喜利だ」ということにしようと思いました。大喜利のお題は普通、「○○なとき○○が○○しそうなことは?」というふうに、文章になっていますよね。でも僕が書きためていたのはもっと短いフレーズなので、自分のこの行為は、「おもしろいタイトルを考えよ」というお題に答えているのであって、変なことをやっているんじゃない、いつか自分が単独ライブをやるときのためのネタ作りなのだと。

堀本　自分で自分を納得させておもしろいことを考えていたのですね（笑）。どれくらい書いたんですか？

又吉　ノートで三十冊くらいですかね。

堀本　結構な量ですよね。

又吉　最初の自由律句集の『カキフライ……』には、そうやって自分で勝手に「タイトル」と呼んでいたものを、そのまま載せたものもあります。たとえば、「登山服の老夫婦に席を譲っても良いか迷う」ってやつ。若手芸人のお笑いライブで、みんなが共感できる「あるあるネタ」を発表することがあるんですが、これは、そのときにほとんどウケなかったフレーズです。

堀本　その句は、確かに「あるある」ですよね。似たような経験をしたことある人、けっこういるかも。

又吉　僕、以前、吉祥寺《きちじょうじ》に住んでたんです。都心で朝まで仕事をしたり、飲んだりして、早朝の中央線に乗ると、高尾山へ向かう人と一緒になるんです。老人が乗ってきたら無条件で譲りたいけど、登山服の老夫婦は今から山に登るわけで、その前に一回座らせてええんかと考えてしまいます。今日という日にかけている意気込みで言ったら、自分の何倍も高い志を持って、そこにおるわけです。席を譲るというのは、失礼に当たるかもしれんし、怒られるかもしれない、という心の内を書いたものなんですが、ライブで発表したら、「どういう意味？」「何、言っているの、おまえ」っていう反応しか返ってこなかった。「これこれこうで」と説明して、やっとお客さんにも芸人仲間にもわかってもらえるという……。でもそれは、何でそんなことを一生懸命言いたかったんやという意味で、笑ってくれてただけだと思うんですけどね。

初心者に十七音は〝長過ぎ〟る？

堀本　なるほど。今のお話、おもしろいですね。もしかしたら、活字にしてこそウケる言葉というものもあるのかもしれない。読み手がじっくり考える時間がありますもんね。ライブは、その場のノリみたいなものが影響することが多いんでしょうね。又吉さんが、ご自分では自由律俳句とは意識せずに作っていた作品の数々が、こうして本に収められることになったのは、どういういきさつなんでしょう。

又吉　あるとき、せきしろさんが、お笑いライブで僕の大喜利やギャグを見て、「又吉さんは俳句や短歌が好きなのではないかと思ったんですけど、もし興味があったら、一緒にやりませんか」と声を掛けてくれたんです。「ぜんぜん詳しくはないですけど、俳句や短歌の本を読んだりするのは好きです」とお答えして、ご一緒することになりました。でも、ほんまにアホな話なんですけど、僕にとっては、「タイトル」というお題で好きなように、おもしろいと思ったフレーズを記録するのが、書くことの軸になってましたから、俳句が五七五の十七音だということを改めて認識したときに思ったのは、「十七音かぁ……長いな……」ということだったんです。それでだんだん不安になってきて、俳句がすごく高尚なものに感じられて、せきしろさんに「難しそうやから、僕にはできないんじゃないかという気がしてきました」と相談してしまったんです。そうしたら、数日後に連絡が来て、「種田山頭火《たねださんとうか》は知っていますか」と。

堀本　なるほど。

又吉　山頭火は、国語便覧で読んだことがあるくらいでした。そのとき、尾崎放哉《ほうさい》も教えてもらって、自由律俳句というものの存在を知ったんです。

堀本　じゃあ、それから、山頭火や放哉を読まれて？

又吉　いや、パラッとめくっただけで、読み込まなかったんです。当時、自分で勝手に「タイトル」と呼んで、好きに書いていたフレーズへの思いやこだわりがありました。僕の中では、独自のジャンルとして確立されたものと言っても過言ではないくらいだったので（笑）。それと、ちゃんとした自由律俳句を読むと、影響を受け過ぎてしまうかもしれないなという気持ちもあって。だから、一冊目の句集のときは、パラパラとめくった程度で挑んだんです。でも、出来上がった本を見ていて、「なんか違うな。バラバラやな」と感じたので、それから本格的に放哉を読んだり、やり方を自分なりに研究したりして、二冊目に臨んだという感じです。

堀本　今までのお話で、又吉さんのベースの自由律がなぜ内容的にこれほど多様なのかがわかってきた気がします。又吉さんのベースはお笑いにあるから、やはり視点が独特なんですね。それに、特に一冊目は、俳句の決まりごとを意識せずに自由に作られたことが、おもしろさになってる。

又吉　いやあ、一冊目は……（恐る恐る本に手を伸ばし、奥付を確認して）二〇〇九年か。あの頃の自分の置かれていた状況がよみがえって、これ、怖くて読み返せないです。自由律というものをまったく勉強しないで本を出してしまったので。（パラパラとめくって）攻撃的な部分が強めに出てたり、隠さないといけないところが隠せてなかったりする。うわぁ。怖いですね。

堀本　あ、二冊目の『まさかジープ……』を開くのには、あまり躊躇《ちゅうちょ》はないようですね。

又吉　そうですね。こっちはまだ読めます。ところで、今回は、堀本さんに有季定型俳句（※季語を用い、五七五の形式で作る俳句）を教わるという企画ですよね。ぜひやってみたいと思うんだけど、やっぱりね、ハードル高いなぁという気はしてます。今まで自由に書いていたぶん、定型句と言われると、めちゃめちゃ怖いんです。

俳句なんて怖くない……!?

堀本　そういえば、この対談企画が決まったとき、「いずれ有季定型で句会をやりましょう」とお誘いしたら、かなり恐れを感じておられましたよね。句会と聞くと、ちょっと引いてしまうという反応は、初心者の方には珍しくないのですが、又吉さんほど言葉に親しんでいる方でもそうなのかと、僕は驚きとともに、少し寂しくなりました。俳句、怖いですか？　季語を入れるとか、五七五でまとめるとか、定型のそういう縛りがあることが、怖さにつながるんですかね。その辺、理由をちょっとお聞きしたいんですけど。

又吉　文字数を限定するというのは、おもしろそうだなと思うんです。季語もまぁ、見当がつくものもあるし、徐々に覚えていけるだろうと思います。でも、今、僕が定型句をやったら、俳句っぽいものにしなきゃと意識し過ぎてしまうような気がするんですよね。既存のもののコピーになってしまいそうやし、定型句というものを俯瞰《ふかん》で見てしまいそう。自分がカッコつけてしまいそうな気がするんです。

堀本　ああ、なるほど。そういうお気持ちなんですね。確かに、初心者の場合は、ちょっと気取ったところが出る人は多いですね。
又吉 やっぱりそうですか。いや、絶対そうだと思うんですよね……。それに、句会というのは人の句を選ぶのでしょう? 器の小さい話なんですが、僕、寿司屋で注文できないんですよ。「お任せで」っていつも言います。センスを問われることが恥ずかしくて、選べないんです。
堀本 又吉さんが食べたいネタを、頼めばいいじゃないですか。
又吉 寿司屋で頼む順番のルールみたいなのがありますよね。何々は何番目で頼むのが通とか。それがある時点で、カッコいい頼み方もしてはいけないし、カッコ悪い頼み方もしたくはないし。だから寿司屋って行きづらいんです。この間、お店でステーキを頼んだら「焼き方はどうなさいます?」と言われたんです。ミディアムレアという言葉はもちろん頭の中に浮かんでいるんですけど、僕がそれを言ったら調子に乗っていると思われる可能性があるから……。
堀本 誰も思わないです（笑）!
又吉 ちょっとやわらかめでお願いしますと言ったんです。そしたら、店員さんが厨《ちゅう》房《ぼう》の人に困惑した声で「ちょっとやわらかめと言われたんですけど……」と言うのが聞こえて、「わぁ、二択を誤った!」と。僕が生きているお笑いの世界は、そういう世界だからこそ、寿司屋では注文できないですし、句会でも選べないという。自分だけがその句を選んでいたらどうしよう、その理由を語らなあかんことになったら……と考えるとすげえ怖くて。でも、定型句を自分で作れる自信がついたら、句会にも恐れずに参加できて、寿司屋で注文できるようになる気がします。

堀本　寿司屋の恐れを俳句を通して払拭するというのは、すごいですよね（笑）。

又吉　「今が旬の◯◯お願いします」と、スッと言えるようになったら最高です。堀本さんは、大学で俳句を始められたんですね。はじめの頃、僕が今感じているような恐れはなかったですか？

堀本裕樹が俳句に魅了されたわけ

堀本　大学二年のときに宗教哲学者の鎌田東二《とうじ》先生が師範をされていた俳句サークルに入って、そこからです。僕の場合は恐れはなく、まったく気楽にやっていました。

又吉　気楽にできました？

堀本　はい、その頃は。僕は、俳句歳時記（※俳句の季語を集めて分類した辞書）というものの存在すら、よく知らなかった。一応、購入はしましたが、あまり活用はしなかったですね。だから、とにかく十七音にすれば俳句になるんだなと、軽く考えていました。俳句に出会うまでは、小説やエッセイが好きで、高校生ぐらいのときから、小説を書きたいと思っていたんです。文豪と言われる人たちは、夏目漱石をはじめ、泉鏡花、永井荷風、芥川龍之介、太宰治にしても、みんな俳句を一つの教養としてやっていました。僕は、散文を磨くには、俳句の季語をはじめとする素養を持っておいたほうが有利なんだと思い、散文を磨くために、俳句を学ぶという考え方だったんです。韻文をやることで、いい小説が書けるようになりたいという思いのほうが強かったんですね。僕の場合は、本当に俳句が好きで始めたわけじゃないんです。

又吉　へえ〜！　でも、その入り方がよかったんでしょうね。

堀本　そうなんですがね。僕は故郷が和歌山ということもあって同郷の作家中上健次《なかがみけんじ》が大好きなんですが、中上の『岬』『枯木灘《かれきなだ》』『千年の愉楽』といった小説を読んだときに感じる圧倒的な迫力、物語性、言葉のリズム、世界観、どれをとっても俳句では表現できないだろうと思っていました。俳句に比べて小説のほうが上だ、たった十七音で何が伝えられるんだと、僕は俳句を小バカにしていたんです。それに、小説のほうが、世間や一般の読者に対しての影響力が強く、大きいと信じていました。俳句なんて読んでいる人が、そもそもいるのか、ましてや、読んで共感してくれるという人は、どれくらいいるのだと疑問に感じていました。でも、俳句を作り続けるにつれて、また、名句、秀句にたくさん触れることで、奥深さに魅了され、だんだん俳句に対する考え方が変わってきたんですよ。

又吉　僕も本が大好きですが、堀本さんと違って、俳句を随分上に見てしまっている。自分が作ることを考えると十七音は長いと感じるんですけど、読んでいるときは、たった十七音の言葉で表現する俳句って究極過ぎる！　と思います。

俳句は、物ボケ!?

堀本　その俳句の魅力に気づかれたきっかけは、何だったんですか？
又吉　僕が俳句に興味を持ち始めたのは、さっき言ったように、思いついた短いフレーズをストックしていたことと関係しているんですが、もう一つ別の方向からのきっかけもあって、それが、「物ボケ」なんです。
堀本　物ボケって、芸人さんがいろんな物を使って、おもしろいことをやるやつですよね？
又吉　はい。物ボケは、若手芸人のお笑いライブの最後に必ずやる定番なんです。でも、僕はあれがすごく苦手で。お笑いの中には、コントがあって、漫才があって、落語があって、芝居まである。映画にもコメディがあるし、小説でも演劇でも笑いは表現できる。なのになぜ、あんな厳しい環境に自分を置いて、ひと言でけりをつけなあかんのやろうと。一発ギャグに対しても同じように感じてました。でも、他のみんなはめちゃめちゃやりたがるんです。積極的に挙手して、「俺にやらせてくれ」って感じです。それが、芸人になってからずっと不思議でしょうがなかった。僕はみんなの後ろにいて、絶対やらないようにしていたんです。

堀本　進んでやっている意味がわからんと。そんなに嫌だったんですか。

又吉　嫌いでした。物ボケも一発ギャグも、避けて通りたいと思ってました。はっきり言ってああいうのは、スベリ芸やと思ってたんです。スベって、笑いをとって、お客さんに対してこっちの腹を見せていますよということを伝えるためのものなのかなと。でもそうやって逃げていると、だんだん周りが、「又吉、いつもやってなくない？」みたいに気づき始めたんですね。それでもやっぱり僕は、まだ自らスベリに行くということが怖くてできなかった。どうしようと悩んでいたとき、古本屋で買った『別冊太陽』に俳句や短歌の特集があるのを見つけたんです。俳句や短歌は、すごく短い言葉なのに、ちゃんと世界を広げてくれるようになっている。これは何でなんやろう、ひょっとしたら物ボケや一発ギャグにも、このやり方は使えるんじゃないかと思いました。

堀本　なるほど、なるほど。

又吉　小説は、言葉をたくさん使って、丁寧に描写することでストーリーを伝えますよね。俳句は十七音でしか言えないことを言うのではなく、ある世界のどこかを切り取って表現している。そうすることで、そこから風景が広がっていったり、人物が動き出したりする。もしかしたら、俳句の言葉数は制限されているけど、小説よりもっと大きなものを想像させることもできるのかもしれないと思ったんです。そこから吹っ切れて、物ボケでは、一切、説明しないぞと。その物を何かに見立てて状況を説明するのではなくて、その物と自分が属している世界の一部を切り取って見せるというやり方を始めたんです。

堀本　すごい発見だと思います。

又吉　そうなってから、あいつのギャグはすごい！……とはならなかったですけど、少なくとも、他の芸人仲間とは種類が違うものができました。明らかにいびつなものが出来上がったと思います。それは、僕からしたら、とても大きなことでした。

堀本　以前、『ザ・イロモネア』というお笑い番組で、ジャンルの一つに物ボケがありましたね。又吉さんがホースみたいなものを首にくるくる巻いて、「携帯ストラップ」ってやっていたのを見たことがあります。あれ、腹を抱えて笑いました。又吉さんが、物に自分を同化させているところが、おもしろいなと思って。物に自分を託し切っているというか。そういえば、俳句も物に委ねるところがあるので、又吉さんの物ボケは、俳句的な物ボケと言えるのかもしれないです。

又吉　物と自分が属する世界を切り取ればいいと気づいて以来、大嫌いだった物ボケが大好きになってしまった。最近はお笑いライブでも、「もっと物ボケをやらせてくれ」

「今日は物ボケないんか」みたいな感じなんです（笑）。

まずは好きな句に触れることから

堀本　お仕事であるお笑いを通して、そこまで俳句の本質に近づいている又吉さんなら、定型句は恐るるに足らずですよ。

又吉　そうですかねぇ……。勝手なイメージですけど、俳句を作る人って、仙人の領域の存在みたいな気がするんです。言葉が体に完全にフィットしているでしょう。堀本さんにしても、言葉との距離が近そうやなと思うんですよ。自分はまだまだそこまで言葉に近づけてないような気がする。だから、気取ってない感じにせなあかんとか、要らんことを考えてしまうんでしょうね。でも、堀本さんの本、『十七音の海』（※本書は絶版。『俳句の図書室』と改題し、角川文庫に収録）を読んだら、いろんな俳人の句が厳選されていて、定型句ってこんなにおもろいんやと再認識できました。

堀本　ありがとうございます。あの本の中で、又吉さんの好きな句はありました？

又吉　ぶらんこの句、好きですね。

堀本　「鞦韆《しゅうせん》は漕《こ》ぐべし愛は奪ふべし」。三橋鷹女《みつはしたかじょ》の句ですね。「鞦韆」は難しい漢字ですけど、春の季語でぶらんこのことですね。ぶらんこをぐいぐい前に漕ぐ行為と、激しく愛を求める心理の対比がおもしろいですよね。激情のあふれた句です。

又吉　鳥が飛んでいくやつもよかったです。

堀本　本で最初に取り上げた上田五千石《ごせんごく》の「渡り鳥みるみるわれの小《ち》さくなり」でしょう。

又吉　そう、これ、これ。視点が変わるところがおもしろい句なんだと、堀本さんの解説にありましたね。すごく印象に残りました。

堀本　この句を読んでまず、ほとんどの人は、飛び立っていく渡り鳥を目で追っているのだな、と思いますよね。でも、真ん中の七音、最後の五音にかけて「みるみるわれの小さくなり」とある。要するに、鳥を見ている自分が小さくなると言っているんです。それは、句の最初の五音で「渡り鳥」と言った時点で、書き手の心が渡り鳥に乗り移っているわけです。渡り鳥になって、自分を見ているから、「みるみるわれの小さくなり」。この短い言葉の中で、地上で鳥を見ている自分から、空で自分を見下ろす鳥の目線へ、視点の転換があるんです。

又吉　この句みたいに、自分が今どこにいるのかわからなくなるような作品、すごく好きなんですよ。手塚治虫の『火の鳥』の中で、こういう雰囲気のシーンがあった気がします。人間が一人だけ生き残っていて、神様がいて、自分の体はなくなったけど、永遠の命を授かって、逃げて……みたいな。あれを読んだときに、頭の中が揺れた。それに近い感覚がしました。

堀本　似た感覚を呼び起こすかもしれませんね。視点が急に逆転するわけですから。ただ、これは本当に見事な作品ですね。なかなかここまで表現できる句は少なくて、僕も大好きなんです。だから、俳句に興味を持ってくれるだろうという人に、最初に読ませるならばこれしかないと思って、本の一発目に持ってきました。衝撃なんじゃないかなと思って。

又吉　ええ、インパクト大でした。

堀本　視点ということで言うと、飯田龍太の「かたつむり甲斐《かい》も信濃《しなの》も雨のなか」も素晴らしいですよ。「かたつむり」が夏の季語です。かたつむりって小さな生き物ですよね。最初にそれを見せて、その後、「甲斐も信濃も」と、山梨や長野の旧国名という大きなものをもってきて、近景からいきなり遠景へ、視点を誘導しています。最後を「雨のなか」で締めることで、周辺の景色が映像としてふっと浮かび上がってきます。これは本当に、それこそ俳句でしかできないような遠近法だと思います。同じことを映像でやろうとすると、ものすごく大がかりになりますよね。まず、かたつむりを映し、その後、ヘリで空撮して、甲斐と信濃の国を撮らなければならない。しかも、ちょうどいい具合の雨のなかで。

又吉　なるほど。俳句はたった十七音で、それをやってのけてしまうんですね。

堀本　映像をビビッドに立ち上がらせる俳句の表現力はすごい。視覚的な部分は、俳句の一番得意とするところです。

散歩も俳句のトレーニング

又吉　俳人の方は、どういうときに俳句を作られるんですかね。堀本さんは、どうですか。どういうときに作りたくなるんですか。たとえば、道を歩いていて何かを見たときに、グッときたりするんですか。

堀本　そういうこともありますね。春に桜を見た瞬間、桜という季語を詠み込んで作りたくなったりすることもあるし、季語が先に頭の中にあって、何かのインスピレーションを得たとき、句が生まれることもあります。俳句には、吟行といって、日常から離れてどこか出掛けた先で散策しながら、目にとまったその土地の風物や季節を詠むという楽しみ方があるんですが、そういうとき、たとえば、樹齢何百年というような桜を見ると、「すごいな！」と心が動きます。つまり、何かと出会ったときに俳句を作ろうと思うんですね。

又吉　その出会うっていう感覚、少しわかる気がします。

堀本　又吉さんは、エッセイなども書かれているから、きっと体験済みだと思いますよ。

又吉　エッセイの仕事のとき、僕の場合、心の中に何もない状態では書けないんです。提示されたテーマや自分が書こうとしていることに対して、強く何かを思う瞬間がないとダメで。だから、僕は、それを見つけるために、散歩をするんです。ひたすら歩いて、歩いて、歩いて、路地をパッと曲がったら、アパートの中から、家族の会話が聞こえてきたとか、月がやたらでかく見えたとか、そういう瞬間にふいに創作意欲が湧くというか、ワクワクしてきて、「あ、今なら何でも思いつきそう」という感覚になるときがあります。

堀本　ええ、ええ。

又吉　エッセイなどの仕事があるときは、それでいいんです。でも、僕、普段も散歩が好きでよく歩くんですね。特に書く予定がないときに、そういう創作意欲が湧く瞬間が訪れてしまうと、どうやって処理するか困るんです。たとえば、自分がカメラマンだったら、絶対この瞬間にシャッターを押すんやろなと思うんです。俳人の方は、その瞬間に、一句作るんかなと思うんですけど、そういうことなんですかね？

堀本　そうですね。何かに出会って、心が動くわけですからね。

又吉　その瞬間に、さらっと一句できたりするもんなんですか？

堀本　もちろん、即興でその場でできることもあります。でも、言葉の断片として思い浮かんだものをとっておくことのほうが僕の場合は多いと思います。言葉を寝かせるというか、その場では完成しないけど、後で改めて一句に仕上げるための材料ですから、携帯電話のメモに保存して、大事にキープしておきます。

又吉　僕も携帯のメモはよく使ってます。散歩中はたいてい手ぶらなので、思いついたおもしろいフレーズを忘れないように記録するために。

堀本　やはり、同じようなこと、やっておられるんですね。もう一つ、俳句を作るタイミングとして、僕らの場合は、句会があります。句会では、兼題といって句のテーマが前もっていくつか出るときがあります。参加者は兼題を俳句に詠み込んで、句会当日までに五句なら五句、指定された数の句を作って、句会に臨むんです。ちなみに、七月（二〇一二年）に行われた「東京マッハvol.4」では、「舌」という兼題が出されました。

又吉　お題は季節のものに限らず、何でもありなんですね。「舌」ですか。堀本さんは、どんな俳句を詠まれたんですか？

堀本　「敦忌《あつしき》や舌戦もせず職を辞す」という句です。

又吉　舌戦、ですか。すみません、僕にはこの句の下のほうの意味はなんとなくわかりますが、頭のところがちょっと……。

堀本　そうですね、「敦忌」って何だろうって思いますよね。これは、安住敦《あずみあつし》という俳人の亡くなった日のことで、実は夏の季語になっているんです。

又吉　ああ、なるほど、なるほど。

堀本　僕は、句会の兼題が出ると、まずその言葉を辞書で引きます。電子辞書と歳時記はいつも持ち歩いています。兼題（※その句会のテーマとしてあらかじめ決められた、季語や言葉）が「舌」なら、「舌」が使われている熟語や言い回しをいろいろ調べるんです。

又吉　それで「舌戦」に目がとまったってことですか？

堀本　はい。それと同時に歳時記を引いたら、今回の「東京マッハ」が開催される七月八日が「敦忌」だとわかりました。安住敦は、昭和二十年代に、職業に関する俳句をたくさん作っています。戦後、日本もまだまだ苦しい時代で、職に就けない人が多かったんですね。安住敦も、すごく就職に苦労されたようで、「また職をさがさねばならず鳥ぐもり」「秋風やふたたび職を替へんとし」「啄木忌《たくぼくき》いくたび職を替へてもや」などの句を作っています。最後に挙げた句は、原句は「〜替へても貧」だったようです。しかし、先生である久保田万太郎に「〜替へてもや」に添削された。「貧」を「や」に直すだけで説明的でなくなり、繊細な詠嘆が生まれますよね。そういう逸話もある句です。「敦忌」という言葉を見たとき、この句を思い出し、僕自身の経験もよみがえってきました。以前、会社員をしていた頃、あえて口論を避け、黙って、職を辞したことがあります。一発ガツンと言って辞めたい気持ちも、言いたいことも山のようにあったけれど、結局、言わないほうを選んだ。そんな自分の経験とも重なって、安住敦の句が頭に浮かんだんだと思います。それと同時に、「舌」を含む言葉の一群に「舌戦」があったのを思い出した。この言葉はつまり、言い争う、口論するということですよね。そこで、「敦忌」と「舌戦」で、何か作ろうと。それに、「舌戦」は俳句ではあまり使われない言葉だからおもしろいので、ぜひ使ってみたいと思ったんです。

俳句との距離を縮めていこう

又吉　今の堀本さんの俳句の作り方、おもしろいです。言葉から入るということですよね。

堀本　そうですね、今のは言葉から入ってますね。

又吉　僕も電子辞書を持ち歩いていて、気になる言葉を引いて、そこから入って、何かを作ることがよくあるんです。

堀本　へぇ！　それはどんなときですか。

又吉　お芝居の脚本を書くことがあるんですけど、制作サイドから、告知の関係で、タイトルを先に決めてくれと言われることがあるんですね。中身はできてないのに、タイトルを出さなくてはいけないというのは、めちゃめちゃきついんです。そういうときに、すごく考えるんです。広がりがない言葉だと、脚本が出来上がったときに、「内容と全然違う」ってことになって困りますんで。以前、「誰ソ彼」と書いて「たそがれ」と読ませるタイトルをつけたことがあります。それは、僕があの時間帯がすごく好きやからなんですけど、普通に「黄昏」ではひねりがないから、別の書き方があるのを思い出したんで、そうしてみたんです。すると、プロデューサーから、「これ、ちょっと読みづらいんだけど、普通の黄昏じゃダメなのかな」と指摘されてしまい、「ダメなんです。これにはちゃんとイメージがあるんです」と。ほんまはないんですけどね（笑）。そこから「誰ソ彼」の言葉の由来を調べていったら、日暮れの時間帯は暗くて行き交う人の顔の見分けがつきにくいから、「誰だあれは」という意味で、あの時間帯を「誰そ彼（たそかれ）」→「たそがれ」と呼ぶようになったことがわかったんです。あ、それおもしろいなと思いました。それで、そのお芝居は、群像劇ということは決まっていたので、十一人の若者が夢を持って東京へ出てくるけど、みんなもともと描いていたビジョンからずれていって、最後には自分が誰なのかさえ見えなくなるという話にしようと、内容が固まっていきました。こんなふうに、言葉を解体していって、芝居の中身を構築していくというのは、よくやるんです。今の堀本さんのお話を聞いていたら、俳句にもそういう作り方があるんだなぁと。だとすると、定型句もできそうな気が……。でも、それもきっと、やり方のうちの一つですよね。

堀本　そうですね。やり方の一つですね。

又吉　一つであって、しかも、結構特殊な一つじゃないですか。

堀本　かもしれないです。「舌戦」の句の場合は、発端は「舌」という兼題ですよね。それをまず辞書で調べました。それから歳時記を引いて「敦忌」を見つけ、安住敦の啄木忌の句を思い出し、そこに、自分の経験を重ね合わせる要素がたまたまあった。いろいろなものが、まるでパズルのように、ガチガチガチガチとかみ合ったんです。ただ、俳句に用いるべき言葉や経験を見つけられても、要は、そこからどう膨らませていけるかですよね。今の「誰ソ彼」のお話もそうですし、又吉さんだったら、それはできると思う。

又吉　いやぁ。

堀本　普段から、散歩をするとおっしゃっていましたね。それは、俳句を作るタイミングにあふれているということですよ。今は慣れていないから、何かひらめいても、パッと十七音にならないかもしれないけれども、言葉の断片をメモしておいて大事にとっておいて、推敲《すいこう》しながら一句にすることをくり返すうちに、コツはあっという間につかめてきます。きっと、これまで又吉さんが見てきたいろいろな風景や、出会った人やものごとは、全部、ご自身の中にたまっているんです。読書もそうですね。今後、俳句を作ろうと思ったときに、まだ又吉さんの内側で眠っている言葉の数々や自ら体験してこられたさまざまなことが思わぬ一句を引っ張り出してくれるということが、多々出てくると思います。

何かのお題に対し、又吉さんがグッと集中して考えたときに、そこにパッと一句となってつながる。シナプスがつながるような瞬間が、これからきっと起こってくると思いますよ。

又吉　そうだとうれしいです。

堀本　又吉さんは、相当の蓄積をされているような気がしています。だから、僕は、定型句が作れるんじゃないかなと思ってるんです。

又吉　堀本さんが、大丈夫だよと励まし、説得してくれているような（笑）。

堀本　少しは、定型句が怖くなくなりました？

又吉　そうですね。俳句との距離がだいぶ縮まった気がします。今のテンションと勇気がしぼまないうちに、次回に臨みたいです。よろしくお願いします。

堀本　もっともっと、その距離を縮めていきたいですね。ではひとまず、お互いに自由に一句ずつ作ってみましょうか。勇気を持って（笑）。

なつかしき男と仰ぐ帰燕《きえん》かな

堀本裕樹

銀杏《ぎんなん》をポッケに入れた報い

又吉直樹

まとめ

俳句の形はひとつじゃない

五（上五《かみご》）　七（中七《なかしち》）　五（下五《しもご》）

定型句

春の季語

古池《ふるいけ》や蛙《かわず》飛《とび》こむ水《みず》のをと　　松尾芭蕉

俳句って何？という人でも、松尾芭蕉のこの句や、正岡子規の「柿くへば鐘が鳴るなり法隆寺」は聞き覚えがあるだろう。五音（上五）、七音（中七）、五音（下五）の十七音できっちりと作られた句を定型句といい、特に季語を使うものを有季定型と呼ぶ。

自由律句

咳《せき》をしても一人《ひとり》　　尾崎放哉

とても短く、口語的だが、これも俳句。定型句に対し、五七五に縛られず、季語にもとらわれず、感情のおもむくまま自由なスタイルで表現する俳句を「自由律句」という。種田山頭火の「分け入つても分け入つても青い山」なども、よく知られている。

第二章
五七五の「定型」をマスター

まずは言葉の数え方、
五七五のリズムを学びましょう
これで「どこで
切れるんや？」という
悩みが解消されますね

俳句をプレゼントにする方法

堀本　前回の終わり、お互いに一句作りましたね。又吉さんの「銀杏をポッケに入れた報い」という句、おもしろいです。実際、ポケットに入れたんですか。
又吉　子どもの頃、何でも家に持ち帰る癖があったので。
堀本　それは、何歳ぐらいのこと？
又吉　小学校一年生だったと思います。学校の正門そばの川沿いに、イチョウがたくさん植わってました。変なニオイがするなとは思っていたんですけど、そのニオイと丸い物体とが一致してなかったんです。ある日、実を拾って帰り、それで初めて銀杏が臭過ぎることを知りました。
堀本　それは早い気づきですね。僕、小一では、銀杏の臭さはまだ知らなかったです。あれはつぶれるといっそうニオイが増しますよね。じゃあ、又吉さんの句にある「報い」というのは、まさにあのニオイのこと。
又吉　はい。だから銀杏は、大人になってからもずっと食べてなくて、去年やっと口にしてみたんです。食べてみるとおいしい。銀杏をポケットに入れて、最悪なことになったという経験がなかったら、もうちょっと早い二十代後半あたりで食べられたんじゃないかなと思います。堀本さんの「なつかしき男と仰ぐ帰燕かな」という句についても、教えてください。

堀本　又吉さんに最初にお会いしたとき、同じ関西人だからというだけでなく、どこかなつかしさを感じたんです。それでぜひ、連載の最初の句は、その思いを込めて作ろうと思いました。ですから、この「なつかしき男」というのは、又吉さんのことなんです。「帰燕」は秋の季語で、南方へ帰ってゆく燕《つばめ》のことですね。又吉さんと並んで秋の燕が空を渡るのを眺めたことはありませんが、親しみを込めて空想的に作ってみました。

又吉　僕はこの句を読んで、堀本さんが実際に故郷で同級生と会って、燕を見上げたときの風景を詠んだのかなと思いました。

堀本　これは、又吉さんに対する挨拶句なんですよ。

又吉　挨拶句って、何ですか？

堀本　俳句では、頭の五音を上五《かみご》、真ん中の七音を中七《なかしち》、最後の五音を下五《しもご》という言い方をします。この句の上五の「なつかしき」の「な」、中七の「男と仰ぐ」の「お」、下五の「帰燕」の「き」で、「なおき」と又吉さんの名前を詠み込んでいるんです。なつかしい男の名前を入れたかったんです。

又吉　ほんまですね、僕の名前が！　すごいです。

堀本　こういう技法を折句《おりく》って言います。在原業平《ありわらのなりひら》の和歌に、「唐衣《からころも》きつつなれにし妻しあればはるばるきぬる旅をしぞ思ふ」というのがありますが、五七五七七の頭の一音をつなげると、「か・き・つ・は・た」つまり「かきつばた」と花の名前になる有名な一首があります。僕はそれを俳句に応用して、俳句のイベントなどでも、よく挨拶句を作ったりしますね。

又吉　へぇ、俳句にはそんな作り方もあるんですね。おもしろいし、自分の名前が入っているっていうのは気持ちいいです。僕の句も奇跡的にそうなっていないですか。「ぎ」と「ポ」と……。なってないですね（笑）。

堀本　なってたら、すごいなあ（笑）。

定型句のフォーマットを知る

又吉　そういう技術を知ると、俳句への興味が増します。

堀本　文芸評論家の山本健吉が、「俳句は滑稽なり。俳句は挨拶なり。俳句は即興なり」と言っていますが、挨拶というのは俳句の重要な要素の一つだと僕も思います。

又吉　アホな質問ですけど、名前が二文字の人はどうなるんでしょう？　僕がもし「なお」だったら、この方法はちょっと使いにくい？

堀本　三文字が一番やりやすいのは確かですね。五七五の頭に、ポンポンポンと置けるのですっきり決まる。二文字の場合も、上五と中七の先頭に置くとか、その名前の漢字を使って詠み込むなど、いろいろ方法はあるかもしれませんね。俳句は基本的に、苗字ではなく下の名前で接することがほとんどです。松尾芭蕉《ばしょう》も、「松尾の句はいいなあ」とは言わないですよね。芭蕉と呼びますね。与謝蕪村《よさぶそん》も普通「蕪村」と言いますね。だから、折句で挨拶句を作るときは、できるだけその人の下の名前を使い、心を込めて作るようにしているんです。もちろん、名前を入れることだけが挨拶というわけではありません。折句はあくまで一つの表現方法です。その人のことを思って一句にするというのが挨拶句の基本です。心が込められていて、その句を読んだ相手が「自分に対する挨拶句だ」と感じてくれれば、それでいいわけです。挨拶句は慶賀や哀悼の気持ちも伝えることのできるなかなか奥深いものですね。僕は、まあ、そういう思いで、又吉さんへの挨拶句を有季定型で作ってみたんです。

さて、今回のテーマは、「五七五の定型」です。そこで、又吉さんの銀杏の自由律句を定型句にしてみました。

又吉　へぇ？　どうなるんでしょう。

堀本　たとえば、「ポケットに銀杏入れし報いかな」とすれば、五七五の定型句になります。作者としてどう感じます？

又吉　カッコいいですね。

堀本　違和感はないですか。

又吉　「銀杏をポッケに入れた報い」というのは、自分の目線も小学生の頃に戻ってる感じがするんですよね。定型句になると、大人の自分が回想しているような雰囲気が出てきて、元の自由律と感触的に違うなという気はしますが、それはそれでいい感じです。

堀本　なるほど。「ポケットに銀杏入れし」の「し」が、過去の助動詞「き」の連体形ですから、思い返しているニュアンスが強くなるのかもしれないですね。それと、「報いかな」の「かな」という「切字《きれじ》」（※第四章参照）があることで、詠嘆が入ってくる。「報いだなあ」という感じですね。こうして一つの句を作り比べてみると、自由律と定型句の違いが何となく見えてきますね。

又吉　自分の句が定型句になると、なんか知らんけどうれしいです。定型句を身につけられるんじゃないかという可能性を感じますね、自分に。

俳句の父・正岡子規

堀本　もちろん又吉さんなら、可能性は十分ありますよ（笑）。そもそも俳句の基本は、五音、七音、五音の韻律の十七音からなる定型です。歴史をたどれば、奈良・平安時代あたりの和歌が大本の起源といえます。当時盛んに行われていた五七五七七の三十一文字《みそひともじ》の和歌は、やがて連歌になり俳諧連歌になります。これは一人で五七五七七を詠むのではなく、最初に五七五の長句を詠み、次の人が七七の短句を付けるというものです。さらにその後に、五七五、七七、五七五、七七、五七五、七七と、順番に続けて詠んでいきます。三十六句連ねたものを歌仙といいますね。

又吉　どんどんくっ付けていって、一つの長い作品のようなものにするということですか。

堀本　そうですね。集まった人たちを連衆《れんじゅ》と呼び、皆で詠み合っていくんですね。俳句は「座の文学」と言いますけれども、もともと何人かで集まって詠み継ぐ形式だったんです。

又吉　そうなんですか。

堀本　この俳諧連歌が明治になって、連句と呼ばれるようになります。その連句の最初の五七五を発句《ほっく》と呼びますが、その発句を独立させて俳句と呼んだのが正岡子規なんです。子規は、「発句は文学なり。連俳（連歌と俳諧）は文学にあらず」と言いました。それがいわゆる子規の俳句革新運動の始まりですね。

又吉　それ以前は、俳句と思ってやってはいなかったということですか。

堀本　そうなんです。子規の提唱によって、俳句というものが非常に個的なものになったんですね。これが、五七五の俳句が生まれた概要なんですけども、ちなみに連句の最初の五七五を発句とさっき言いましたが、第二句目を脇句《わきく》、第三句目を第三、それ以降を平句《ひらく》といいます。そして、最後に詠み上げたものを挙句《あげく》といいます。現在使われている「挙句の果て」という言い回しは、連句の最後からきているんですね。

又吉 なるほど。俳句がそういうふうにして生まれたとは、知りませんでした。

芭蕉の代表句の秘密とは?

堀本 芭蕉の有名な一句に、『奥の細道』収録の「五月雨《さみだれ》をあつめて早し最上川」があります。この句は、芭蕉が最上川に近い高野一栄《いちえい》という人のお宅に行って、そこで歌仙を巻いたときに詠んだと言われています。さっき言った連衆を集めて、俳諧連歌の会をとり行ったんですね。そのとき芭蕉は、発句として「五月雨をあつめて涼し最上川」と詠み、高野一栄が脇句として「岸にほたるをつなぐ舟杭《ふなぐい》」と七七を付けました。このように『奥の細道』には「早し」で載っているんですけども、歌仙を巻いたときは「涼し」だったんです。

又吉 へえー。

堀本 歌仙の発句が「涼し」だったのは、高野一栄に対する挨拶だったんでしょうね。

五月雨を集めて最上川が非常に涼やかだ。このほうが、高野一栄への挨拶の心がこもりますよね。まさに挨拶句です。一方、芭蕉の発句に対する高野一栄の付句「岸にほたるをつなぐ舟杭」というのは、芭蕉をほたるに見立てて詠んだらしいです。舟杭は、高野宅のことなんでしょう。芭蕉を歓待して、「どうぞ、ゆっくり泊まってください」という意味で、挨拶に挨拶で返した脇句ですね。しかし芭蕉は、『奥の細道』にこの一句を入れるときに、「涼し」をやめて「早し」に推敲しました。さらに、脇句も切り捨てました。なぜ芭蕉がそうしたか。おそらく、この一句の完成度を高めたかったんだと思います。日本三大急流の一つでもある最上川をもっと鋭く描写し、五月雨という季語を生かすために、推敲を重ねた末に、「早し」にたどり着いたのでしょう。芭蕉はこのとき、子規が俳句革新運動をやったのと、似たようなことをしていると思いませんか?

又吉　ほんまですね。

堀本　この芭蕉の推敲過程をみても、すでに俳句の萌芽《ほうが》が含まれているように思います。もちろん子規が求めた写生を基本とした俳句のあり方と、芭蕉が求めた一句の独立性とを、まったく同じレベルでは扱えませんが、すでに芭蕉は俳句の可能性を見出《みいだ》していたんでしょうね。

又吉　芭蕉が、『奥の細道』を作品としてまとめるときに発句以外を削ったのは、俳句を作品として残すということを考えたからでしょうね。だから、いらないものは切り捨てたかったんだと思います。僕らもお笑いライブやショーで、ネタをそのままやらないことがあります。映像として残ることを考えたとき、ベストの状態で出したいので、もともと十分、十五分ぐらいあるもののいいところだけ残して作り直すんです。お笑いと芭蕉さんを一緒にしていいかどうかわかりませんが、似た発想だったんでしょう。確かに、「早し」と「涼し」じゃ、句の印象は全然違います。

五七五に切って読んでみる

堀本　俳句の成り立ちはこれくらいにして、例句を挙げながら、定型についてお話ししていきますね。まず、「滝落ちて群青《ぐんじょう》世界とどろけり」（水原秋桜子《みずはらしゅうおうし》）。この句は、上五が「滝落ちて」、中七が「群青世界」、下五が「とどろけり」の五七五になっています。初心者の方は、五七五の数え方で戸惑われることが多いですね。

又吉　僕もよくわからないです。どこで切れるんだろう？　って、よく迷います。

堀本　じゃあ、次の二句、又吉さんはどう読みますか？

「暗がりに檸檬《れもん》泛《う》かぶは死後の景《けい》」（三谷昭《みたにあきら》）

「とつぷりと後ろ暮れゐし焚火《たきび》かな」（松本たかし）

又吉　「暗がりに」「檸檬泛かぶは」「死後の景」ですかね。次のは、「とつぷりと」「後ろ暮れゐし」「焚火かな」。

堀本　そうですね。この三句はどれも、五七五の定型できっちりと作られています。

又吉　なるほど、全部五七五で切って読めました。

堀本　最初の句、「滝落ちて群青世界とどろけり」の季語は滝。これは夏の季語です。この句をどういうイメージで鑑賞されます？

又吉　滝が勢いよく落ちてしぶきをあげてるんですね。群青というのは滝壺《たきつぼ》の深い青色のことでしょうか。滝壺は水のあぶくが立っていてよく見えへんけど、とどろく程の滝の音が滝の下にある群青を想像させてくれる。しかも「群青世界」ですからね。そこには滝の周りにある大自然も含まれてるんじゃないですか。その風景全体の名前として、滝壺の群青が採用されたんでしょうね。音って説得力があると思うんです。僕、飛行機に乗るときに毎回「こんなものが飛ぶわけがない」と思うんです。でも飛行機が動き出すと信じられへんくらいのエンジン音がなるじゃないですか？　そのときに「いや、こんだけうるさかったら飛ぶわ」と思うんです。信じられへんようなことも、音がこれは現実だと教えてくれるんです。だから、この美しく現実味のない絶景も、その音で確かにここにあると認識させてくれるんですかね。

堀本　鋭い解釈ですね。実は僕も飛行機が飛ぶのっていまだに信用しきれていない（笑）。でも、爆音を聴くと、なんとかしてくれそうな気がしますね。この句にも音のリアルがある。これは名瀑《めいばく》で知られる那智《なち》の滝を詠んだ一句です。だから、「群青世界」という、ちょっと大げさな表現を用いています。滝にもいろいろありますよね。小さな滝だったら、「群青世界」とは言わなかったはず。滝の壮大さに、作者の秋桜子も心が弾んで、大きな詠《うた》い方をしたんでしょうね。「暗がりに檸檬泛かぶは死後の景」の句には、どんな印象を持ちますか?

又吉　この状況……。いつの、どんなときのことを指してるんでしょうね。真っ黒な中に檸檬が浮かんでいるのが、死後の景色みたいに見えるよ、というニュアンスなんですかね。

堀本　秋の季語の檸檬を入れた、非常に抽象的な句ですよね。死後の景色と言いながら、檸檬を生きている自分が見ているわけですよね。作者の三谷昭は、どこでそれを見たのか……。

又吉　たとえば、こういうことってないですか。夜中、ふいに目覚める。お腹《なか》が空《す》いて、食うもんないかなと思って台所へ行ったら、暗い中に檸檬だけが見えたけど、これ食うのもなぁと思って、迷う。

堀本　酸っぱいし。

又吉　そう。で、むなしさを感じてしまって、「死んだ後ってこんな感じなんかな」みたいな(笑)。

堀本　なるほど。その飢餓感が出ているとも読めますね。

又吉　夜中起きて、冷蔵庫を開けたとき、変な雰囲気ないですか。僕、あの瞬間好きなんです。冷蔵庫に食うもんがあってもなくても、あの行為で一個救われた感じがする。扉の中から光が出てきますよね。言ってみれば、あれって死後の世界っぽい。

堀本　冷蔵庫から漏れる光。それはおもしろい読みだな〜。

又吉　そういえば檸檬の色や艶も、光に呼応しているみたいです。

堀本　それは新解釈ですね。又吉さんならではです。確かにこの句は、ちょっと不思議な景色を詠んでいるし、奇妙な心象風景のような印象を残しますよね。「とつぷりと後ろ暮れゐし焚火かな」はどうですか。

又吉　こういう句、感覚的に雰囲気はつかみやすいんですけど、いつも時間経過で迷ってしまいます。焚火が先なのか、日が暮れたのが先なのか。俳句を読むときに、何かルールみたいなものはあるんですか。

堀本　それはその一句ずつのケース・バイ・ケースですよね。この句の場合は、上五と中七の「とつぷりと後ろ暮れゐし」で、「ああ、すっかり暮れているよ」というニュアンスが強く出ているように感じますね。

又吉　そういうケースを想像するとしたら、焚火をやっていて、火に夢中でふっと気づいたら、いつの間にか自分の背後がめっちゃ暮れてたわという感じですね。

堀本 そうそう、そうですね。今、又吉さんがおっしゃったことを俳句に置き換えるとぴったりきますね。知らん間に暮れてたわという。

又吉 自分の前方で日が暮れていたら、焚火しながら見えてるんやから、そんなに驚かないですもんね。焚火が明るいから、ふいに後ろを振り返ったとき、とっぷり暮れた暗さにびっくりした。

堀本 「後ろ」がこの句の眼目かもしれない。

又吉 何気ないことを書いているけど、いいですよね。

堀本 じわーっとくるものがありますね。

初心者のお悩み、「ボート」は何音？

又吉 五七五の音の切り方、だいぶわかってきました。

堀本 俳句を作る人間は、頭の中で言葉を唱えると、すぐにそれが五音なのか、七音なのか八音なのかがわかります。頭が俳句モードになっているときですけどね。

又吉 それは、すごいです。

堀本 でも、日々親しんでいれば、誰でも身につくことですから、又吉さんもあっという間ですよ。言葉の数え方で初心者の方によく聞かれることの一つが長音。音を伸ばすときの棒です。たとえば「ボート」。これ何音ですかね。

又吉　「ぼ・お・と」……三音ですか？

堀本　そう、三音です。では、「カーテン」は？

又吉　四音、かな。

堀本　四音ですね。「ー」で音を伸ばすとき、一音に数えるんですかという質問、とても多いんです。

又吉　僕もいつも迷います。俳句は五七五になっているんだろうという前提で読んで、五音であるべきところに文字が四つ……ということは、このカタカナの言葉の中にある棒は数に入れるんやとか、いやこの場合は入れへんのや、みたいな計算の仕方をしてました。

堀本　それはめんどい（笑）。これからは、この棒は一音と数えてください。もう一つよく聞かれるのが拗音《ようおん》。小さく書く「ゃ」「ゅ」「ょ」です。たとえば「客」は何音ですかね。

又吉　ああ〜、それ悩みどころです。

堀本　迷いますよね。客は「きゃ」「く」で二音です。じゃあ「少年」は？

又吉　「しょ」「う」「ね」「ん」で四音？

堀本　そうです。「驟雨《しゅうう》」は？

又吉　三音ですか。
堀本　正解です。要するに小さい「ゃ」「ゅ」「ょ」は、単独では一音に数えないということです。もう一つ説明しておきたいのが促音。小さい「っ」です。「立冬」は何音ですか。
又吉　「りっとう」。三音です。
堀本　「立冬」は三音ですかね。
又吉　え？　二音なんですか。
堀本　それでは少なくないですか。
又吉　「り」「っ」「と」「う」……四音になるんですか。
堀本　そう、四音なんです。
又吉　それはややこしいですね。
堀本　これ、ややこしいでしょう。じゃあ「落花生」は？
又吉　ということは、「ら」「っ」「か」「せ」「い」で五音ですね。
堀本　正解です。だから小さい「っ」は一音に数えるということですね。五七五にするとき、この三つの音の数え方に迷うんです。五七五のリズムできちんと詠みたいなと思っても、ここで迷うがために、一音が足りなかったり、一音が多くなってしまったりしがちなんです。定型句を作るとき、まずは五七五のリズム。そして、長音、拗音、促音をきちんと数えられることが非常に大事です。

又吉　今の話、聞けてよかったです。ずっと気になっていたけど、なかなか確認できひんかった。これって、慣れてくるもんなんですか？

堀本　ええ、感覚ですぐわかるようになりますよ。見分け方もあります。たとえば「ボート」で迷ったら、「ボートかな」という言い方をしてみるんです。「かな」は、今後またお話ししますが、俳句独特の表現である「切字」ですね。この二音をつけて「ボートかな」と声に出してみると、きちんと五音になっているのがわかります。五音引く二音は三音ですね。だから「ボート」は三音というふうに、切字を付けてみて、使いたい言葉の音数を判別してみるというやり方もあります。「立冬」の場合は、「立冬や」と「切字」の「や」をつけると五音で収まりますね。五音引く一音で、「立冬」は四音。これは僕流の音の数え方ですけど、初心者の方にもわかりやすいと思います。音数を確認するときは声に出してみるのが有効ですね。

又吉　なるほど。

堀本　リズム感がいい人、音感のいい人は、俳句のリズムも身につきやすいですね。俳句というのはそれだけ音楽的な要素が多分にあるということです。

必然性のある「字余り」はオッケー

又吉　ずっと気になっていたことがあるんですけど。「字余り」「字足らず」って、どっちがどうなんですか。円高、ドル安みたいに、百円が八十円に下がっているのに円高って言うように、どっちが多いん？　どっちが少ないん？　と、よくわかりません。

堀本　いい質問が来ましたね。定型がわかると、そういう話になってくるんです。「字余り」「字足らず」と併せて、「句またがり」というのを説明しますけども、これらはすべて、五七五の定型に対して「破調《はちょう》」と呼ばれます。まず字余りの句を見てみましょう。「一匹の蟻《あり》ゐて蟻がどこにも居る」（三橋鷹女）。季語は蟻で夏。これはどこが字余りになっています？

又吉　最後の「どこにも居る」ですかね。

堀本　そうです。下五のはずのところが、「どこにも居る」と一音多い。下六になっている。

又吉　はみ出しているのが余り。

堀本　そう覚えてください。作者は一匹の蟻を見ていたんでしょうね。改めて周りを見たら、「あ、蟻がどこにもいるよ」と。

又吉　そういうことってありますね。寄って見ていたんだけど、パッと引いて全体を見たらめっちゃ多かった。おもしろい句ですね。この句、やろうと思えば、字余りにならないようにもできるんですかね。

堀本　「一匹の蟻ゐて蟻がどこにもゐ」でとめれば、定型の五七五になります。でも作者の鷹女は、蟻を見つけた驚きを一句にしたかったんでしょうね。だから、「蟻がどこにも居る」と、わざと字余りにすることで、蟻がたくさんいる、はみ出したようにいるという状況を表現したんだと思います。字づらでも字余りにすることで、たくさんの蟻が見えてきますね。次の句、「神にませばまこと美《うる》はし那智の滝」(高浜虚子《きょし》)。これはどこが字余りでしょう。

又吉　頭の「神にませば」。

堀本　そう、上五が上六になっています。「坐《ま》す」という言葉は、「在る」とか「居る」の尊敬語ですね。「神にませば」は、「神様でいらっしゃるので」という意味。那智の滝は、滝そのものがご神体として崇《あが》められているので、滝＝神なわけです。作者の虚子は、那智の滝を目の前にして、その姿や水音に圧倒された。口をついて出た「神にませば」という言葉の勢いを殺さずに、字余りのままの一句にしたわけですね。この字余りに、作者の気持ちがあふれているような気がします。

又吉　「神にませば」。すごい言葉ですね。滝を神として扱っているだけではなく、その神という抽象的な存在に、言語で向かおうとした結果、「神にませば」という言葉が出てきたのだと思います。神様と対話する言葉は基本的にないから、敬語でも旧友に接するような言葉でも若干、違和感があっておもしろいです。

堀本　なるほど。この句は何か神に語りかけるような雰囲気もありますね。では、「短夜《みじかよ》や癌《がん》患者に妻添ひ臥《ふ》して」（安住敦）。この句はどこが余っているでしょうか。

又吉　「癌患者に妻」の、真ん中のところです。

堀本　中七が中八になってますね。この句には前書《まえがき》がついていて、「ベッド五床、カーテンをもて劃《かく》す」とあります。前書というのは、俳句の前につける説明です。作者の安住敦が入院してベッド五床の大部屋に入ったとき、カーテンで仕切られている隣の人は、癌患者であったと。「短夜」は夏の季語です。夏は夜が短い感じがしますね。そんな短夜、癌患者に奥さんが添い寝している。短編小説の一場面みたいですね。

又吉　この患者さんは、余命幾ばくもないんでしょうね。癌患者の奥さんが一緒に寝ているというのが……病室のベッドの数より「妻」の分だけ人数が多い。そして「妻」が字余りになっています。今まで字余りの話を聞いていると、この句も必然的にこうなった気がしますね。

堀本　僕も、これは直しようがなかったんじゃないかなと思います。たとえば「短夜や患者に妻の添ひ臥して」と字余りを避ける表現もできるわけです。でも癌という言葉を入れないと、作者にとってはリアリティがないし、この二人を表せない。一つの命じゃなくて、二つの命が寄り添って寝ているというのが、自然に字余りにさせたんでしょう。

「字足らず」には手を出さないのが無難

又吉　プロの方は意図的に字余りの句を作る？

堀本　俳人は、字余りも字足らずも、一つのレトリック、技法や表現方法として使います。初心者が、「あ、字余りになっちゃった」「字足らずだけど、まあいいか」というのとは違うんですね。では次に字足らずの句。「と言ひて鼻かむ僧の夜寒《よさむ》かな」（高浜虚子）。これは、上五が上四になっています。「と言ひて」で一文字足りない。又吉さん、声に出して読んでみてもらえますか？

又吉　「と言ひて」。四文字ですけど、そんなに違和感ないですね。

堀本　ないですよね。「と言ひて」の「と」のところで何となく一拍置きません？　補うように。

又吉　ああ、はい。

堀本　不思議ですよね。日本人にしか、その感覚ってないんじゃないかなと思います。

又吉　なるほど。字足らずは、単純に一音足りないことなんですね。

堀本　そうです。「散らばれるものをまたぎて日短《ひみじか》」（富安風生《とみやすふうせい》）。これはどう読みます？

又吉　最後の「日短」の読み方、音がとりにくい気がしますけど。「ひ、みじか」みたいな感じですか？

堀本　やっぱりこの句も「ひ」のところで一拍置きますね。

又吉　関西弁っぽいニュアンスですけど（笑）。

堀本　確かにそんな感じですね。これも字足らずを避けたいなら、「日短し」で終わればいいんです。でも作者はそうしなかった。「日短」は冬の季語で、「短日」とも言います。冬になると日が短くなってくるのを、字足らずでうまく表現していますね。

又吉　自分の部屋が散らかっていて後で片付けようと思いながらも、やらなあかんことが他にあって、結局、片付けられないまま日が暮れる。一日が短いなという印象ですかね。

堀本　そうですね。ものをまたぐときの影にも「日短」を感じさせますね。実は、字足らずは難しいと言われているんですよ。僕も字足らずの句は作ったことがありません。成功例が非常に少ないんです。それに比べれば、字余りのほうが表現としては使いやすいですね。ただ、俳人の藤田湘子《しょうし》は、中七の字余りは解消せよと言っています。俳句の中心が字余りだと、句に緩みが生じるので、できるだけ中七にまとめなさいと。俳人によって考え方は違いますが、僕もあまり中七の字余りは作りません。でも、初心者の方は、結構やりたがる（笑）。

又吉　でも、やめたほうがいいということですよね。すごいプロの方々が必然性のもとにやっておられる句だから、おもしろく読めるけど、基本的にはやらないほうが無難。

堀本　最初のうちはできるだけ、五七五の定型で作ることを目指すのが一番いいですね。

又吉　下六になっている句って、多くないですか。そこは、ギリセーフなんでしょうか。

堀本　そういう感じはちょっとありますね。上五も字余りのパターンが多いですが、収まりやすいんでしょう。

又吉　たとえば、俳人が出す句集に、字余り、字足らずって、何句ぐらい入っているものですかね。三百句あるうちの十個、二十個はあるんですか？

堀本　その俳人の定型に対する意識で変わってくると思います。僕の句集『熊《くま》野《の》曼《まん》陀《だ》羅《ら》』（文學の森）は三百二句ですけど、字余りの句はどれだけ含まれているんだろう。数えたことないです。

又吉　句のバリエーションとして、一句ぐらい入れとこか、とわざわざ作るようなものではないということですね。

堀本　そうですね。特に初心者の方は、不自然な冒険はしないほうがいいですね。最後に句またがり、いきましょうか。

又吉　句またがり……。初めて聞く言葉です。必殺技のような特別な響きがある言葉ですね。まだ意味はわかりませんが、語感だけで早くも僕は、句またがりたいです。

作者の思いが反映される「句またがり」

堀本　「落椿《おちつばき》われならば急流へ落つ」（鷹羽狩行《たかはしゆぎよう》）。さて、破調になっているのはどこでしょう。

又吉　「われならば急流へ」がつながっています。ここ、すごく長いですね。

堀本　十音ありますね。最後に「落つ」で二音。上五から見ていくと、五音プラス十音プラス二音で、合計十七音です。でも、最初の五音だけ定型で、本来七音、五音と続くところを十音、二音とフレーズ（言葉）が中七と下五にまたがっていますよね。これを句またがりと言います。この句から、どんなイメージを受けますか？

又吉　最後の「落つ」という二音が、個人的には好きです。

堀本　その二音で、すとんと落ちる感じがしますよね。沢や瀬に椿がポトンと落ちた。緩い流れもあれば、急流もあるだろうけども、自分ならば急流へ落ちたいという気持ちが、作者にはあったんでしょう。これは作者の若い頃の句なんですが、落椿に自分の志をうまく託してますよね。

又吉　確か、椿の花って、わりと大きめですよね。

堀本　ぼとっと落ちますすね。花の命が終わるわけですから、落椿という春の季語が死を連想させますすね。

又吉　攻めた生き方をしたいという気持ちも込められているのかな。

堀本　なるほど。攻めた生き方というのは、的確な解釈かもしれない。

又吉　そういうふうに読むと、めちゃめちゃカッコいいっすよね。

堀本　「木《こ》の葉《は》ふりやまずいそぐないそぐなよ」（加藤楸邨《しゅうそん》）はどうですか？

又吉　「木の葉ふりやまず」が八音、「いそぐな」が四音。でも、とてもリズムのいい句ですね。その季節に、自分の中で何か大きな出来事があったときなど、できるだけその季節が終わって欲しくないと思うことがあります。秋の初めに誰かにフラれたら、木の葉がすべて落ちるまでは、まだどこかでその人とつながっているように感じるんですが、冬になったら、もう無関係。かなりネガティブなつながりではありますが。

堀本　いや、そういう気持ちわかりますよ。なんか僕も急にセンチメンタルな気分になってきたな（笑）。この句はちょっと、O・ヘンリーの短編「最後の一葉」みたいですが、八音プラス四音プラス五音の句またがりです。季語は木の葉で冬。「いそぐな」のリフレインが効いていますね。木の葉に呼びかけているようでもあり、自分自身に言い聞かせているようでもあります。この句を作ったとき、作者は病を抱えていたそうですから、その背景を考えると、余計一句の深みが増しますね。もう一つ、「火焔《かえん》土器より　つぎつぎと揚羽《あげは》かな」。これは僕の句ですけども、火焔土器という言葉から一気に作りました。

又吉　幻想的な感じを受けますね。「火焔土器より」が七音になっているところが、句またがりですね。こういう句はどうやって作るんですか？

堀本　これは、火焔土器を見たときに、揚羽がばーっと飛び立っていくイメージが頭に湧き上がって、一瞬でスッとできた句でした。句またがりにしてやろうという意識などは、まったくなく作っています。

又吉　サーッと詠んでみたら、それが十七音だったということですか。感覚でわかるもんなんですか。

堀本　そうですね。又吉さんも、定型句を作り始めたら、意識せずとも句またがりができてくると思います。五七五で作るつもりでいても、パッと出てきた一句が自然に句またがりの十七音に収まっていたとか。

又吉　そんな境地に早くたどり着きたいです。

漫才と俳句はつながっていた！

堀本　ここまでが定型の基本です。

又吉　よくわかりました。今まで密《ひそ》かに抱いていた疑問も、一気に解消されました。

堀本　ところで、又吉さんに一つ紹介したい句があるんです。「きのふ見し万歳《まんざい》に逢《あ》ふや嵯峨《さが》の町」（与謝蕪村）。この句の季語って、どれだと思います？

又吉　あ、「万歳」じゃないですか。

堀本　さすが！　ご存じでしたか。

又吉　辞書で調べたことがあります。僕、辞書が大好きなんで、引きまくっていたら、調べる言葉がネタ切れになってしまったんです。身近なものを調べてみようと思い、「まんざい」を引いてみて、三河万歳という言葉を知りました。楽器などを使っておもしろおかしく芸を披露する集団のことで、それが今の漫才の元らしいですね。

堀本　歳時記によると、万歳は烏帽子《えぼし》に素襖《すおう》という、当時の礼服姿で扇を持った太夫《たゆう》と、大黒頭巾をかぶり、裁着《たつつけ》を穿《は》き、鼓を打つ脇役の才蔵が祝言を述べて回る新年の門付け芸のこととあります。二人一組で家の前に立って、舞ったり、歌ったり、おもしろいことをやったりして、お金をもらうわけですね。

又吉　昔から、二人組でやるものだったんですか。

堀本　そうみたいですね。新年に門付け芸で回る万歳というのはもうすたれてしまいましたけど、近代的な漫才として残っています。万歳から寄席芸のことを漫才と命名したのは吉本興業らしいですね。お正月は、テレビでよく漫才やってますよね。

又吉　芸人はみんな、新年だけはネタをちゃんとやります。

堀本　現代の感覚でもわかるように、おめでたいものでもあることから、万歳は新年の季語とされています。

又吉　確かに、新年っぽい言葉ですよね。

堀本　次回は季語や、季語の辞典である俳句歳時記について、いろいろお話ししていこうと思います。ではその前に、今回は新年の季語を使って、互いに一句作ってみましょうか。

又吉　了解です。今回学んだことも生かせたら、生かしてみたいです。できるかどうかわかりませんけど。

コント見てころころ笑ふ春着《はるぎ》の子

堀本裕樹

父の足裏に福笑いの目

又吉直樹

ま と め

俳句のリズムを覚えよう

定型句を詠むときとまどいがちなのが、長音、拗音、促音の音の数え方。決まりを覚えてしまえば簡単なので、いろいろな句を読んで、定型句のリズムを身につけていこう。

音の数え方

五 七 五

誰《だれ》もみなコーヒーが好《す》き花曇《はなぐもり》　星野立子

ここが長音（コーヒーは四音）

長音（ー［音引き］）→一音に数える
拗音（小さい「ゃ」「ゅ」「ょ」）→一音に数えない
促音（小さい「っ」）→一音に数える

破調の句

五七五の定型より、音数が多かったり少なかったりするなどの変形もある。これらをまとめて「破調」というが、まずはこの手の句の、音の数え方を知っておくだけで十分。

五 七 六

雪《ゆき》はげし抱《だ》かれて息《いき》のつまりしこと　橋本多佳子

ここが字余り（本来五音が六音）

字余り→五七五の定型より音数が多い
字足らず→五七五の定型より音数が少ない
句またがり→ある言葉が、たとえば五（上五）から七（中七）までまたがって、ひとつの意味をなしていること

季語エッセイ　春

蛙《かわず》の目《め》借《かり》時《どき》

又吉直樹

もう大人だというのに、いまだに嫌なことや不安なことがあると熱が出たり、お腹が痛くなる。慣れない環境に行くと、必ず蕁麻疹《じんましん》が出る。ストレスが溜《た》まると円形脱毛症が出る。僕の心と体は異常なほど距離が近い。そして、そのように身体《からだ》に影響が出るのは圧倒的に春が多い。正直に告白すると、僕は春がとても苦手なのだ。春になると不安でなにも考えたくなくて眠たくなってしまう。

長年の付き合いである美容師の友人は、僕の頭部に円形の脱毛斑を発見しても、それを僕には告げず、僕の不安を和らげようと、「大丈夫、大丈夫」と優しく囁《ささや》いてくれる。

しかし、それが習慣になっているため、友人の「大丈夫、大丈夫」という言葉は、もはや僕の耳には「円形できてまっせ」と聞こえてしまう。だが、友人の厚意を無駄にしたくないので、そんな野暮なことは言わない。

最初に円形が見つかった時、友人はひどく動揺し騒ぎたてた。優しい人なので心

配してくれてのことだったが、ほかの美容師達も僕の頭部を中心に集まり、

「本当だ、凄《すご》い！」

「結構でかいじゃん！」

「ストレス溜めちゃダメだよ」

などと順番に自分の感想を述べていき、静かだった平日午後の美容院は、突如ミステリーサークルが出現したかのように、にわかに活気づいた。その後、さらに円形は大きくなり、僕を困らせ、ようやく治ったと思うと、ほかの場所に転移して、完治するまでにしばらく時間が掛かった。その経緯を知っているからこそ、友人は僕の円形に「大丈夫、大丈夫」という名前を付けたのだろう。

蕁麻疹が発生するのも春が多い。中学時代からの親友が、南青山にある洗練されたバーでバイトをしていた時期があった。その時、僕は初めて一人でバーという場所に行った。もちろん、親友が働いていたので激励を兼ねて社会見学のつもりで、店を訪ねたのである。カウンターで飲んでいると、隣に若い女性が座った。このような状況はテレビドラマでしか観《み》たことがなかった。女性に話を振られるまま、僕は必死で答えていた。僕がなにか言うたびに、女性は「その考え方凄いですね！」と感心してくれた。僕は徐々に気持ち良くなり、普段よりも少しだけお喋《しゃべ》りになっていた。

すると、突然カウンターの中から親友が、「なんか、ブツブツできてる。虫に刺された？」と僕に言った。そう言えば、なんか身体がかゆかった。唇の感覚もおかしい。なんだろうと思っていると、先程まで隣の席で瞳を潤ませ僕を褒め続けていた女性が、僕の唇を指差し、「うわ！　恐竜みたーい！」と手を叩いて笑いだした。鏡に自分の顔を映してみると、唇がプックリと腫れあがり、種類こそ解らないが、たしかに恐竜のように見えた。蕁麻疹だった。女性におだてられ、浮かれていた自分を消し去りたかった。身体を冷やすために店の外に出たが、思いのほか春を感じさせる温《ぬる》い風が吹いていた。性に合わないことはやるものではないと思った。

春は新しい環境に放り込まれることが多い。学生時代から春は絶望的な気持ちで過ごした。一学期はクラスメートにさえ存在を気付かれることなく過ごした。二学期くらいから少しずつ、周りの人に存在を知られていく。三学期にようやく友達ができる。だが、また一学期がやってきてクラス替えが行われ、折角できた友達も新しい友達と仲良くなってしまい、僕は透明になっていく。半分水に浸《つ》かっているような、息苦しさに襲われる。自分がここにいないような朦朧《もうろう》とした感覚に包まれ、眠たくなるのである。

【蛙の目借時】という季語があると教わった。

春の暖かい気候は眠たくなる。特に蛙の声が聞こえる時期になると、一層眠たくなる。これは俗に蛙が人間の目を借りていくからだという説から生まれた季語であるらしい。

初めて聞いた時はユニークな発想から生まれた、微笑《ほほえ》ましい季語だと思ったが、よく考えると、微笑ましいどころか、とても恐ろしい季語である。

もしかすると、僕は幼い頃から春が訪れるたびに蛙に目を借りられていたのではないか？

眠たくて、やる気が起こらないということだけが根拠ではない。あの春の気怠《けだる》さや、半分水に浸かっているような息苦しさは、蛙に借りられていった僕の目が、蛙の視界から捉えた世界の影響を受けたことによるものではないだろうか。蛙の目として使われていても、薄っすらと、僕の脳や身体と繋がっていて、砂嵐と雑音混じりではあるけれど、たまに映像が見えたり声が聞こえたりするテレビのチャンネルのように、蛙が見ている景色が僕の視界にも混入してしまっていたのではないだろうか。

そして、蛙に持っていかれたことによって、空洞になった僕の目があった場所には蛙の目が預けられていたのではないか。

春に僕の身体に発生する蕁麻疹は、蛙の目に対する身体的な拒絶反応ではないか。

そういえば、子供の頃に蛙を触って発疹が出たと騒いでいた人がいた。蛙の目が直接神経に触れているのだから、円形脱毛症が出るのも不思議なことではない。脱毛斑が転移していくポイントも、見ようによっては蛙がジャンプして着地した場所のようにも見える。

僕が幼い頃から、春に気分が晴れなかったのはすべて蛙のせいだったのではないか。なぜ、蛙は僕の目ばかり借りていくのだろう。それまで、普通の混み具合だったカフェが、海外の雑誌で取り上げられた途端に外国人観光客で溢《あふ》れかえることがあるらしいが、それと同じように蛙界で僕は、「すぐに目を貸す奴《やつ》」として有名になってしまっているのではないか。

今年も僕は円形脱毛症と蕁麻疹に悩まされている。まぶたも重たく、気を抜くとまどろみに吸い込まれてしまいそうだ。早く僕の目を返して貰《もら》えないだろうか。街を歩いていても、常に眠たいので危険で仕方がない。時折、不鮮明な水面や草むらの風景が眼前にあらわれる。蛙に借りられた僕の目が見ている風景なのだろう。急に視界が現実の僕のものに戻る。いつのまにか、僕は道路の中央を歩いてしまっている。前方から大型バスが猛スピードで走ってきた。それを、僕は悠々と跳び越えてしまう。

一刻も早く蛙に目を返して貰わないといけない。

第三章
「季語」に親しもう

歳時記をめくったら、子どもに戻った⁉

堀本　第二回のあと、又吉さんに作ってもらった句が「父の足裏に福笑いの目」。福笑いの目がどこかへ行ってしまったんですね。

又吉　はい。で、それが父親の足裏についていたという状況です。

堀本　おもしろい情景ですよね。なぜ、父の足裏が出てきたんですか。

又吉　前回の宿題は、新年の季語を使うということだったので、歳時記をめくってみたんです。お正月に関するいろんな言葉がありましたが、僕がそういうのを実感できたのは、実家にいた間だなと。それで、記憶をたどっていくと、炬燵《こたつ》があって、ミカンがあって、オヤジがいつもの場所に座ってて、そういえば子どもの頃、福笑いやってたなと。実際に、オヤジの足の裏に福笑いの目がついたことはなかったんですけど、足の裏が印象的ではあったんです。僕が座る位置から、あぐらをかいたオヤジの足の裏がよく見えてた（笑）。足デカいですし、皮も分厚いし、ゴミがついたりしてたなぁと。福笑いのパーツってよくなくなりますよね。たいがい炬燵布団をめくって捜すと出てくるんですが、もしも「どこにもないぞ！」って事態になったとして、どこにあるんやろと想像したら、オヤジの足の裏がパッと思い浮かんだんです。

堀本　お父さんの足裏と福笑いの目が、よくくっ付いたなと思います。俳句ではそれを取り合わせっていうんです。この二つは本来関係ないけども、一句の中に入ることで、詩的作用を生み出します。「二物衝撃」という言い方もします。

又吉　その二つが体の部位同士で、しかも目が足の裏にあるって、ちょっと不気味ですが。

堀本　妖怪っぽいですね。

又吉　ええ。百目という妖怪もいましたしね。堀本さんの「コント見てころころ笑ふ春着の子」も、ほのぼのとした感じですね。

堀本　僕はまず、又吉さんからコントという言葉が浮かんだので、それで作ろうと思ったんです。歳時記をめくっていたら「春着」という季語が目に飛び込んできた。コントと「春着」、これはいいなと思って考えていたら、ふっと出てきた句ですね。

又吉　「コ」が重なってて、読んでいて気持ちいいです。頭と終わりも「コ」ですもんね。

堀本　四回出てきます。俳句は韻律やリズムで読ませるところもあるので、音として伝わるものも、明るく、めでたい感じにしたかった。正月に親戚が集まったとき、こういう子がおったらかわいいやろうな、と想像して作りました。今回の又吉さんと僕の句、期せずして、家族を感じさせる句になりましたね。

又吉　僕の場合は確実に、歳時記を開いたから出てきた発想です。僕が自由律で新年について考え出すと、多分暗いやつしかできないです。東京で一人で迎える寂しい新年というイメージしか、僕にはないんで。芸人になってからは、カウントダウンイベントやらなんやらで、お正月の感覚って忘れかけてる。福笑いなんて、もはやお正月から連想するワードの上位にあるものではないです。でも、福笑いの目を真剣に捜すくらい、幼い頃の記憶を取り戻したのは、季語のお題があったからです。

堀本　僕も東京で一人きりの正月を過ごすのは寂しくて、絶対、和歌山へ帰るんです。だから、又吉さんの気持ち、よくわかります。俳句を作ろうとしたとき、やっぱり言葉に刺激されることってありますよね。歳時記に収められた季語という言葉の集まりを眺めているだけで、自分の思い出や記憶が刺激され、そこから想像力が働いて、一句になる。これは、俳句のおもしろいところです。

「季語はどれかな?」が鑑賞の第一歩

又吉　僕は、歳時記が春・夏・秋・冬の四季と新年の五つに分かれていること自体、最近まで知りませんでした。

堀本　歳時記では、春夏秋冬だけじゃなく、新年も一つの区分として扱われています。

そして、ほとんどの歳時記では、時候、天文、地理、生活（人事）、行事（宗教）、動物、植物などに季語が分類されています。歳時記の存在は、どれぐらい前から知ってたんですか？

又吉　初めて買ったのは随分前で、僕の中にまだ歳時記という概念がない頃でした。辞書が好きなので、いろいろ買っているうちに書店で見つけて、おもしろい言葉がたくさん載ってるけど、これなんやろ？　と、妙に惹《ひ》かれました。季語というのはもちろん知ってたんです。ただ、それが本にまとまっているということを知らなかった。季語って、各々の感覚で勝手に決めるものなのかなって思ってましたから。

堀本　まず俳句をする者同士の共通認識として、歳時記を開いて解説や例句を読み、季語への理解を深めようということがあります。歳時記を引くことで、季語が持っている本来の言葉の意味や、季語が一句のなかでどのように使われてきたかなどもわかってくるんですね。

又吉　前から一つ疑問があったんです。俳句を読むとき、「季語はどれかな」という目で見ますね。なんとなく「これかな」とわかるときと、わからないときがある。季語って、姿を変えてません？

堀本　ええ、姿を変えています（笑）。それは、きっと傍題のことですね。歳時記で「雪」を引くと、立項されている季語に付随するかたちで「小雪」「六花《むつのはな》」「根雪」「雪明り」「朝の雪」……と、関連語が紹介されています。これを傍題と言います。傍題は、季語のバリエーションと考えてもらえばいいと思います。

又吉　へぇ、それを知らないと、「六花」が雪のことだとはわかりませんね。俳句を読んでいて、雪の句だと言いながら、雪がどこにもないじゃないか？　話が違うじゃないか？　みたいなことがたびたびありました。

堀本　歳時記に親しんでくると、それもだんだんわかるようになりますよ。季語の本来の意味、本来の情感が理解できるようになるんですね。それを、季語の「本意・本情」と言います。たとえば、俳句を鑑賞するときなどに、「これは季語の本意・本情をきちんと捉えた句だね」というような使い方をします。この「本意・本情」という言葉を、ぜひ又吉さんにも知っておいていただきたいです。

又吉　本来の意味と本来の情感。

季語の「本意・本情」を知ろう

堀本　例を挙げてみましょうね。「妻亡くて道に出てをり春の暮」（森澄雄《すみお》）という句の季語は「春の暮」です。「春の暮」の本来の意味は、春の夕暮時。じゃあ、この季語の本来の情感は何かというと、歳時記には「春の宵のもつ浪漫的雰囲気は薄い」（『合本現代俳句歳時記』・以下「現代」）と書かれています。その隣に「春の宵」がありますね。なんて書いてあります？

又吉　「そこはかとなく感傷を誘い、ロマンチックな雰囲気がある」（「現代」）。ああ、なるほど。「春の宵」のほうが、「春の暮」よりも、ちょっとロマンチックなんですね。その情感の差を感じ取るということですね。

堀本　そうなんです。実際、日常生活では、「今日はいい春の暮ですね」とか、「素敵な春の宵ですね」とはなかなか言わないですけど、歳時記ではこのように細かく季語が分類されているわけです。

又吉　もちろんこの二つは、本来の意味も違うということですよね。

堀本　そうです。「春の暮」は、「暮には、時刻と、時候の両義があるが、近代になって春の暮は、春の夕暮のほうに重点が置かれはじめた」（「現代」）と説明があり、暮れて時間が経った夕暮のことを指します。「春の宵」は、「春の日の暮れてまだ更けわたらないころをいう」（「現代」）。まだそんなに夕暮が深まってない時間のことですね。どっちでもいいやん、って言う人もいるかもしれないけども、俳人から言わせたら、いやいや、それは違いますよと。

又吉　確かに、夕暮って、十分くらいでだいぶ変わりますからね。僕もあの時間帯が一番好きで、夕日がよく見えるマンションの屋上に上って行って、一人で見たり動画を撮ったりしてます。そういうとき、「この黄昏は何て呼べばいいんだろう」みたいなことが、ずっと気になってました。夕暮って、昨日と今日で、赤みがまったく違うこともあるんです。僕は赤みが強いのが好きなんですが、今日は赤みが足りひんなと思うときもある。そういう日は、たいがい快晴です。二日連続でムービーで撮ってみて、比べたりしているので、ちょっとおかしいですけど（笑）。

堀本 いえ、夕暮のスペシャリストと呼びましょう（笑）。

又吉 でもほんまに、季節や時間によって、全然違いますもんね。ほぼ同じ時間帯を指すにしても、ここまで細かいニュアンスの違う言葉があるというのは、自分の感情を託すにはありがたいことですね。だから、歳時記に書いてある意味や情感をちゃんと理解して、どっちがどっちか、わからないとダメってことですね。

堀本 それだけ夕暮の色合いを観察したり、一日一日季節の変化を感じて追っていくというのは、俳人として一つのあるべき姿勢だと思いますね。これはいつか、又吉さんと夕暮を見に行かないとダメですね。

又吉 きれいなところへ行きたいですね。で、その夕暮を表せる言葉は、春なら春でいっぱいあるわけですか。

堀本 先ほどお話しした傍題として、「春の暮」なら、「春の夕」「春夕べ」、「春の宵」なら、「春宵」「宵の春」などバリエーションがありますね。そのうえ、「夏の暮」「秋の暮」「冬の暮」というふうに、季節ごとにもあります。

又吉　あ〜、そういうことになってるんですね。じゃあ、夕暮というのは、そもそもどの季節の季語なんですか。

堀本　実は、夕暮自体は季語ではありません。でも、「夕焼」は夏の季語なんですよ。

又吉　え⁉「夕焼」って、秋っぽいイメージですけど。

堀本　歳時記では、「四季共にあるが、夏の真っ赤な夕焼の壮快さから夏の季語となっている」（『合本俳句歳時記 第三版』・以下「俳句」）という解説です。傍題で「夕焼雲」「夕焼空」がありますね。「ゆやけ」という、縮めた言い方もします。で、この「夕焼」の入った季語も、「春夕焼」「秋夕焼」「冬夕焼」と四季を通じてあります。

「春炬燵」はどんな季節の風景？

又吉　うわぁ〜、バリエーション豊富過ぎですね〜。ということは、〝冬の終わりあたり〟みたいな感じを詠みたいとき、言葉を選ぶのが難しくなりそうですね。

堀本　季節が移り変わっていく微妙な感じを詠む俳句っていうのはもちろんアリなんですけど、実はもうそれ自体が季語になっているケースが多いです。今の話でいえば、「冬終る」「冬の果」なんていう季語があります。夏でいえば、「夏終る」「夏の果」ですね。

又吉　はぁ、なるほど。

堀本　たとえば、「夏の果」という季語を歳時記で引いてみてください。その隣に「秋近し」がありますよね。

又吉　ほんまや（笑）。そうか、「秋近し」は秋じゃないから、夏の季語なんですね。

堀本　又吉さん、今、どうして〝冬の終わりあたり〟が気になったんですか。

又吉　いや、こういうことって、ありませんか。春やのに、まだ炬燵出してんのかみたいな家ってあるじゃないですか。僕んちがまさにそうだったんですけど。出したままじゃあかんなと思いながら、片付けるのが面倒でそのままになっているみたいなことって、僕の生きてきた人生においての、一つの季節の象徴的な風景なんですよ。

堀本　ああ、その視点、鋭いですね。又吉さん、やっぱり季節に敏感ですよね。さすが夕暮が好きなだけある。「炬燵」というのは俳句でいうともちろん冬の季語なんです。でもね、「春炬燵」という季語もあるんですよ。

又吉　あ、あるんや！（笑）

堀本　歳時記はそういうふうに、季節の繊細な感覚や実感を網羅しているんです。

又吉　じゃあ、僕が心配することは何もないんですね。

堀本　又吉さんの感じていることは、おおかたの日本人が無意識に実感していることなんでしょう。でも、それが季語になっているなんて知らずに、「春まで出ている炬燵」を、自分の中で、その季節の象徴的な風景として認識されているのが、又吉さんの鋭いところですよね。

又吉　今、歳時記で解説を見たら、「春になってもまだ置かれている炬燵のこと」（「現代」）って。そのまんまですね。

堀本　それが「春炬燵」の本意なんですよ。春になっても寒い日がある。それこそ「余寒」「春寒《はるさむ》」などの季語もあるように、まだ炬燵に入ることもあるだろう。もうしばらく炬燵を置いておきたいなと。その隣に並ぶ季語は「春暖炉」「春火鉢」。

又吉　僕らは現代人だから「春炬燵」ですけど、昔の人は今言ったのと同じような感覚を「春火鉢」に抱いてたんでしょうね。

歳時記と友達になろう！

堀本　あらゆる事柄に関する季語がありますから、歳時記を持ち歩くといいかもしれませんね。

又吉　気になったら、引いてみるってことですね。

堀本　そうです。歳時記の種類は、だいたい小・中・大の三サイズあります。小型版は文庫サイズです。季節ごとで一冊なので、新年を含めた合計五冊。初心者の方におすすめなのが、中型版ですね。四季と新年が合わさった合本で、持ち歩きやすい大きさです。僕も普段『合本現代俳句歳時記』(角川春樹事務所)や電子辞書に入っている『合本俳句歳時記 第四版』(角川書店)を使っています。今日の引用もそれらからです。大型版は、大歳時記と呼ばれるもので、絵や写真付きで解説してあるので、美しく見飽きないです。解説文も非常に丁寧です。これも、四季と新年に分かれています。その他に季寄せというのもあります。これは、季語だけをコンパクトに掲載したものです。季語の本意・本情はもう熟知しているという上級者向けですね。

又吉 大歳時記、おもしろいですね。花も写真を見ながら解説を読むと、記憶に残りやすそう。

堀本 植物、動物などの種類別の歳時記もあります。バリエーション豊かなので、自分が興味ある分野、俳句にしたいと思うジャンルのものを手元に置いて、どんどん引きまくるのもいいですね。よく、サッカーで「ボールと友達になれ」と言いますよね。俳句でいうと、「歳時記と友達になれ」ですね。歳時記と友達になると、季語とも友達になれる。持ち歩くのが嫌なときは、スマホアプリもありますから。又吉さんの電子辞書には、歳時記入ってます?

又吉 入ってますね。多分……。僕は複数辞書検索というのを使っていて、それで言葉を調べると、たまに歳時記の季語も一緒に出てきてた、気がする……。これからは、注意して見ていこうと思います。季語をもっと覚えていきたいです。

堀本　今は季語と呼んでいますけど、江戸時代は四季の詞《ことば》と言いました。明治四十一年に俳人の大須賀乙字《おおすがおつじ》が、季語と呼び始めたそうです。

又吉　わりと最近なんですね。

堀本　そうですね。歳時記の中には、平安時代の和歌から受け継いでいる季語もかなりあります。その代表的なものが五箇《ごか》の景物といって、花、ほととぎす、月、紅葉、雪。その中の雪月花は、日本の代表的な風物とされています。

又吉　セツゲツカ？

堀本　藤原公任《ふじわらのきんとう》という人が編集した『和漢朗詠集』という詩歌のアンソロジーがあります。それに白居易《はくきょい》の「琴詩酒友皆抛我《きんししゅのともみなわれをすつ》　雪月花時最憶君《せつげつかのときもっともきみをおもう》」という漢詩が出てきます。これは、「琴の友、詩の友、酒の友がみんな自分を見捨てて、去ってしまった。雪が降っているとき、月が皓々《こうこう》と冴《さ》えているとき、花、つまり桜が咲き満ちているとき、君のことをよく思い出すよ」という内容です。この雪月花という考え方は、日本文学に多大な影響を与えていて、川端康成もノーベル文学賞受賞のスピーチで、この漢詩を引用したそうです。川端の文学というのは、日本の四季を非常に美しく描いていますよね。雪月花への思いが、深かったんじゃないかなと思います。

又吉　季語は、長い歴史の中で磨き抜かれてきた言葉なんですね。研ぎ澄まされている感じがするのは、そのせいなんでしょうね。

堀本　その通りです。和歌の時代から親しまれてきた季語には、雅《みやび》な言葉が多いです。和歌から俳諧の時代になり、俳句になると俗な言葉の季語が増えてきます。たとえば、江戸時代に入って季語になった言葉には、蒲公英《たんぽぽ》、葉桜、鰯雲《いわしぐも》、木《こ》の実《み》、河豚《ふぐ》などがあります。和歌の時代には、蒲公英なんて詠まれていないわけです。桜も花は詠まれていましたが、葉桜は詠まれていなかった。近代になると、石鹸玉《シャボンだま》、香水、冷蔵庫、セーター、おでん、さっき出てきた炬燵など、生活の中の身近な言葉が季語になり、バレンタインの日、赤い羽根共同募金の赤い羽根など、イベントや行事も季語として定着していきます。だから季語は増えたんですが、現在は、ほとんど増えていないですね。

又吉　新しい季語はどうやったら、生まれるんですか。

堀本　今まで使われてこなかったその季節を象徴する言葉を用いて、秀句を作ればいいんです。それを俳壇が認めて歳時記を編集する出版社が採用すれば、季語になってゆくでしょうね。その昔、判定のお目付役は高浜虚子でした。現代は、火鉢のように、そのもの自体が使われず、死語になりつつあったり、重陽《ちようよう》（※陰暦九月九日、古くは菊の節句と呼ばれた行事）のように、庶民の生活から遠のいた行事になってしまったりで、季語は実質的に減りつつある状況といってもいいかもしれません。

「一句に一季語」が俳句の基本

又吉 季語って、何千語もあるんですよね。俳人は、どれくらい覚えているものなんですか。

堀本 俳人の森澄雄は、自在に使える季語は六十か七十あれば十分だと言っています。二、三百程度は必要だという方もおられるし、それはもうバラバラです。ただ、僕は数だけではなくて、しっかり季語を理解して使うことが大切だと思います。もちろん、四季にわたるある程度の季語を知らないと、一句にうっかり二つの季語を使ってしまうことがあります。季語の知識があると修正できますが、初心者は気づきにくいですよね。

又吉 もしかしたら、僕は前回の宿題を新年の「福笑い」で作ったけど、「父の足裏」が夏の季語だということもあるってことですか。

堀本 そうですね。実際、「跣足（はだし）」「素足」が夏の季語なので、ちょっとあぶなかったですね（笑）。これだけ細かく季語として網羅されていたら、何が季語になっているかわからないし、全部疑わしく見えてくる。歳時記を引いて確認しないとわからないです。

又吉 もしも、季語が二つあったら、それは不格好だから避けたほうがいいということですね。

堀本　そういう句を「季重《きがさ》なり」と言います。僕は初心者の方に、基本的に一句の中に季語は一つ、と教えています。なぜかというと、一つにしないと焦点がぼやけるんですね。季語というのは十七音の中で、非常に大きなウエイトを占めますし、言葉の力も強い。季語が二つ入っているということは、焦点が二つに分散されてしまうということです。

又吉　なるほど。

堀本　初心者の俳句でうっかり「季重なり」になってしまって、それが功を奏したという例はほとんどないです。だから初心者のときは、「一句に一季語」を心がけてほしい。ただ、プロになると話は違って、「季重なり」でおもしろい句がたくさんあります。いくつか紹介しますね。「薄氷《うすらい》の裏を舐《な》めては金魚沈む」（西東三鬼《さいとうさんき》）。どれが季語かわかりますか？

又吉　まず「薄氷」ですか。もう一つは、「金魚」ですかね。

堀本　そうですね。「薄氷《うすごおり》」は春の季語です。冬の季語と思いがちですけどもね。歳時記を引くと、傍題に「薄氷」「春の氷」「残る氷」とありますね。「春先になって寒さが戻り、うすうすと氷の張るのを見ることがある。薄く溶け残った氷にもいう」（「俳句」）という説明があります。じゃあ、「金魚」は？

又吉　夏の季語ですね。ああ、この二つの季語は、季節が違うんですね。

堀本　「薄氷」は春で「金魚」が夏。この句、又吉さんはどういうふうに鑑賞します?

又吉　金魚は、自分が伸び伸びとできる季節が来たと思って、水面に顔を出そうとしたんだけど、まだ氷が張ってた。氷の裏を舐めて、沈んでいったんですね。これ、人間は見ることがない風景のような気がするんですけど。イメージの中の情景というか、幻想的な感じがします。

堀本　まさに、西東三鬼は前衛的な俳人なんですよ。だから、イメージで構築している句かもしれないですね。じゃあ、この句の季節はいつですかね。

又吉　ということは、春になるんですか?

堀本　観賞用の「金魚」は一年中います。でも、「薄氷」は春にしか張らないですよね。だからこの句の季節は春です。

又吉　なるほど、そういうふうに考えればいいんですね。

堀本　こういう場合、「薄氷」を主季語、「金魚」を従季語という捉え方をします。金魚が氷の裏をちろちろ舐めて沈んでいく感じがはかなく、暖かい季節を待っているんだなぁと伝わってきますよね。二つの季語がうまく関係し合って、一つの映像をくっきりと浮かび上がらせています。うっかり重なってしまったのではない「季重なり」だからこその世界観です。次の句、「胡蝶《こちょう》飛び風吹き胡蝶又来《きた》る」（正岡子規）の季語はどれでしょう。

又吉　「胡蝶」ですかね。二回出てます。

堀本　「胡蝶」を調べると、「蝶」の傍題だとわかりますね。この他に、「初蝶」「白蝶」「黄蝶」「紋白蝶」など。季節は春ですね。この句からどんな印象を受けます？

又吉　「胡蝶」って、どんな蝶なんですかね。ちょっとわからないですけど、まあ、蝶が自分のほうに飛んできたと思ったら、風で飛ばされて、また違う蝶が来て……。蝶がいっぱいいるんですね。そういう爽やかで、のどかな春の風景を詠んでいると考えていいんですかね。

堀本　多分そうでしょうね。この句には、春風という季語が背景に感じられますね。「胡蝶」が二回使われているので、厳密に言えばこれも「季重なり」。二回リフレインされて、リズムがいいですよね。じゃあ同じ蝶で、「蝶の舌ゼンマイに似る暑さかな」（芥川龍之介）。「蝶」の他にもう一つ季語があるんです。どれだと思います？

主季語と従季語を見極める

又吉　ゼンマイなのか、暑さなのか……。でも、ゼンマイは一年中あるものですよね。え？　ってことは、「暑さ」ですか？

堀本　もう「季重なり」を見つけるツボをおさえましたね。そう、ゼンマイは年間通してあるので、「暑さ」。夏の季語です。

又吉　ほんまや、傍題に「暑し」「暑き夜」。思わぬものが季語になってるんですね。この句の主季語はどっちなんですか。「蝶」は春限定なんですかね。難しいなぁ。

堀本　「蝶」は、「蝶」だけだと春の季語ですが、さっきの「夕焼」と同じように、「夏の蝶」「秋の蝶」「冬の蝶」と、四季を通じて季語になっています。ということは?

又吉　主季語は「暑さ」ですか。

堀本　正解です。これは、主季語が「暑さ」、従季語が「蝶」で、春と夏の季重なりですね。芥川は、夏の暑い盛りに、蝶のゼンマイに似ている舌をじっと見たんでしょうね。で、そこに暑さを感じた。

又吉　蝶の舌……。見たことないな。

堀本　あんまり見ないですよね。俳句を作るとき、どういう状況や事柄で「暑さ」を表現すれば、自分なりの一句ができるのだろうと考えていくんですね。これ、凡人には思いつかない「暑さ」ですよね。ゼンマイに似る暑さって、何やねんっていう(笑)。では、「風船をつれコスモスの中帰る」(石原八束《やつか》)。この季語は?

又吉　「風船」と「コスモス」。「コスモス」は秋でしょう。これは、引いたことがあります。コスモス保育所という保育所に通ってたんで、昔からコスモスという花が好きなんです（笑）。この句の主季語は「コスモス」じゃないですか？　「風船」はいつでもあるから。

堀本　そうです。「風船」は春の季語で、この句の従季語です。これ、どう解釈します？

又吉　コスモスがたくさん咲いてる風景が浮かびますね。その中、風船を持って帰っているのが、子ども……？

堀本　それこそ夕日が見えてきそうな一句ですよね。僕は、作者の石原八束本人が、家で待っているお子さんに、風船を持って帰っているのかなと思いました。

又吉　僕の発想がネガティブなんか、そう考えると、すごくせつなくなります。お父さんは、我が子が喜んでくれると思って、風船を持って帰ってるわけですが、子どもが全然喜ばないという悲惨な状況もありえますよね。それに、大人の男が風船を持って歩くって、結構恥ずかしいですよね。「コスモスの中帰る」ってあるから、距離が結構長そうですし……。

堀本　いいですね〜、又吉さんの想像力が（笑）。確かに、寂しげな感じもします。「風船を持ち」ではなく、「風船をつれ」と言っている。擬人的に表現しているこの部分は、ポイントかもしれません。

又吉　ほんとだったら子どもを連れてるはずだったのに、みたいな感じもしてきました。

堀本　ああ、じゃあ、子どもはいないとか?
又吉　悲しくなってきましたね(笑)。
堀本　そうですね。じゃあ気分を変えて、「をみなへし又きちかうと折りすすむ」(山口青邨《せいそん》)。
又吉　まず「をみなへし」がわかりませんが、これが季語なんでしょうね。
堀本　女郎花《おみなえし》のことですね。もう一つは「きちかう」で、桔梗《ききょう》のことです。
又吉　じゃあ、花が二つ出てきているんですね。あ、歳時記を引いてみたら、この二つはすぐ近くにありました。へぇ、秋の七草なんですね。
堀本　そうやって、俳句を鑑賞しながら歳時記を引いて覚えていくんです。
又吉　この句はどう鑑賞したらいいんでしょう。
堀本　秋の野原で、女郎花や桔梗を摘みながら、どんどん野を歩いていくという情景を淡々と詠んでますね。どちらの季語も平仮名表記で、花や草のやわらかさが伝わります。「又」と「折」るだけが漢字なのも、字面のアクセントになっています。この句がおもしろいのは、二つの季語が同じ季節で、対等に扱われている点です。季重なりといっても、この五句を見ただけでもいろんなパターンがあることがわかりますよね。

季語で失敗しないコツ

又吉　歳時記は、俳句を作るときだけでなく、読むときにも絶対に必要ですね。納得しました。

堀本　持ち歩いて、どんどん引いてほしいですね。たとえば、春だからといって、春の歳時記だけ持っていると、春以外の季語をうっかり使ったときに、チェックできない。疑わしいものを全部調べるためにも、さっきも言ったように、初心者には中型の合本をすすめたいです。そうやって季語を覚えながら、実際に作句していくわけですが、大事なポイントが、季語の本意・本情に含まれていることを、一句の中でくり返して言わないということです。「姫路城落花はらりと散りにけり」という句があります。先ほど、俳句の世界では、花と言えば桜を指すとお話ししました。だからこれは、桜が散っている風景を詠んでいるわけですが、この句、どこかおかしくないですか?

又吉　「落花」に、花が散るという意味が含まれているのではないですか。

堀本　そうなんです。この句の季語は「落花」。花が落ちたと言っているわけですから、「はらりと散りにけり」は要りません。季語の本意・本情に含まれていることを、一句の中でくり返していますね。つまり、季語を修飾し、説明してしまっているんです。ちなみに、ここで扱う例句は、全部僕が作ってみたものです。じゃあ、「鶯《うぐいす》に春を思ひて日もすがら」は、どうですかね。

又吉　季語は「鶯」ですね。でも「春」も季語では？　それに「鶯」って春のイメージですが……。

堀本　「鶯」の傍題には「春告鳥」とあり、鶯は春の象徴的な鳥ですね。だからこの句の「春を思ひて」は、「鶯」の本意・本情に含まれているんです。そのうえ、「鶯」と「春」の季重なりになってしまっている。日もすがらというのも、単に一日中という意味で、効果的に使われていない。厳しい見方をしたら、これは俳句でも何でもないようなものです。でもこういう投稿は初心者にはよくあるんです。ちょっといい感じにも見えるでしょう。

又吉　確かに、春のうららかな雰囲気があるいい句のような気がしてしまいそうです。

堀本　そういうふうに作ったんですけどね（笑）。今のも、季語を修飾して、説明している悪例です。最後に、「暖かき春風吹いてあくびする」。季語が二つあります。

又吉　「春風」と、あくびは年中するから、「暖かき」ですかね。

堀本　そうですね。「春風」の説明に、「のどかであたたかい風である」とあります。だから「暖かき」は真っ先に削らないとダメです。それに、春風はもう吹いているわけですから、「吹いて」も余計です。「春眠暁を覚えず」という有名な漢詩もあるように、春が眠いのは共通理解でしょう。「あくびする」もこの句を平凡にしている要因です。

又吉　どれも自分がやってしまいそうな失敗です。初心者はどうして、季語を説明しようとしてしまうんですか。

堀本　季語の本意・本情を理解していないからです。あと、説明しないと読み手に伝わらないと思いこんでいる人が多いかもしれませんね。

又吉　季語は、初心者が思っている以上に、ものすごい情報量と、ニュアンスを含んでいるんですね。そして、季語から連想することも、ほぼその中に含まれているんですね。そこに気をつけないといけませんね。僕らみたいな俳句をやってない人間からしたら、「あっ、春風や」と感じた時点で、そういう自分をスペシャルだと思ってしまう節がある。そこで止まったらダメで、プラスアルファでどういう状況を描くか、どんな思いを盛り込むか、なんですね。

俳句を通して季節に近づく

堀本　最後に、今日は季語クイズを作ってみました。気軽な気持ちでやってみてください。一問目。次の季語は、春・夏・秋・冬のどれでしょう。

「山眠る」「山笑ふ」「山粧《よそ》ふ」「山滴《したた》る」

又吉　「山笑ふ」は春っぽいですね。「山滴る」は、梅雨の後、夏ですか？
堀本　正解です。「山滴る」は、「夏山蒼翠《そうすい》にして滴るが如《ごと》し」から派生した季語ですね。
又吉　「山粧ふ」は雪のこと？　だったら冬。で、「山眠る」が秋。
堀本　残念。その二つは逆でした。「山粧ふ」は紅葉のことで、秋。「山眠る」は冬。眠るように静かだという意味です。四季を通して山が擬人化されて季語になっているんですね。では、二問目。次の季語は、春・夏・秋・冬・新年のうちどれでしょう。
「夜学」「虎落笛」「浮いて来い」
「三島忌」「夜の秋」「鎌鼬」
又吉　難しい！　これはもうニュアンスでいくしかないです。「夜学」は、夏？
堀本　秋です。秋がもっとも勉強に適しているという日本人の季節感が反映されています。
又吉　「虎落笛」？　読み方すらわかりませんが、字の雰囲気から、冬？
堀本　当たりました。もがりぶえと読み、木枯らしなどが柵や竹垣に吹きつけて発する笛のような風音のことです。
又吉　「浮いて来い」って、何が浮くんですか（笑）。夏っぽいですね。
堀本　はい、正解！　夏の季語で、セルロイドやゴム、ビニール製の子どものおもちゃの、浮人形《うきにんぎょう》を指します。

又吉　「三島忌」かぁ。「太宰忌」（桜桃忌）ならわかるんですが。自決のときの服装を思い出すと、秋ぐらいかな。
堀本　一九七〇年十一月二十五日が三島の亡くなった日ですね。立冬が十一月の初め頃なので、三島由紀夫を偲《しの》んで冬の季語となっています。「憂国忌」の傍題もありますね。
又吉　「夜の秋」は引っ掛け問題ですね。きっと、夏でしょう。
堀本　はい（笑）。晩夏の夜のことです。夏も終わりになると、夜は涼しくなりますよね。
又吉　「鎌鼬《かまいたち》」は冬。冷たい風で皮膚が乾燥して傷口が割れることなんかを鎌鼬現象っていう、あれですよね。
堀本　さすが！　こういう単語に強い、又吉さん。二問目は四勝二敗でした。
又吉　季語って、こんなにいろんな種類があるんですね。おもしろい言葉が多いから、使うだけで満足してしまいそうですが、まずは本意と本情を覚えることですね。それには、自分からもっと季節に寄っていかないとダメなんでしょうね。
堀本　俳句を作る、読むことによって、季節に近づいていけるという考え方もあると思いますよ。季語を通して自分が見るものや触れるものが、豊かに感じられるようになる。
又吉　季節に対する目線が、いっぱい持てるようになるんだろうなという予感はします。ものの見方も違ってきます。

一日の中でも、濃い部分が増えていきそうというか、メリハリがつきそうというか。

堀本　又吉さんが好きな夕暮以外にもスペシャルなものを見つけていってください。では、次の一句は春の季語で。

又吉　はい。歳時記と友達になります。

蛙《かわず》の目《め》借《かり》時《どき》テナント募集中

堀本裕樹

石鹸玉飲んだから多分死ぬ

又吉直樹

まとめ

歳時記を引きまくれ！

季語

「春の季語にはどんなものがあるのだろう？」、または「○○はどの季節の季語？」などと疑問を抱いたとき、すぐに歳時記を引くことで、季語が身近になっていく。

分類

季語は、春・夏・秋・冬・新年の五つに分けられている。

傍題

見出しの季語の別称や、同じ仲間とされているもの。ひとつの季語にたくさんの表現方法がある。

現代俳句歳時記●秋　726

❖月《つき》

初月《はつづき》　二日月《ふつかづき》　三日月《みかづき》　新月《しんげつ》　夕月《ゆうづき》　宵月《よいづき》　月白《つきしろ》　夕月夜《ゆうづきよ》　有明月《ありあけづき》　昼の月《ひるのつき》　月夜《つきよ》　月の出《つきので》　月光《げっこう》　月明り《つきあかり》　月影《つきかげ》

月は一年を通して身近なものであり、四季それぞれの趣があるが、月のさやけさ、清々しさは秋に極まるので単に「月」といえば「秋の月」を指す。「木の間よりもりくる月のかげ見れば心づくしの秋は来にけり　よみ人しらず」（『古今集』）、「月みれば千々にものこそかなしけれ我が身ひとつの秋にはあらねど　大江千里」（同）など、秋と月とをかかわらせながらの伝統的なものの見方、感じ方があった。新月から七、八日ごろまでの上弦の月を夕月といい、夕方出て夜には沈んでしまう。この月の夜を夕月夜という。月白は、月が出ようとして空がほのかに明るくなることをいう。

月早し梢は雨を持ちながら　芭蕉
声かれて猿の歯白し岑《みね》の月　其角
月天心貧しき町を通りけり　蕪村
風かなし夜々に欠けゆく月の形《なり》　暁台
あきらかに潮《うしほ》流るゝ月下かな　五十嵐播水
月光の野のどこまでも水の音　及川貞
月光にいのち死にゆくひとゝ寝る　橋本多佳子
遙かにも彼方にありて月の海　中村草田男

『合本 現代俳句歳時記』より

解説

季語の「本意・本情」をつかむために、この部分をよく読むといい。季語への理解が深まるほど、作る句にどんどん深みが増してくる。

例句

季語の使い方を参考にしよう。好きな俳人が見つかるかも！

第四章

「切字」を武器にする！

俳句の立ち姿を凜とさせるのが、
「や」「かな」「けり」の切字です。
又吉さんにいよいよ、
定型句に挑戦していただきます

いよいよ、定型の要「切字」

堀本　前回のお題は、「春の季語を使って」でしたね。又吉さんの句は、「石鹼玉飲んだから多分死ぬ」。ピンクのプラスティック容器に入ったやつのことですか？

又吉　そうです。シャボン玉を吹いた後、棒の先っちょに原液が残っていないことを確認する意味で吸いませんでした？　思ったよりも残っていて、それを飲んでしまったことを思い出したんです。そういうヤバい状態に陥ったとき、本当だったら親に言うなり、うがいをするなりして生き延びようとすると思うんですけど、僕、人に言えないんですよね。熱が出ても黙ってて、気づかれるまで隠す癖があるんです。自分から言うのが恥ずかしいというか、心配されるのが苦手というか。

堀本　じゃあ、これは相当思い詰めた状態の句ですよね。ちょっと苦いわけでしょう？

又吉　かなり苦いです。夜ご飯食べながらも、「結構飲んでしまったし、もうそろそろヤバいんちゃうか」という句です。堀本さんの「蛙の目借時テナント募集中」。おもしろい言葉が並んでいます。でも、季語はどれ……？

堀本　「蛙の目借時」なんですよ。これは、俳句をやっていないとわからない言葉かもしれませんね。歳時記には、「晩春のころの暖かさにしきりに睡気を催すことがある。

それは蛙に目を借りられるためだと昔からいわれている」（『現代』）とあります。
又吉　見たことも聞いたこともない「蛙の目借時」と、普段よく見る「テナント募集中」の組み合わせが新鮮です。
堀本　テナント募集中というあの貼り紙や看板って、なんだか眠気を誘う春のあったかい時期でもずっと出てますよね。あれ、いったい誰が見てるんだろうなあとたまに思ったりします。僕としては、眠い感じの「蛙の目借時」と「テナント募集中」を取り合わせて諧謔《かいぎゃく》的な意味を込めたつもりです。
又吉　なるほど。知らない季語がまだまだあります。
堀本　作句や鑑賞しながら、どんどん覚えていただくということで、今回は定型の句を作るうえで大きなポイントになる、「切字」について話していきたいと思います。
又吉　はい、いよいよきましたね。
堀本　これまで、俳句の三つの基本ということで、五七五の定型、季語についてやってきました。その最後が「切字」です。「切字」が何かという説明をする前に、まず「切字」と「切れ」についてお話ししておきます。「切れ」というのは、句の切れ目であり、十七音の中に設ける間《ま》というふうに考えてください。「そこで一拍置く」という意味合いです。そして、一句の中でその切れが、意味的にも、リズムや響きとしても、字面でも、明確にあらわれるのが「切字」を用いたときです。だから、「切字」と「切れ」という言葉の使い分けが必要なんですね。

又吉　はい、使い分ける、と。

三大切字「や」「かな」「けり」

堀本　では、「霜柱俳句は切字響きけり」という石田波郷《はきよう》の句。これは、入門書の切字の項目によく載っているものです。どう解釈します？

又吉　切字って大切ですよ、みたいなことを言っている気がします。

堀本　そうですね。まさに切字を積極的に使おうというスローガンのような句なんです。この句の季語は「霜柱」。冬の季語ですね。その霜柱を上五に持ってきて、そこで軽く切れが入っています。声に出して読んでみると、よくわかります。「霜柱」で、間があり、一拍置かれています。中七下五は、「俳句は切字響きけり」で、下五に「けり」という切字が使われていますね。この句の「霜柱」は切字の象徴として解釈できます。「けり」は、三大切字といってもいい「や」「かな」「けり」の一つです。特に波郷は、この三つの切字を推奨しました。

　主宰していた俳誌『鶴』の昭和十七（一九四二）年五月号には、「諸君は、無理にでも、『や』『かな』『けり』を使へ。若しくは絶対に切字を入れよ。動詞を節約せよ。／

さうすれば何か底に響いて来る、玄妙な俳句の力を感じることが出来るであらう」と書いています。

又吉　三大切字っていうのがあるんですね。ということは、「や」「かな」「けり」は、波郷さんの前から一番よく使われていた切字ということなんですか。

堀本　俳句がまだ俳諧と言われていた頃からある、代表的な切字でしょうね。波郷がこういうことを言い出したのには、理由があるんです。昭和初期、新興俳句運動によって、切字を排斥しようという動きが起こったんです。昭和六（一九三一）年に俳人の水原秋桜子は自ら主宰する俳句結社「馬酔木《あしび》」に「自然の真と文芸上の真」と題する俳論を発表して、高浜虚子主宰の「ホトトギス」を離脱して反旗を翻します。この水原秋桜子と山口誓子《せいし》の二人が、新興俳句運動の旗手になっていくんです。そして、切字の排斥が進んだんですね。つまり、俳句に動詞が増え、叙述的、散文的になっていった。波郷はそれを危惧したんです。このままでは俳句のよさが失われるんじゃないかということで、俳句の韻文性を強く説くために、切字を尊重して、「や」「かな」「けり」をもっと使おうと主張しました。「無理にでも」「使へ」というのは非常に強く命令的な表現ですけども、それほど波郷は切字を信頼していたんでしょうね。「韻文精神徹底」という言い方もしているほどです。その波郷に兄事していた俳人の藤田湘子が、切字の三つの要素を端的に挙げています。一つは詠嘆です。「〇〇だなぁ」といった感動や感激や、「あ！」

とか「お〜」という一瞬の感嘆です。二つ目が省略。それ以上述べず、解釈、想像、連想を読み手に委ねることです。そして、三つ目が格調。切字を使うことで、言葉としてのリズムや、声調の整った韻文の響きのよさが出ますよと言っています。

又吉　なるほど。

堀本　こうして藤田湘子は、便宜上、切字の効果を詠嘆、省略、格調の三つに分けましたが、これらはバラバラに働くのではなく、一句の中にうまく生かし切ったときは、必ずこの三つの効果が合わさって出てきますよとも言っているんです。切字の効果が発揮されると、凛《りん》とした立ち姿のいい句になります。句に余韻や余情が生まれ、言葉の意味を超えた趣が醸し出されるんです。僕は今、その感覚を言葉で説明していますが、この切字は効いているなというのは、いい俳句を鑑賞し、自分で作るごとに、だんだんわかってくると思います。

「ちゃんと使えているのか？」と最初は誰でも不安

又吉　切字に、「〇〇だなぁ」という感動や感激の意味があるとわかって、切字の働きが少し見えてきました。僕が今の段階で思うのは、切字は響きがいいなぁってことです。カッコいいなと思います。

堀本　カッコいいですか！
又吉　はい。音としても、気持ちいいですね。もっちゃりしてない感じはします。
堀本　「や」「かな」「けり」の中でもっちゃりしてないのは、「や」と「けり」でしょうね。
又吉　そうですね。素人の感覚でいくと、「かな」が一番難しそう。不用意に使うと、恥ずかしいことになりそうです（笑）。「や」は、自分の使っている言語の延長線上にある気がします。「けり」も、わりと想像がつくけど、「かな」との距離感がやっぱり摑《つか》めないですね。普段使っている「〇〇かな？」の「かな」とはニュアンスが違いますよね？
堀本　そうなんですよ。「かな」というと、どうしても「これ水かな？」の疑問の「かな」を連想してしまいますよね。僕らは日頃、「水かな～！」と詠嘆の意味では使わないですからね。
又吉　だから、変な感じに使ってしまいそうですし、使うことが恥ずかしいです。
堀本　わかります。僕も実は、初めて「や」「かな」「けり」を使うとき、恥ずかしかった。
又吉　そうなんですか。
堀本　自分は現代人なのにいいのかなという気持ちが、どこかにありました。でも、何句も作るうちに、慣れてきましたね。古語の感覚というのが日本人の奥深くに眠っていて、それが呼び起こされるのかもしれないですね。だんだん切字の感覚が摑めるようになるし、自分のものになってくる。恥ずかしさも消えていきます。

堀本 最初は、無理している感があったということですか。

又吉 ありました。

堀本 失敗作もあったりしたんですか。

又吉 あります、あります。

堀本 ああ、そうなんや。ちょっとほっとしました。

又吉 最初は誰でも、「や」「かな」「けり」で定型の格好は整えたけれど、本当に使えているのかなという疑問や不安を抱くと思います。

堀本 特に僕は、新し目の言葉を使うときに、石橋を叩いて渡るっていうか（笑）。この言葉を自分が使っても大丈夫なんだろうかと、考えてしまいますから。たとえば、テレビ関係者はフジテレビのことをCXと呼ぶんですけど、お笑い芸人ってそこのフットワークがもうすっごく軽くて、芸人一年目とか、まだ養成所に通ってる時点で、「明日、オーディションでCX行くし」とか言い出すんですね。僕、いまだにお台場フジテレビって言ってます（笑）。それと俳句を一緒にしていいかどうかわかりませんが、切字をオプションでくっつけるだけじゃなくて、自分の血が通っている感覚をもてるくらい自分の一部にならないと、使うのは恥ずかしいです。

堀本　そのときは、石田波郷の「諸君は、無理にでも、『や』『かな』『けり』を使へ」という言葉を思い出してください。

又吉　僕からしたら、こういう先生がいたらうれしいです。使わないと怒られるから使ってんねんって言えますもん。頼もしいですね。

堀本　現代でも、切字は古臭いという人と、いやいや切字があってこその俳句だから使いましょうという人に分かれます。僕はどっちかというと、切字を大切にしたいほうです。僕の句集を見てもらってもわかると思いますが。

又吉　切字は、定型を身につけていくには欠かせないものなんでしょうね。

堀本　と、僕は考えています。特に、初心者のうちは切字を使ってみて、切字のよさを実感したほうがいいと思います。その後、自分の考えで切字から離れていっても、いいと思うんです。

又吉　よさを知ったうえでなら、ということですね。

詠嘆の「や」でこんなに響く！

堀本　「切字を使いなさい」と言った波郷の句をいくつか見ていきましょうか。まず、

「雁《かりがね》や残るもの皆美しき」（石田波郷）。この句の季語は、どれでしょう。

又吉　上五の雁ですね。

堀本　秋の季語で渡り鳥のことですね。「雁」はこの句では「かりがね」と読ませますが、「かり」「がん」とも言いますね。では、この一句、どう解釈しますか。

又吉　鳥が飛んでいる。渡り鳥だから、皆一緒に行動するんでしょうけれど、その中に残ったものがいたということですかね。

堀本　さて、どうでしょう。「残るもの皆」というのは、非常に抽象的ですよね。じゃあ、まず、切字はどうなっているのか。「雁や」という季語＋切字の「や」で、切れています。

又吉　「雁や」。そうですね。声に出すとわかりますね。

堀本　雁は、よくV字型になってまとまって飛んでいます。作者はそれを見上げて、「雁や」と詠嘆して、そこで切って省略して、格調を出しています。そして、その後に「残るもの皆美しき」と続けています。でもどうです？「雁」と「残るもの」には、絶対的なつながりはないように感じませんか？

又吉　そうですね。リズムだけじゃなく、意味的にも切れている気がします。

堀本　この句に関する作者の自句自解によると、昭和十八（一九四三）年九月二十三日、波郷に召集令状が来たそうです。「雁のきのふの夕とわかちなし、夕映が昨日の如く美しかった。何もかも急に美しく眺められた。それら悉《ことごと》くを残してゆかねばならぬのであった。」（『波郷句自解　無用のことながら』梁塵社《りょうじんしゃ》）とあります。

又吉　ああ、そういうことですか。

堀本　今の僕らに、召集令状が来るという日常はないわけだけど、波郷の時代、つまり戦争中は起こることでした。時代背景を知ってこそ、いっそう奥深さがわかる句です。

又吉　雁が飛んでいくのと、自分も含めた皆が兵隊にとられていくことのイメージが重なっているのかもしれないですね。この「○○や」の感覚、ちょっとわかる気がします。たとえば、すごい音でヘリコプターが飛んでいったとき、「ヘリコプターや」と思って空を仰いだとします。そのとき、ヘリコプターには全然関係ない、自分の中で抱えていた悩みをふいに思い出したりすることって、僕もよくあるんです。日常で何かを見た瞬間、それがきっかけになって、頭の中を占めていることや、心で一番大きく思っていることになぜか直結して、ぽろぽろ出てくる。

堀本　多分、波郷にも、召集令状が来たことによって、そういう心の作用があったんでしょうね。だから、この「や」が非常に効いているんですね。

又吉　響いてますね。このときにしか詠めない句だと思います。

省略された背景を感じてみよう

堀本 それでは、「朝顔の紺の彼方の月日かな」（石田波郷）。この句の季語はどれでしょうか。

又吉 朝顔ですか。夏休みに観察日記を書かされてたせいか、夏のイメージがあります。

堀本 が、実は秋の季語なんです。この句の切字は、「かな」ですね。三つの「の」でトントントンとつないで、最後に「月日かな」と、詠嘆を置いています。動詞や形容詞を一つも使っていないのもこの句の特徴ですね。自ら言った「動詞を節約せよ」を実践していますね。

又吉 作者は朝顔を見ていて、それまでの自分の生きてきた月日のことを思っているんでしょうか。「朝顔の紺の」というのは、朝顔の色が紺ということですかね。

堀本 波郷は、その紺色に吸いこまれていったんでしょうね。紺色に彼方を見て、「月日だなぁ」と。そして、その後は何も言わないんですね。

又吉 省略しているんですね。

堀本 そうです。自句自解によると、「結婚はしたが職無くひたすら俳句に没頭し、鶴（※波郷が創刊した句誌）に全力を挙げた。韻文俳句を大いに興さうとした時期であった」とあります。これは昭和十七（一九四二）年八月に詠まれた句ですね。さらに、「何の生活設計もない実に無謀としか言いようのない生活に入ったわけだが、大東亜戦争勃発後、次第にきびしくなりつつある当時、将来の設計や明日の心配よりも、今日を如何《いか》に生きるかということのほうが、私達にとって遥《はる》かに大切だったのである。（中略）或る時は、あざやかな紺の朝顔に、過ぎ去った青春への郷愁に似た思いに眉翳《かげ》る日もあったのであろう。」と波郷の妻である石田あき子が鑑賞しています。

又吉　やはり、時代背景が大きいですね。それ無しでの発想というのは、絶対にないんでしょう。この句は、「月日」の後の「かな」がはまってますね。「かな」や「けり」は、こういう言葉の後ろに使うといいという、ルールみたいなものがあるんですか。

堀本　特にそういうルールはないですけど、この句のように、下五で「月日」を使うなら、その後は「かな」でしょうね。

又吉　「月日けり」では変ですか。

堀本　文法的におかしくなってしまいますね。かりに「彼方の月日や」と置くと、一字不足の字足らずですよね。

又吉　だんだんわかってきたかもしれない。この「かな」は、シュールですね。恥ずかしくない「かな」です。

堀本　ではもう一句。「槇《まき》の空秋押《おし》移りゐたりけり」（石田波郷）。季語は秋です。

又吉　槇の空って何ですか。

堀本　槇を近景として遠くに空が広がっている風景ですね。青空に槇の枝や葉が映えている感じでしょうか。こうして縮めた言い方をするのも、非常に俳句的な表現方法ですね。自句自解には、「一二本の槇あるのみ。然《しか》もきり〳〵と自然の大転換を現じてみせようとした。一枚の板金のやうな叙法。」とあります。「きり〳〵と自然の大転換」というのは、「押移りゐたりけり」の部分でしょう。

又吉　ということは、「押移りゐたりけり」は、槇の空がより〝秋感〟を強めている、どんどん秋に入っていくなぁ、みたいな感じで受け取ればいいんですかね。

堀本　いい読みですね。実はこの句には、もう一歩突っ込んだ自句自解があります。「高野《こうや》槇が一本立つてゐた朝、その梢《こずえ》の空をほのかに朝焼した雲が流れた。夕、いわし雲が美しい鱗状《うろこじょう》にひろがつた。雲の色も、風も次第に冷えて行つた。療養所ではなく、遠い若い日アパートのひとりぐらしの窓の空を幾日も眺め眺めて得たのは」この句だと波郷は述べています。波郷は結核を患い、療養所にいたことがあるけれども、これは療養所ではなく、昔、アパートで詠んだものだと書き残しているんです。窓から高野槇が見えたんでしょうね。その高野槇と一緒に空も見えて、「槇の空」とまず出てきた。槇の空をぽんと置いて、秋という季節が流れ、生々流転していくような、そんなイメージを得たんでしょう。それを「けり」という非常に強い響きで表現し、場所や時間は思いっきり省略した。

又吉　今の説明がないと、背景はわからないですもんね。

堀本　全部省略して、窓から見えた槇の空だけを詠んだ。焦点を絞り切った一句です。

又吉　見えているものだけを、詠んでいるんですね。

堀本　写生の句ですよね。又吉さん、「けり」はどうですか。

又吉　「けり」は好きですね。やっぱり、一番カッコいい。

堀本　「や」「かな」「けり」の中では、最も決然とした響きがありますよね。又吉さんがカッコいいというのは、多分そこだと思いますよ。決断の「けり」という言い方もされるくらいですから、まさに意志が込められているんです。それから、一つ付け加えておきたいんですが、これまで波郷の自解を参考に句を解釈してきましたが、それがなくても自由に鑑賞していいんですね。言葉だけで立ち上がってくる世界も大切ですから。

又吉　なるほど。

切字の威力を実感する方法

堀本　他の人の俳句も見てみましょうか。「つばくろや人が笛吹く生くるため」（秋元不《ふ》死男《じお》）。季語はつばくろで、燕《つばめ》のことです。春の季語です。この句は切字を生かして解釈すると、どういうふうに読めます？

又吉　燕が飛んでいるんでしょうね。その一方で、人は笛を吹いているんですね。生きるために吹く笛って、何でしょうね。豆腐屋さんとか、何か商売をしているということなんですかね。

堀本　鋭い視点ですね。街を練り歩いているちんどん屋ということはないかな。

又吉　「生くるため」という言葉に切実さを感じますね。

堀本　ひょっとしたら、ストリートミュージシャンが路上で、演奏しているのかもしれない。さて、この句の上五は「つばくろや」です。詠嘆しているわけです。

又吉　もしかして、さっきの「雁や」のパターンに近いんですかね。鳥が飛んでいくのを見て他のことを思う、というのに。

堀本　類似性がありますよね、同じように鳥ですしね。

又吉　そういえば、映画や小説で、主人公が大事な話を切り出す前に、一回、鳥が飛んでいきますよね。

堀本　おお、そうですね！

又吉　河原にカップルが座っている。カメラが二人に寄る前に、まず鳥がバーッと羽ばたいて、二人でそれを見送る。その後、しゃべり出すんですよね（笑）。恋愛とか人生とか将来とか、「この件に関しては、後でゆっくり考えよう」というふうに、後回しにすることってないですか？　僕は、普段、ある程度時間がないと悩めないようなところがあります。鳥をちゃんと見ることができるとか、自然の風景に注意を向けられるのは、その時間の始まりみたいなところがあるんじゃないかな。俳句でも、日常の生活の中から一回流れが切れたようなところで「つばくろ」に目がいくというのは、考える余裕があるからでしょうね。だからその後に、「人が笛吹く生くるため」という言葉が、ふいに出てくるのかなという気がしなくもないです。

堀本　その通りだと思いますよ。この句の場合は、切字の後に人生がある。おもしろいですよね。十七音で、これだけ深いことが言えるという。ところで、これが切字を使わず、「つばくろに人が笛吹く生くるため」だったらどうです？

又吉　つばくろに対して、人が笛を吹いてしまうことになりますね。

堀本　意味合いが変わってきますよね。じゃあ、「つばくろの」では？

又吉　「つばくろの人」みたいになってしまう（笑）。

堀本　これも変ですし、曖昧になりますよね。「の」は格助詞としていろんな意味合いで使われるんですよ。だから、「の」でも軽く切れるんですけど、「や」のようにはっきり切れない。そこで改めて、「つばくろや」と読んでみると、やっぱりしっくりきます。こうして他の助詞に置き換えて改作してみると、切字の働きがさらにわかってくるんです。

又吉　ほんまですね。

凜とした立ち姿の俳句とは

堀本　次の句はどうでしょう。「逢《お》うていふ言葉もきめて端居《はしい》かな」（牧野美津穂《みづほ》）。端居が季語です。歳時記には、「家の端、つまり縁側や廊下に居ることである」（「現代」）、傍題には「夕端居」とあります。夏の季語ですね。

又吉　夏、一日暑くて、待っている。夕方に涼んでるんですね。いいですね。恋愛っぽいです。あの人に会ったときにこういうことを言うと決めて、待っている。その時間のその場所で休憩していると相手の人が帰ってくるってことなのか、どっちにしても相手が来る前の状況で、一番いい時間です。

堀本　実際会ったら、どういう展開になるかはわからないけれども、この時点ではもう言う言葉も決めているということは、告白っぽい気もしますよね。

又吉　別れ話ではなさそうです。何かこれから始まるような感じがしますね。

堀本　それを思わせるのは、「端居かな」でしょうね。涼しげな軒先、風通しのいいところで、涼やかに待っている。試しにこの句を改作して、「逢うていふ言葉もきめて端居する」としてみましょう。

又吉　ちょっと待ち伏せ感が出てしまいますね（笑）。「端居かな」だと、二人が自分たちの意志で集ってくる感じがするんですけど、「端居する」になると、作者のほうが一方的に会いたくて待っているような雰囲気になります。おしゃれじゃない感じです。

堀本　「端居かな」には省略のニュアンスがありますが、「端居する」だと言い尽くしてしまって、味も素っ気もないんですね。

又吉　僕は、色の違いがあるように感じました。「端居かな」は、オレンジっぽいんですよ。明るくて、ほわっと暖かい。でも、「端居する」は青っぽい。クールなイメージで、堀本さんの言う「素っ気ない」とつながるかもしれない。

堀本　色を感じるというのは、おもしろいですね。次の「蚊を打つて我鬼忌《がきき》の厠《かわや》ひゞきけり」（飴山實《あめやまみのる》）の切字は「けり」です。季語の我鬼忌は、もちろんご存じでしょう。

又吉　芥川龍之介の亡くなった日ですね。「ひゞきけり」で、便所で蚊をパンと叩いて反響している雰囲気が伝わってきますね。これが「ひゞいてる」だと、そうですか、という感想で終わってしまいそうです。「けり」で、より響いています。

堀本　余韻、余情が生まれてますよね。

又吉　その瞬間に聞こえている音以外の、その場所、その時間じゃないところまで響いているような感じがしますね。

堀本　本当にそうですよね。芥川が亡くなったのは、昭和二（一九二七）年七月二十四日ですが、追悼する気持ちが芥川のもとにまで届くような、そんな残響が表現されている。「ひゞきけり」と「ひゞいてる」を比べると、お話にならないくらいです。切字を使うことで、俳句の響きや立ち姿が、いかによくなるかということです。俳句では、「や」「かな」「けり」は、武器みたいなものなんですよ。

言葉にできないニュアンスを託そう

又吉　切字は、どこに入ると決まっているんですか？

堀本　いや、そんなことないです。たとえば、「や」には、上五以外の使い方もあります。例を挙げてみましょうね。「ひっぱれる糸まっすぐや甲虫《かぶとむし》」（高野素十《すじゅう》）。これは、中七に「や」が置かれています。季語は甲虫で、夏です。

又吉　二匹の甲虫の角に糸をつけて競わせている情景ですね。

堀本　子どもの頃、そういう遊びをしましたよね。甲虫の角と何か物を糸でつないで引っぱらせているのかもしれない。この句を率直に解釈すると、「糸をまっすぐに引っ張っている甲虫」ということになります。つまり、「や」は、後ろの「甲虫」に直接つながっているんですよね。これまで紹介してきた「雁」や「つばくろ」は、「や」で中七下五の言葉と切れていましたが、この甲虫の句に使われた「や」のように、「や」の前後の言葉の意味が直接つながって叙述される「や」の使い方もあるんです。同じ中七の「や」でも、「還《かえ》らずと言へど母郷や夏燕」（ながさく清江《きよえ》）は、「雁」や「つばくろ」の句と同じように、意味合い的にも切れていますよね。「猫の子に嗅がれてゐるや蝸牛《かたつむり》」（椎本才麿《しいのもとさいまろ》）は、江戸時代の句ですが、猫の子が蝸牛をくんくん嗅いでいるのだから意味的に「や」の前後はつながっていますね。

又吉　なるほど、これまでの「や」と違いますね。

堀本　中七の途中に使われている「や」のバリエーションもあります。「天牛《かみきり》を鳴かすや黄泉《よみ》の誰のこゑ」（堀本裕樹）。これは僕の句ですけども、「天牛」は髪切虫のことで、夏の季語です。つかまえるとね、キーキー高い声で鳴くんです。ほんとにうるさいんですよ。

又吉　これは、どういう状況で詠まれたんですか。

堀本　髪切虫が鳴いているけども、ひょっとして黄泉にいる誰かの声ではないのか。身近な人を亡くしているので、そういう人のことを思って作った句です。「髪切虫」の声から「黄泉」がぱっとひらめいて、「や」でつなげました。

又吉　ああ、なるほど、「や」で切れていながら、全然違う二つのものが呼応しているのがわかります。

堀本　「や」を置くことで、二物衝撃させ、類似的にも見せることができます。「炎天の遠き帆やわがこころの帆」(山口誓子)もこのタイプです。最後は、下五に「や」を置いたものです。「渡り鳥わが名つぶやく人欲しや」(原裕《ゆたか》)。ちなみに下五の「や」は、なかなか使うのが難しいかもしれません。例句も少ないです。又吉さん、この句はどうですか?

又吉 友達や恋人もいないということですね。

堀本 渡り鳥を見上げて、「誰か自分の名前をつぶやいてくれる人おらんかな」っていう、まさに「おらんかな」の部分が、「人欲しや」。「渾身《こんしん》に真向へば夏美しや」(岡本眸《ひとみ》)も同様の効果の「や」です。

又吉 「や」に、たっぷり込められていますね。人の作品を読むと、「鳴かすや」「人欲しや」というふうに、言葉にできない感情やニュアンスを読み手に感じ取ってもらうために、切字に委ねているのがよくわかります。でもこれを自分の中に取り込んで使うとなると、「や」にもまだ実感が持てない状態です。

堀本 今後使い始めると、切字の働きがもっとわかってくると思います。上五の「や」、中七の「や」、下五の「や」と順に見てきましたけども、「けり」「かな」も下五だけでなく、中七に置く場合もあります。「や」に比べると、あまりない型ですが。今は概念的に納得されただけだから、難しそうに感じてしまうのだと思いますよ。

又吉 いや、臆病なだけですよ。

俳句でも、オチ前に小ボケを入れるな

堀本　切字を効果的に使うために、注意したいことが一つあります。それは、切字は一句に一つ、ということです。「や」「かな」の重複、「や」「けり」の重複は、できるだけ避けたほうがいいと言われています。でも例外もあって、切字を二つ使った数少ない成功例の一つが、「降る雪や明治は遠くなりにけり」（中村草田男《くさたお》）。

又吉　「や」と「けり」が入っていますね。でも、バランスが取れてる感じがします。

堀本　この句は、明治三十四（一九〇一）年生まれの中村草田男が、昭和に詠んだ句です。「降る雪や」と上五に詠嘆を置いて、「降る雪だなぁ」。そして、「明治は遠くなったなぁ」と続けています。これは本当に「や」「けり」をうまく使えた例です。普通、一句の中に「～だなぁ、～だなぁ」と感動が二つ入ると、焦点がぼやけてしまいます。僕も使ったことがないですし、初心者はまず避けたほうがいいですね。たとえば、「暁《あかつき》の蜩《ひぐらし》四方《よも》に起りけり」（原石鼎《せきてい》）を、「暁や蜩四方に起りけり」と改作してみましょう。

又吉　原句の「暁の」は、朝いろんなところから蜩の鳴く声が聞こえているという状況を素直に感じられますね。「暁や」は、さっきの「降る雪や」ほどのいいバランスでは

ないですね。

堀本　「の」のほうが、やわらかく蜩につながっています。暁の時間に包まれて蜩が鳴いているよ、というふうにとれますね。でも「や」にすると、「暁だなぁ」と、まず頭から感動が置かれてしまうわけです。

又吉　それ、おかしいですよね。

堀本　そうなんです。ここで暁をそんなに強調する必要はないですよね。朝は毎日来ますから。

又吉　作者は、蜩が鳴いていることに感動してるんですもんね。

堀本　だから、最後に「起りけり」で、「鳴き始めているよ」と蜩の声を一番に響かせているわけです。その効果をさらに高めるために、頭の上五では「暁の」とやわらかく、包むように暁を置いたほうがいい。

又吉　すごくトークがうまい芸人の先輩に、「大きいオチがある話をするときは、前半はその状況をちゃんと伝えることだけに全力を注げ。散らかるから、小ボケは入れるな」と言われたことありますけど、それに近いんですかね。

堀本　めっちゃ近いですね（笑）。

又吉　僕ら、トーク中つい不安になって、オチにいく前までに細かいことを言いたくなるんです。でも、ほんまにうまい芸人は、確かにみんな言ってないんです。今、その話を思い出しました。暁でまだ感動するな、というね。
堀本　我慢して、最後の下五で笑わせろよ、ということですよね。
又吉　お笑いのトークもそうですけど、俳句の十七音のこの短さやったら、なおさら二つの感動は要りませんね。

そして、切字の究極的解釈

堀本　でね、又吉さん。ここまで、定型句では切字が大事、「や」「かな」「けり」を使って響かせろということを、いろんな句を通してお話ししてきましたが、最後に芭蕉のこんな言葉を紹介したいんです。芭蕉の弟子が書いた俳論書『去来抄《きょらいしょう》』に「切字に用ふる時は、四十八字皆切字なり。用ひざる時は一字も切字なし」と書いてあります。これ、ややこしい話をしてるんですが、どう解釈します？
又吉　え⁉　それって、切字といえば、あ、い、う、え、お……全部切字です、みたいなこと言うてます？
堀本　そうなんですよ。要するに、どのような文字を使っても、切るという意思があれば、そこで切れるんだと。切れとは、作者の意思によるものだということですね。
又吉　へ。じゃあ、今までの説明は何だったのか。僕はどうすれば……（笑）。

堀本　最後にこう言われたら、ええーってなりますよね。でも、切字というのは、それだけ奥深いんです。芭蕉は「四十八字皆切字なり」というふうに、ものすごく哲学的な言い方をしていますが、実はこれが究極の切字の解釈です。又吉さんがこれから定型句を作るとき、ここで切りたいという意思があれば、その言葉で、切れが表現される。徐々に実感されていくと思います。

又吉　芭蕉が、この何も言ってないような言葉で、何を伝えようとしているのかといえば、切ることは大事だということなんですね。

堀本　はい。だから、この対談も、「や」「かな」「けり」の説明で終わらせては浅くなってしまうので、芭蕉の胸を借りて、切字の奥深さをお伝えしたいなと思いました。さらに付け加えておくと、俳句がまだ発句と呼ばれていた連歌の時代、室町末期の連歌師・飯尾宗祇《いいおそうぎ》が「発句切字十八之事」（『白髪集』）において、「かな」「けり」「もがな」「し」「ぞ」「か」「よ」「せ」「や」「れ」「つ」「ぬ」「へ」「ず」「いかに」「じ」「け」「らん」が、代表的な十八の切字だと言っていますね。

又吉　「や」「かな」「けり」の次に、こういうのを覚えておけばいいんですね。

堀本　とは言っても、羅列しただけではわかりづらいと思うので、「や」「かな」「けり」以外の切字が使われた例句をいくつか見ておきましょうか。「ひとすぢの流るる汗も言葉なり」（鷹羽狩行）。この句の中で、響いている言葉はどれでしょう？

又吉　「なり」ですか。
堀本　はい。断定の助動詞「なり」が、切字になっています。「ゴオホの線蜜柑《みかん》の皮の感触あり」（渡辺白泉《はくせん》）はどうでしょう。ゴオホは画家のゴッホのことですね。
又吉　これも文末の「あり」ですね。
堀本　そうです。文法的にいうと、自動詞ラ変の「あり」の終止形です。「感触あり」と断定的に使うことで、強い切字の役割を果たしています。それから、「三月の甘納豆のうふふふふ」（坪内稔典《ねんてん》）。
又吉　へえ、こんなんあるんですか（笑）。三月の甘納豆といったら、もう笑《わろ》うてまう、みたいな意味ですかね。
堀本　正解です。格助詞の「の」で、やわらかい休止が入っています。まだまだたくさん切字の種類や使い方がありますが、この句を最後にしましょう。「青蛙おのれもペンキぬりたてか」（芥川龍之介）。
又吉　あ、見覚えのある句です。これは「か」ですね。
堀本　「ぬりたてか？」と問いかける疑問に、「ぬりたてか！」という感動も混ざっている「か」ですね。
又吉　これも切字だったんですね。
堀本　これまでの例句を見ていただいてわかるように、切字というのは、解釈と切っても切り離せないものです。一句の中でのウエイトが高く、重要な役割を果たしていますね。

又吉　ずっと定型句の切字ってどうやって使うんだろうと思ってたんですけど、俳句を作るときにはすごく便利なものなんだというのを感じました。

堀本　では、今回は、又吉さんの好きな切字を使って、いよいよ定型句に挑戦してみましょうか。夏の季語でいきましょう。又吉さんの初めての定型句が楽しみです。

又吉　緊張しますが、武器を使わせていただきます。

南風《なんぷう》を聴き尽さむと岬かな

堀本裕樹

廃道も花火ひらいて瞬けり

又吉直樹

まとめ

感動したら「や」「かな」「けり」

三大切字「や」「かな」「けり」をうまく使うことができると、詠嘆、省略、格調の効果が出る。まずは基本の型を覚え、慣れてきたら、これ以外の使い方も試して、句を響かせていこう。

三大切字

や　春《はる》の灯《ひ》や　女《おんな》は持《も》たぬ　のどぼとけ　日野草城

かな　卒業《そつぎょう》の　兄《あに》と来《き》てゐる　堤《つつみ》かな　芝不器男

けり　風《かぜ》吹《ふ》いて　蝶々《ちょうちょう》迅《はや》く　飛《と》びにけり　高野素十

（五・七・五）

季語エッセイ　夏

子蟷螂《こかまきり》

堀本裕樹

東京に出てきてから、子どものカマキリを見たのは数えるほどしかない。自然に囲まれた和歌山に育った僕は幼いころ、子カマキリをよく見つけては捕まえたものである。

成虫のカマキリを捕まえるときは、特にオオカマキリといわれる種の大きなサイズになると斧《おの》の力が強く、指を挟まれるとけっこう痛いので慎重になった。子カマキリは指先に乗るほどなので斧の威力を恐れる必要はまったくない代わりに、捕獲のとき集中力がいる。

繊細な体つきをしているから力尽《ちからずく》で摑むわけにもいかず、しかも小さいわりには跳躍力があってすばしこいので見失わないように眼を凝らさなければいけない。手をそっと柔らかく持っていって、素早くすくい取るように捕まえるのがコツといえるだろう。

「蟷螂《とうろう》や生れてすぐにちりぢりに」（軽部《かるべ》烏頭子《うとうし》）の句に登場する子カマキリは、

茶褐色の卵嚢《らんのう》から出てきたばかりのものだろう。一度に孵化《ふか》するのはオオカマキリで約二百匹というからぞろぞろといった様相である。

　人間であれば余程の複雑な事情がない限り、赤ん坊は大事にされて育てられるが、子カマキリは親にも庇護《ひご》されずに、いきなり「ちりぢりに」なって外敵の跋扈《ばっこ》する世界に放り出されるのである。無事に成虫になるのはこの中から数匹というから実に厳しい。

　この句には剝《む》き出しの生存競争を背景にした、カマキリの無常が滲《にじ》んでいる。この句の季語は「蟷螂生る」で、「蟷螂や生れて」と少し変形されたかたちで表現されている。

「蟷螂の斧をねぶりぬ生《あ》れてすぐ」（山口誓子）の句にも生まれて間のない子カマキリが描かれている。すでに親と同じように斧を持っている子カマキリの「ねぶりぬ」という動作にふてぶてしさを感じる。生まれながらに肉食の本能が目覚めているようである。

　幼いころに捕まえた子カマキリは、この二句のそれよりもう少し成長したものだった。

「産土神《うぶすな》の針金細工子かまきり」（合田秀渓《ごうだしゅうけい》）の句に出てくるくらいの子カマキリが一番可愛《かわい》いと思う。これくらいのをひょいと捕まえて掌《てのひら》の上で愛《め》でるのがちょうどいい。

産土神とは生地の守り神である。故郷の鎮守の神が、針金細工の精緻を以《もっ》て創り賜《たも》うた子カマキリであるよといった意味合いだろう。針金細工と言いたくなるほど、よくできた造形なのである。成虫のカマキリを正確にミニチュア化したような精巧さが子カマキリに見受けられるのだ。三角形の貌《かお》であったり斧の形であったり、どこを取ってもすでに成虫にそっくりなのである。成虫が厳《いか》めしい分、その造作そのままでいて小型だと、不思議に幼虫の可愛さが増すのかもしれない。

この句は「産土神の針金細工」と言い切ったところが説得力をもって読み手の心に響いてくる。同時に豊かな自然の中で美しい緑の体色とフォルムを持って生まれた子カマキリを詠むことで、作者は自分の故郷を讃《たた》えているようでもある。

「葉先よりしんと地へ跳ぶ子かまきり」は僕の句であるが、捕まえようとすると、こんなふうにして葉っぱの先から不意に音もなく地面に向けて跳び降りることがある。

そのとき、「あっ」と思う。「あっ」には子ども心にも胸を突かれた驚きと、人間でいう清水の舞台から飛び降りるような思い切った子カマキリの逃走に、勇ましさや敬虔《けいけん》な気配さえ感じた心持ちまで含まれている。

この句で気をつけて用いた助詞は「地へ」の「へ」である。もしも「地に」だったらどうだろうか。それだと葉先から地までの距離感が出ない。葉先から地までの距離が短く感じられてしまう。「地へ」とすることで、小さな体にもかかわらず、大ジャンプをした様子が眼に浮かぶのである。「に」と「へ」の微妙なニュアンスの違いまで考慮し助詞を使い分けるのも俳句表現の醍醐味《だいごみ》といえるだろう。

ここまで子カマキリについて語ってきた。

五月から六月にかけてカマキリが生まれてくるので「蟷螂生る」「子蟷螂」「蟷螂の子」は夏の季語である。当然成虫のカマキリも季語になっており秋季に分類されている。「蟷螂枯る」といえば、冬の季語になる。

「かりかりと蟷螂蜂の皃《かお》を食《は》む」（山口誓子）は、カマキリの食事を「かりかり」と非情な擬音を響かせて容赦なく描いてみせている。

前述したように、子カマキリを「斧をねぶりぬ」と野性的に切り取った同じ作者が、成長したカマキリのより凶暴に本能のままに斧を使う場面を描写したところが興味深い。

「蟷螂の眼の中の海鳴りにけり」は成虫のカマキリを詠んだ僕の句だが、やはり子カマキリを詠んだときの「しんと」した静けさが、この句にも流れていることに自分でも思いがけない発見をした。意識的にカマキリに静けさを与えたわけではないので、なおさら己の胸奥をのぞき見したような気分である。

十七音の短い言葉にも無意識はゆくりなく流れていて、僕はどこかでカマキリに託すように静謐《せいひつ》を求めていたのかもしれない。

しかしながら、僕が詠んだ子カマキリは無音のうちにも大胆な跳躍を見せ、「蟷螂の眼の中」に深閑と海鳴りは鳴り止《や》まないのである。

第五章
俳句の「技」を磨く

リフレインや遠近法。
ここぞというときに使うと
句が映えます
照れずにやれそうな技から、
挑戦したいと思います

又吉直樹、有季定型に初挑戦

堀本 前回の課題は、切字と夏の季語を使った有季定型の作句でした。「廃道も花火ひらいて瞬けり」。これは又吉さん初の定型句ですね。作ってみて、どうでした？

又吉 自由律とはすべてが違うんやなぁ、と思いました。季語の中から「夏といえば花火だな」と好きなものを選んで、どんな思い出があったっけと考えていきますね。それは、これまでこの連載でやってきたのと一緒やと思うんです。ただ、イメージを五七五にするのが……。

堀本 どんなイメージを持たれてたんですか？

又吉 僕の頭にあったのは、花火大会をちょっと離れたところで見ていて、花火がひらくとパーッと万遍なく周囲が照らされる、あの一瞬ですね。

堀本 この句の良さは、なんと言っても廃道と花火の取り合わせですよね。新しさを感じました。ただ、実は「花火」という季語の中に、「ひらいて瞬く」っていう意味が含まれているんですよ。だから「花火ひらいて瞬けり」というのは、そこがもったいない。なので、たとえば廃れた道や花火の色などをもっと細かく描写できたら、又吉さんの言いたいことがより伝わったのではと思いました。

又吉　「花火」と「ひらいて」が、かぶってるんですね。

堀本　そうなんです。ところで、前回のテーマだった三大切字「や」「かな」「けり」から一つ使うという課題もありましたね。

又吉　最初は、使いやすそうな「けり」かなと思ったので。

堀本　そう、「けり」は又吉さんが「一番カッコいい」とお気に入りだった切字です。でもね、これ、「けり」ではなくて完了の「り」なんですよ。

又吉　り？

堀本　「瞬けり」は、「瞬く」というカ行四段活用の動詞の命令形「瞬け」に、完了の助動詞「り」がくっついたものなんです。だから、文法的には合ってるんです。でも……。

又吉　前回さんざんやった「や」「かな」「けり」のあの「けり」ではないということですね！（笑）

堀本　はい。あの「けり」とは違います（笑）。

又吉　僕もそこ、実は不安だったんですよ。ネットで検索しても、世の中に「瞬けり」を使っている人がほとんどいないんです。ただ、合ってる、合ってないは置いといて、誰も使ってないことを僕はよしとして、とりあえずこれでいってみました。

堀本　それでいいと思います（笑）。こういうことは、学び始めたときにはたいてい起こるんですよ。

又吉　「けり」と「り」の違いは、どこでわかるんですか。

堀本　たくさんの句に触れたり、作ったりしていくうちに、「あれ？　ちょっと待てよ」と違和感を持つようになる。また、違和感を持たなくても、あやしいと思ったら逐一、古語辞典などで調べる癖をつけていくと文法は覚えていくと思います。

又吉　そう言えば、芭蕉が「作者が切字といえば、あ、い、う、え、お……全部切字」みたいなことを言ったと習いましたけど、この「瞬けり」は、結構切れっぽい感じではあるということですね？

堀本　完了の「り」はかなり有力な切字ですね。

又吉　そうか。それで「けり」っぽいと感じてしまった自分がいるんですね。やっぱり最初は、あの三つの切字から使いたかったですけどね（笑）。堀本さんの「南風を聴き尽さむと岬かな」という句を見たときに、「俳句やな〜」と思いました。俳句としての佇《たたず》まいがありますよね。この句は、岬に立って風の音を聴いている状況なんですかね。

堀本　ありがとうございます。それだけいい鑑賞をしていただければ、もうつけ足すことないです。

又吉　いえ、何かつけ足してください。

堀本　南風を全部聴き尽くしてやろうというのは、ちょっときざな感じもあるんですが、聴き尽くそうとしているというので、結構、風強いんちゃうかな。

でも、なぜそうしているのかというのは、読者に委ねようかなというところです。だから、「岬かな」と切字を置いています。切字を用いて省略している。読み手に省略した部分を想像してもらうのが俳句なんですね。でも、又吉さん、有季定型に初挑戦の一句目にしては上等ですよ。

俳句と恋愛の共通点

又吉　こういうことを詠みたいなというイメージがあるじゃないですか。僕の今回の場合だと、まず、花火という季語から入って、廃道が浮かんで、だんだん「瞬けり」「ひらく」という言葉にたどり着いていった感じです。その道筋で進んで行っているから、自分が一回「これを使おう」と決めて、置いてしまった言葉があると、その道から外れて横へ行けないんです。違うことを考えるのであれば、今の道をいったん戻って、それまでのことはなかったことにして、もう一度同じように最初から道をたどっていかないと作れない。パターンが思いつかないです。エッセイであれば、この表現嫌やから別の言い方に替えようっていうふうに、普通にやるじゃないですか。それが、俳句になった途端にできなくなる。この花火の句も、本当はパターンを考えてみたかったけど、全然出なかったんです。

堀本　特に初心者の人はそうなんですけれども、この言葉でこれを表現したいという思いがこもっている箇所ほど、逆に捨てたほうが成功することが多いです。たとえば、今回の又吉さんの句で言うと、「廃道も」の「も」なんですけれども、若干、説明っぽく響いてきたんですよね。これは、いろんな道があっていろんな場所があるけれども、でも廃道も花火がひらいて瞬いているよ、という「も」ですね？　では、「も」ではない表現はないかと考えて、僕は「廃道」という単語をやわらかく言い換えてみました。たとえば、一案として、「廃れたる道に花火の影ひらく」とかね。
又吉　なるほど。自分が横へ行けない、外せないと行き詰まったときには、一度、これやと決めた言葉も思い切って捨てないとダメなんですかね。
堀本　その作業は必要ですね。たとえば、句会で五句提出するとします。自分が自信満々で出した句は誰も取ってくれなかったけど、さっき電車の中でパパッと作ったんです、みたいな句がみんなの点数を集めたり共感を得たりします。自分の思い入れが強過ぎると、客観的に見られなくなるんですね。
又吉　さらっといったほうがいいんですね。そういうことって、よくありますよね。好きな女の子が相手だとまったくしゃべられへん（笑）。意識し過ぎて、ええカッコしてしまう。でも、あんまり興味ない子とは、すごくうまく会話できてるってことあります。
堀本　自分を自然にうまく出せるんですね。そのたとえは俳句にも当てはまるかもしれない。自分の思い入れだけでガチガチにせず、自分が作った句を今一度客観的に見るためにも必要なのが、推敲という冷静な作業ですね。そのときに役立つのが、俳句の技、レトリックです。いろんな技法を知っておくことで、表現のバリエーションが増えて置き換えていくことができるようになります。

又吉　なるほど。一回置いた言葉にこだわらず、捨てたり、言い換えたりできるようになるんですね。

「僕にはこう見える」を詠む不安

堀本　最初に、俳句の構造、型についてお話しします。たとえば、「凍蝶《いてちょう》の己《おの》が魂《たましい》追うて飛ぶ」（高浜虚子）のように、一句の中に句切れのない、ひと続きになっている俳句を「一句一章」と言います。この句の中に、句切れはないですよね。強いて言うならば、「凍蝶の」というところで、軽い切れが入っている。でも、ひと続きですっと読めるのが特徴です。凍蝶が冬の季語ですね。

又吉　凍蝶ってすごい言葉ですね。「冬、暖かい日にどうかすると蝶が飛んでいる。（中略）冬の蝶でも凍蝶の方は、じっとしていて飛ばない蝶である」（『俳句』）と、歳時記にあります。この句の「凍蝶の己が魂」の「己」は、凍蝶自身っていうことですかね。

だとしたら、春の調子がええときの自分のイメージがあるけど、今は冬で寒いから思ったように体が動いてない。ほんまはこう飛びたいねんけどっていう感じで、フラフラ飛んでるイメージですかね。

堀本　ああ、おもしろい読みですね。もし凍蝶にも魂があるならば、おのれの魂を凍蝶が必死に追いかけているようにも読めますよね。

又吉　あの、ちょっと訊《き》いてもいいですか。いや、これは詠んだご本人に尋ねないとわからないことだとは思うんですけれども、これ、どんな気持ちで作ったんですかね。この凍蝶の飛び方自体が虚子にヒントを与えたのか、それとも、動かない凍蝶を見た虚子の想像力が九十九％ぐらいなのか。どっちなんやろか。

堀本　虚子の気持ちを忖度《そんたく》するしかないですけど（笑）、多分、虚子は飛んでいる冬の蝶を見たんでしょうね。それを瞬時に写生したかどうかは置いといて、この句のように見えたのではないでしょうか。

又吉　それは、蝶が頼りなさそうに見えて、何でこんなに頼りないんだろう、まるで自分の魂を追っているみたいだなぁと、考えていったということですかね。

堀本　蝶がふわーっと飛んでいて、何かを追っているのかと思って見たけど何もなく、そこにはただ空があった。そのときに、「ひょっとして魂を追っているのかもしれないな」と、虚子が幻想的に捉えたんじゃないですかね。

又吉　僕、この句、すごくいいなって思ったんです。でも、ちょっと引っかかったのは、こんな感じで作りたいと思って僕が同じことをやってしまうと、ちょっと変なことになるんじゃないかという不安があるんですね。

堀本　変なことっていうのは？

又吉「魂追うて飛ぶ」というのは、「魂を追って飛んでいるみたい」というたとえが一個入ってるじゃないですか。それって、「僕にはこんなふうに見えるよ」的なことですよね。俳句でこれをやっていいのであれば、めっちゃやりたいんです。これは、俳句の作り方として、めちゃくちゃなことをしてるっていうことではないんですか。

堀本　実際に凍蝶が魂を追っているかどうか、真実はわからないですよね。でも、虚子の目にはそういうふうに見えた。虚子の心象と結びついたのかもしれない。いわゆる心眼のようなもので見ているのであれば、写生の眼と心象が有機的にうまく結びつくことで、読み手にもなるほどと思わせる一句になったのでしょうね。

又吉　そこが重要ですね。読んだ人が、「何言うてんねん」ってなったらダメです。凍蝶と魂のような、絶妙な距離が要るんじゃないかという気がします。

堀本　かなりこの句、気に入ってますよね（笑）。

又吉　ですね（笑）。でも、僕がやると変なことになりそうで。いびつになってもいいんですかね。

堀本　僕は、俳句でやってはいけないことって基本的にはないと思っています。自分で表現したかったら、とりあえず思いついたイメージで作ることです。共感されることも大事ですが、それは万人に受け入れられることだけを指すわけじゃないですよね。十人中八人に、「変な句やな」「ようわからん」と言われても、二人が、「めっちゃわかるわ」「この句好きや」と受け入れてくれたら、それでいいと思います。だから、最初はあまり気にせずに、「ここを詠みたいんや」というところを、どんどん詠んでいってください。

「銃」を表す語彙のストックがいくつあるか

堀本　「一句一章」の話でしたね。「かたまつて薄き光の菫《すみれ》かな」（渡辺水巴《すいは》）。菫は小さい花ですから一輪だけでは目立たないですけど、かたまって咲いていることで本当に薄き光のように見えてきます。これも句切れなくすっと読める、写生の美しい句ですよね。それで次が、一句の途中に句切れがあり、二つに分かれている「二句一章」です。取り合わせという言い方もします。「万緑や死は一弾を以て足る」（上田五千石）。万緑が夏の季語ですね。

又吉　万緑の意味は、「見渡すかぎり緑一色といった状態」（『俳句』）ですね。

堀本　上五に「万緑や」と置いて、中七・下五で「死は一弾を以て足る」。ちょっとギクッとするような中七・下五ですけども、上五の「や」で切れて、中七・下五は切れずに続いていています。だから「二句一章」の句ですね。

又吉　この「一弾」というのは、武器ですか。

堀本　ピストルの弾でしょうね。

又吉　めっちゃカッコいいですね。この句は、一面の緑があって、そこにピストルで誰かが撃たれて倒れているんですね。僕は、万緑という言葉から、安らぎや癒しを連想します。イメージしたのは、芝生っぽい感じの、高さがあまりない緑です。そういう緑だから、人の死に場所としてはちょうどいいというふうに捉えました。

堀本　なるほど。僕は田舎の人間なので、万緑というと熊野の夏のように、生命力にあふれた緑をイメージしますね。その中で、人間の死が描かれている。たった一発の弾丸で人は死ぬことができる。ものすごい生命力に対して、一弾で死んでしまう人間という、そのコントラストが強烈だなぁと。

又吉　万緑の捉え方で、句の解釈がだいぶ変わりますね。

堀本　そうですね。次も上田五千石の句で、「秋の雲立志伝みな家を捨つ」。これも前の句と同じ構造です。切字はないけど、上五の「秋の雲」で句切れがある二句一章の句です。

又吉　「立志伝みな家を捨つ」というのは、その通りやと思います。実家暮らしで大成功した人って、あまり聞かないですもんね（笑）。僕も十八のときに、絶対、家を出なあかんって思いました。

堀本　僕もまったく同じですね。

又吉　でも、なぜ「秋の雲」なんやろう。

堀本　さすらうイメージがあるんでしょうね。ふるさとを出ていくのが、秋の雲が風に流れていくのに似ている。どこか、はかない感じというか。旅立つイメージ。

又吉　なるほど。しかし、この上田五千石さんは、季語もいいですけど、「一弾」とか「立志伝」とか、カッコいい言葉を知ってますね。これを知っているかいないかで、俳句はかなり違ってきますね。さっき伺ったように、句で言いたいことのイメージを持っていても、「一弾」を知らなくて「銃」や「ピストル」辺りでウロウロしていたら、絶対この句にはたどり着かないですね。「立志伝」も同じで、「有名人一人暮らし」みたいなイメージのまま動けなくなったら、この句まで行けないですもんね。やっぱり、本を読まなあかんし、調べなあかんし、歳時記めくらなあかんしということを、今、すごく感じさせられました。自分のイメージまで持っていける言葉を知っているかどうかは、俳句ではとても重要ですね。この五千石さんは、昔の人ですか？

堀本　一九三三年生まれですね。実は、上田五千石は、『十七音の海』（※28ページ参照）の中で又吉さんが一番気に入ってくれた、「渡り鳥みるみるわれの小さくなり」の作者なんですよ。又吉さんは、この作者がとても好きなのかもしれないです。

又吉　確かに、なんか気になります。

堀本　気になる俳人の句集を読み込むといいと思いますね。研究して、又吉さんの滋養にしてください。

又吉　そうですね。いろんな言葉を知っていたら、取り合わせのバリエーションも増えますね。

擬人法はここぞというときに！

堀本　では、具体的な技法に入っていきますね。最初は、「擬人法」。これはよく聞きますよね。人間以外のものを人間のように表現する技法です。で、まず一句目。「蝌蚪《かと》一つ鼻杭《くい》にあて休みをり」（星野立子《たつこ》）。蝌蚪はオタマジャクシのことですね。

又吉　オタマジャクシが、鼻を杭に当てて休んでいる。ああ。かわいいですね。オタマジャクシや魚って、ばーっと泳いでいって、流木や岩のところで、急に突っかかったみたいに一回止まりますよね。

堀本　その感じがよく出てますよね。まさに人間のように表現しています。成長するまでオタマジャクシに鼻なんてないんだけれども、こう言われると、鼻があるように見えてきます。これは、擬人法が成功した例ですね。もう一つ、「霜柱はがねのこゑをはなちけり」（石原八束）。どこが擬人法になってます？

又吉　声を放ってるところですね。

堀本　そうですね。霜柱という細い氷の柱が立っているのを、はがねと見たんでしょう。確かに霜柱が響いて、声を放っているように感じます。擬人法は散文でもよく見ますし、俳句でも使いやすい技法の一つです。ただ、初心者は安易に使いがちなんですね。擬人法を使ったことでいい句になった気がするけど、あまり効果的ではない例がとても多いんです。実は、擬人法を生かすのは難しい。

又吉　結構、お笑いでもそうなんですよ。物が生きているという体でやる、擬人コントっていうのがあるんです。

堀本　たとえばどんなものですか？

又吉　子どもの頃、ウッチャンナンチャンさんやダウンタウンさんがやって流行《はや》ってました。それで僕も中学校のときに、学校の廊下にある柱が兄と弟という設定で擬人コントを作ったことがあります。柱目線で「掃除さぼっとる」とか、「廊下走るな」とか、会話していくんですね。中学生の僕からしたら、柱がしゃべる、柱に人格があるという だけで満足して、それでオチもなく終わってました（笑）。その経験があるので、擬人法と聞くと、ヤバい臭いがします。芸人の間でも、擬人コントをやるときは、よっぽどやぞっていう共通認識があります。サッカーで言うオーバーヘッドキックみたいな感じです。かなり高度で、やればすごくうまく見えるかもしれないけど、この状況はオーバーヘッドでしか決められませんでした、モテたいからじゃないですみたいな、必然性がないと使えません。

堀本　俳句もまさにその通りですよ。必然性が大事。

又吉　この句の「こゑをはなちけり」は、状況に応じた選択をしたな、これしかないなというのがわかりますね。

堀本　冬の朝の張りつめた空気の中で、霜柱の声が凛々と響いているように聞こえます。霜柱の様子も目に浮かぶ。

又吉　うまいですよね。

定番「あるある」を避けての比喩

堀本　その他のたとえの技法として、「直喩」があります。「ごとし」「ような」など、似たものを借りて表現する技法ですね。「手の薔薇《ばら》に蜂来れば我王の如し」（中村草田男）では、下五で「如し」を使っています。手に薔薇を持っているわけですね。その薔薇に蜂が来た。そこで自分が王のように感じたという発想は、なかなか出てこないですよね。変なおごりじゃないような気がするんです。

又吉　そうですね、自慢っぽいとやかましい句になりそうですが、それがないですね。なんでだろう。

堀本　自分を客観的に見ているからでしょうね。気品のある詠みぶりです。もう一つ、「ぼうたんの百のゆるるは湯のやうに」（森澄雄）。ぼうたんというのは花の牡丹《ぼたん》をちょっと伸ばした言い方ですね。夏の季語です。

又吉　たくさんの牡丹が咲いていて、それが揺れているのが風呂みたいに見える、みたいな感じですか。おもしろいこと言いますね。

堀本　湯のたゆたうイメージでしょうね。湯気も見えてくる。「湯のやうに」とは、普通たとえませんよね。この二句を見て気づくのは、意外性があるということです。たとえば、村上春樹さんの小説もかなり直喩が多いんです。かけ離れたものを持ってきて、それを「ような」でくっつけて、独特の表現をしている。そこに魅力を感じている読者は、とても多いと思います。散文の中でも、俳句でも、読み手に新鮮さや驚きを与えることができたら、直喩の効果ありと言えます。でも、これも安易に使いがちで注意が要ります。

又吉　お笑いの「あるある」が、これに似ているかもしれません。あれも、当たり前過ぎることをそのまま言ったんではダメなんです。それに、最初に誰かが発見した瞬間は素敵な「あるある」で、今は定番化されたものを安易に使うのも避けたいところです。昔、三枝《さんし》師匠（現・桂文枝《ぶんし》）が「校庭に犬が入ってきたらクラスが盛り上がる」みたいなことを言ったんです。そういう「あるある」のトップを走り続けてきたようなものを、今僕らが使ったらダメじゃないですか。そもそも師匠のもんですし。そういう定番が俳句の中にもきっとあるんでしょうね。俳句の中でどの直喩が使い古されているのかわからない人間からしたら、直喩は避けておきたいです（笑）。牡丹を湯にたとえるような強者《つわもの》がいる世界では、素人はやめておいたほうがええのかなと思います。

堀本　お笑いの例を聞くと、確かにおっしゃる通りですね。でもこの直喩も、言葉をたくさん知ることでテクニックとして生かしていけると思いますよ。次は「隠喩」です。これは、AはBであると直接言い切る表現です。「金剛の露ひとつぶや石の上」（川端茅舎《ぼうしゃ》）。これは、「金剛のような露」と言わずに「金剛の露」と直接つなげています。露が秋の季語ですね。

又吉　露は、「夜半、空気中の水蒸気が、冷えた草木や岩石などに触れて水滴となったもの」（『現代』）なんですね。

堀本　金剛はダイヤモンドのことで、鉱物の中で最も硬いものです。露というのは、はかないものの代名詞です。鉱物で一番硬いものと、繊細ですぐ壊れてしまうものを隠喩としてくっつけているのが、この句の眼目ですね。「ダイヤモンドのような」とか「如し」とは言わずに、「金剛の露」と言い切ったのが、素晴らしい点です。

又吉　これは、金剛という言葉を知っているからこそできた句ですね。

リフレインで意識の奥まで入り込む

堀本　では、目先を変えて、次は「倒置法」。通常の語順を逆にして、表現効果を上げる技法です。一句目は「毎年よ彼岸の入に寒いのは」（正岡子規）。この句には、「母の詞おのづから句になりて」という前書がついています。「彼岸の入に寒いのは毎年よ」というのが普通の語順ですが、それがひっくり返っています。

又吉　お母さんの言葉が、自然に句になったんですね。

堀本　ここまで五七五で整ったおかんの言葉って、めったにないかもしれないですね（笑）。こうして語順を換えることで、句にインパクトが出ます。もう一つは、「うしろより見る春水《しゅんすい》の去りゆくを」（山口誓子）。季語は春水で、俳句では海以外の春の水のことを指します。普通の語順だとどうなります？

又吉　「春水の去りゆくをうしろより見る」。

堀本　そう、それをひっくり返してる。やっぱりちょっと印象が違いますよね。倒置法もうまく使えば、句を引き立たせる効果があるんです。続けて「重畳法《ちょうじょうほう》」。いわゆるリフレインですね。フレーズをくり返す方法です。一句目が、「雨の日は雨の雲雀《ひばり》のあがるなり」（安住敦）。リフレインはどこでしょうか。

又吉　「雨の」ですね。

堀本　わざわざ二回言わなくてもいいやんって思いがちなんだけれども、くり返すことでリズムや抒情《じょじょう》が生まれませんか？

又吉　ほんまですね。

堀本　これが作者の狙いなんですね。次は僕の句ですが、「耳は葉に葉は耳になり青葉闇」（堀本裕樹）。これは、熊野の森の中をイメージした句です。青葉が茂ってる中に入っていくと、何となく薄暗い感じになりますよね。あれを青葉闇と言うんです。そこでは、自分の耳が葉っぱになったような感じがして、また、葉っぱが耳になっているような感じがして、一瞬、倒錯した世界に吸い込まれていきます。この句は、泉鏡花の『高野聖《こうやひじり》』みたいな世界観をイメージしたものでもあります。

又吉　「耳」が二つ、「葉」は三つ出てきますね。これはどうやって作ったんですか？

堀本　リフレインを使おうと思って作った句じゃないんですよ。ぱっと浮かんできたんですね。ひょっとしてリフレインって、意図して使うものじゃなくて、自然に出てくるものなのかもしれない。

又吉　僕、リフレインは好きですよね。聞いていて気持ちいいですよね。リフレイン自体に、意識のもう一個奥に入っていくようなイメージがあると思います。

堀本　無意識の深層、呪術的な感じもありますね。

又吉　はい。この句は、『高野聖』のような怪しげなイメージと、意識に入り込んでいくイメージの両方があるから、森の中を歩いているときの不思議な感覚がより伝わってきます。

堀本　そこまで読み取っていただければ、うれしいですね。又吉さん、リフレインはテクニックとして使えそうですか？

又吉　そう言えば、坂口安吾の『風博士』もリフレインっぽくて、同じことを何回も言うのでちょっと怖いんですけど、笑いながら読んだのを思い出しました。ま、あまり意識しないで、いいくり返しが浮かんだら、使ってみたいという感じですかね。

堀本　次も音や言葉のリズムに関する技法で、「擬音」です。実際の音を真似《まね》て言葉とした「擬声語」と、実際には音を発しないのだけど、まるで音のするように表現した「擬態語」があります。「鳥わたるこきこきこきと罐《かん》切れば」（秋元不死男）の「こきこきこき」は、実際、缶詰を缶切りで開ける音を真似て言葉とした擬声語で、「大根を水くしやくしやにして洗ふ」（高浜虚子）の「くしやくしや」は、実際には音を発しないけれども、それを表現した擬態語なんですね。オノマトペとも言いますね。

又吉　擬声語の「こきこきこき」は、そういうふうに聞こえるっていうことですね。でも、二つ目の句の「くしやくしや」って、音なんですか？

堀本　実際には、そういう音はしていないけど、作者は大根を洗う水のありさまを「くしやくしや」と表現したんですね。「水でざぶざぶ」では工夫がないですね。普通は「紙（を）くしゃくしゃ」とは言うけれども、「水（を）くしゃくしゃ」と表現することで、大根を力を込めて洗っている様子が伝わってきて、リアリティが出ます。それが、この句の魅力になっています。ちなみに「大根洗ふ」が冬の季語ですね。この擬音に挑戦する機会はありそうでしょうか？

又吉　そうですね、そのうち使えそうな気がしますが、ちょっとだけ迷いが……。自分が聞こえているように表現したほうがいいのか、それとも、ひねりを入れたほうがいいのかということが気になります。たとえば、犬は「ワン」でいいじゃないかというのがあるじゃないですか。でも、漫画家によっては「ウォン」と書く人もいる。そこで、僕が「ウォン」としたとき、「あ、ウォンを選んだんや」みたいなね（笑）。その辺を考えてしまって、いざ使うと恥ずかしくなるパターンかもしれないです。

堀本　なるほどね。まあ、俳句はできるだけ、当たり前なオノマトペは避けたほうがいいですよね。この句も、「ざぶざぶ」を避けて「くしやくしや」だから、味が出ているわけなんで。

又吉　それを最初に聞いておくと、思い切れそうです。でも、「お、何か変えてきたね」みたいになってしまうのが怖いから、やめとこうかなって思ってしまうんですけどね。

照れずに使える技法から始めよう

堀本　今度は違う視点から。「遠近法」ですね。これは目に見えるように、立体的構図や距離感を強調した表現です。絵画的とも言えますね。たとえば、「たんぽぽや長江《ちょうこう》濁るとこしなへ」（山口青邨）。最初にたんぽぽという小さな植物を見せておいて、「や」で切って、中国の長江という壮大な風景を見せています。「とこしなへ」は、永遠という意味です。長江という大河が永遠に向かって流れているようだ、という意味合いでしょうね。なんだか絵のように見えてきません？

又吉　これを読んで思い出したのは、太宰治の『富嶽百景《ふがくひやっけい》』の「富士には月見草がよく似合ふ」という一文です。月見草と富士山の対比が、この句の雰囲気に似てます。

堀本　まさに太宰のその一文も、くっきりと遠近が出てますよね。次の句、「摩天楼より新緑がパセリほど」（鷹羽狩行）。これ、どう読みます？

又吉　都会でビルが建つ中に緑がちらほらあって、それがパセリみたいに見える、みたいな雰囲気ですか？

堀本　そう、これは高層ビルの上から見てる句なんです。ニューヨークのエンパイアステートビルでできた一句らしいです。

又吉　へえ、そうなんですか。

堀本　エンパイアステートビルから、多分、セントラルパークを見下ろしたんだと思うんですよ。公園や街路の新緑が見えたんでしょうね。それがパセリほどだったと。新鮮な表現ですよね。

又吉　普通の人だったら、「蟻みたい」というところを。すごいですね。

堀本　「パセリ」が絶妙ですよね。よく出てきたなと思います。パセリって確かに、もこもこっとして、森みたいに見えますよね。遠近の見せ方が見事です。この遠近法は、どうです？

又吉　これはちょっとやってみたいですね。「摩天楼より新緑がパセリほど」には、ウソがないですよね。こういうのは、照れなくやれそうな感じがします。たまたまこの二句が、よかっただけかもしれないですけど、自然体で臨める気がしますね。

堀本　なるほど。あんまり自意識が入ってない感じが又吉さんにはいいのかもしれない。確かに、この二句は写生の句ですよね。構図の美しさと遠近感が句の中心にあるので、作者の自意識は隠れているわけです。又吉さんが素直に挑戦してみたいというのは、そこなのかも。

又吉　あ、多分、それですね。

堀本　最後は「数詞」です。数字の使い方で具体的に表現する方法ですね。ポイントとしては、句の中で必然性を感じる、動かない数字を使うことです。「牡丹百二百三百門一つ」（阿波野青畝《あわのせいほ》）という句、どんなふうに感じます？

又吉　作者は歩いてるんですね。その道に牡丹が咲いていて、百、二百、三百と増えていく。で、その先に門がある。

堀本　そうですね。作者は門に向かって歩いているわけですが、その間の牡丹の様子を数字だけで表しているのが、この句のおもしろさですよね。数字が増えていくだけで牡丹の咲く光景が遠近をともなって見えてきます。三百の牡丹から最後「門一つ」に収斂《しゅうれん》されるのがすごい。もう一つ。「構想を二つ持ちゐる夜長人」（京極杞陽《きょう》）。こういう経験ないですか。お笑いのネタが二つあって、秋の夜長にどっちにしようか考える。

又吉　ああ、ありますね。この句は、構想を二つ持ってるから、ちょっと楽しげですね。

堀本　数詞は、その数しか当てはまらないだろうという必然性を持たせるのが、テクニックとして要るんです。その数字に説得力があるかどうか。

又吉　ただ数字を入れればいいというわけではないんですね。それが、動かない数字という意味ですか。

堀本　「構想五つ」だと、もうちょっと絞れよってなりますよね。牡丹も九十八本、百八十七本、三百一本というふうに正確に数えることに意味はなくて、百、二百、三百とリズムよく「百」の韻を踏みながら、象徴的に数が増えていくことを伝えたいわけです。どちらの句も必然性があって、この数字になっています。数字を使うときは、読んだ人が、ああ、なるほどと納得するようにしないといけないんですね。さて今回お話しした擬人法、直喩、隠喩、倒置法、重畳法、擬音、遠近法、数詞という技法をちょっと頭に入れておいてもらうだけで、今後、又吉さんが定型句を作って推敲するときの助けになると思います。又吉さんが照れることなく使えそうな技法は、数が限られているかもしれませんが……。

又吉　遠近法オッケーですし、リフレインもやってみたいです。もちろん他のやつも（笑）。どれも、本当に自分が「ここはこれしかない」と必然性を感じたらいけると思います。さっき言った、好きな女の子と話すときはカッコつけてしまうという話と一緒なんですけど、僕、軽やかに何かをすることができないんですね。最近はメール一つにしても、下手したらこれを墓石に彫られるかもしれないって、考えてしまう。

堀本　どこまで、気を遣って（笑）。まあ、墓石とまでは考えずとも、チャレンジしてみてください。じゃあ今回は、秋の季語と今日の技法のどれかを使って、定型句を作りましょうか。習っていきなりで、難しいかもしれませんが。

又吉　いや、楽しくなってきました。絶対やったらあかんということは、そんなにないってわかってきましたし。ビビってる場合じゃないですね。

猫じゃらし海風じゃらすばかりなり

堀本裕樹

激情や栞《しおり》の如き夜《よ》這《ばい》星《ぼし》

又吉直樹

まとめ

使えば使うほど技が磨かれる

技法	解説	例句	
擬人法	人間以外のものを人間のように表現する技法	霜柱《しもばしら》はがねのこゑをはなちけり	石原八束
直喩	「ごとし」「ような」など、似たものを借りて表現する	ぼうたんの百のゆるるは湯《ゆ》のやうに	森澄雄
隠喩	「AはBである」と直接言い切る表現	金剛《こんごう》の露《つゆ》ひとつぶや石の上 「ような」省略	川端茅舎
倒置法	通常の語順を逆にして表現効果を上げる	うしろより見《み》る春水《しゅんすい》の去《さ》りゆくを	山口誓子
重畳法	フレーズをくり返すこと、リフレイン	雨《あめ》の日《ひ》は雨《あめ》の雲雀《ひばり》のあがるなり	安住敦
擬音	実際の音を真似て言葉とした表現、擬声語・擬態語	鳥《とり》わたるこきこきこきと罐切《かんき》れば	秋元不死男
遠近法	目に見えるように、立体的構図、距離感を強調した表現	たんぽぽや長江《ちようこう》濁《にご》るとこしなへ 小さなもの　壮大な風景	山口青邨
数詞	数字で具体的に表現する方法。動かない数字を使うこと	牡丹《ぼたん》百《ひやく》二《に》百《ひやく》三《さん》百《びやく》門《もん》一《ひと》つ	阿波野青畝

第六章 「句集」を読む

俳句の感じ方が、変わってきた気がします
たくさんの句に触れて、鑑賞力がついてきた証拠ですよ！

定型句のコツがわかってきた！

堀本　いつもどおり、前回の一句からいきたいと思います。「俳句の技」を使うのが課題でしたね。又吉さんの句は「激情や栞の如き夜這星」。直喩の技法「如き」を用いていますね。季語は夜這星で秋。

又吉　歳時記で流れ星を引いて、傍題にあるのを見つけました。夜を這う星って、カッコいい。確かに流れ星は、流れるというよりも這ってるというほうがぴったりきます。

堀本　ちょっとエロチックな感じもありますよね。平安時代の男が女性のところに通う、夜這いからもきている季語だと思います。「激情や」というアツい感じと、「栞」「夜這星」をぶち当てたのは、どういう気持ちで？

又吉　僕って、感情が欠落してると受け取られがちなんですけど（笑）、意外と感情的になりやすいというか、いろいろ感じやすいタイプではあると思うんですよ。

堀本　繊細という感じでしょうか。

又吉　日常生活の中で特に夜、それこそ激情なんですけど、感情が高ぶって高ぶって仕方ないときがある。怒りではなくて、何か行動を起こしたくて仕方ない衝動というか。そういうとき流れ星を見たら、一瞬、感情をフラットにできるんです。夜這星が栞的な役割になってくれて、一回休み、みたいな。

堀本　休符ですか。

又吉　そうですね。たとえば、一日をどこで終わらせるかという問題ってありません？　頭の中で考えてることがあるけど、それが無事解決して寝られることにはなりそうもない。でも、どっかで終わらさなあかん。きっかけを探してるときに、たまたま入ったコンビニで、めちゃめちゃ好きな曲が流れてたら、それが今日のエンディングっぽく聞こえて、「考えるんは、ここまでにしとくか」とシメられる。夜這星は、それよりもさらに栞的なものなんちゃうかなと思ったんですよね。

堀本　じゃあ、夜這星は、音楽とか他の栞的なものの象徴でもあるんですね。

又吉　その最たるものですね。

堀本　いい句ですよね。上五の切字「や」で切れて、下五が「夜這星」で体言止め。これはいわゆる俳句の鉄壁の、美しい形です。又吉さん、定型句はまだ二回目なのに、なかなか整えてきたなと。

又吉　ありがとうございます。堀本さんの句は「猫じやらし海風じやらすばかりなり」。

堀本　リフレインを使いました。

又吉　自分は前回教わった「俳句の技」の中から、リフレインを使いたいなと思ってたんですけど、できなかったんです。変なダジャレみたいになって。だから、堀本さんの句を見たときに、こうやるのかと。

堀本　これもダジャレみたいなもんですけど。

又吉　いや、僕がやると必然性がないというか、こういうリズムが生まれない。

堀本　この句の季語は猫じゃらしで秋、狗尾草《えのころぐさ》ともいいますね。江の島で作ったんですけどね。崖の近くに猫じゃらしがいっぱい生えてたんです。でもこいつら、猫じゃらしという名前はついてるけど、ずっと海風に吹かれてるだけで、絶対に猫には触れへんなと思ったんですよ。だから、枯れるまで海風にじらされ、じゃらされ……。そうやって、本当にシンプルに作ってみました。

又吉　いいっすね〜。リフレインしようと思ってリフレインにたどり着けるのって、何なんすかね。僕は、すごく難しかったです。

堀本　この句みたいに、重ねようと思わなくても、パッと出てくることもあります。意識すると、作意が前面に立ってしまいがちですね。でもまあ、お互い「俳句の技」を一個使って、課題をクリアしましたね。

又吉　初心者には、「如き」が一番入りやすい気がしました。日常会話でも、何かを何かにたとえるということは、無意識のうちにみんなやってることですけど、日常会話でリフレイン使い出したら天才ですよね（笑）。

三冊の句集を二人の感性で読む

堀本　では、今回のテーマにいきますか。三冊の句集からお互いに好きな十句を選んで、披露し合うということでしたね。「課題句集」として僕から挙げさせてもらったのが、津川絵理子《つがわえりこ》『はじまりの樹』(ふらんす堂)、和田悟朗《ごろう》『風車』(角川書店)、そして、又吉さんもお好きな『尾崎放哉全句集』(村上護《まもる》編)(ちくま文庫)。句集から十句選ぶという作業は、初めてですか?

又吉　はい、結構悩みました。

堀本　悩みますよね。なかなか難しかったと思います。まずは、津川絵理子さんの『はじまりの樹』からいきましょうか。津川さんは今、四十代。句集『和音』で俳人協会新人賞を受賞され、『はじまりの樹』で二つの賞を取られた、実力派の若手俳人です。「南風」という結社の主宰を務めています。伝統的な文語、旧仮名表記を用いる作り方で、形が美しく、しっかりしている。なおかつ感性が非常に研ぎ澄まされた俳人なので、又吉さんにまず読んでもらう一冊にしたいなと思いました。読んでみて、どうでした?

又吉　僕が今まで使ってこなかった言葉が、たくさん使われていました。知ってる単語でも、配置や組み合わせによって、言葉がこんなに生かされるんやという発見がありました。

津川絵理子句集『はじまりの樹』

【又吉十選】

閉ざされて月の扉となりにけり
神籤《みくじ》読むひとりの日向《ひなた》実南天
立ち直りはやし絵日傘ぱつと差す
長き夜を滅びへローマ帝国史
エレベーターどこかに止まる音日永《ひなが》
涼風や直感で入る喫茶店
靴跡の幾何学模様蝶生る
しばらくは拳に活《い》けて菫草《すみれそう》
激雷に幕があがりぬ阿波踊
栗剝《む》くや夜間飛行の読書灯

【堀本十選】

飛ぶ前の貌かたくして蝗虾《ばった》ゐる
笹鳴《ささなき》や亡き人に来る誕生日
店頭にうぐひす餅が初音ほど
籐椅子《とういす》の腕は水に浮くごとし
綿虫や仕舞ひつつ売るみやげもの
飯蛸《いいだこ》の炊かれて頭たちあがる
太刀魚の傷つきやすき光かな
しばらくは拳に活けて菫草
人数の揃《そろ》はぬ試合春の草
花よりも棘《とげ》明るくて冬の薔薇

堀本　さて、又吉さんと僕の十句の中で、一つ重なっていましたね。「しばらくは拳に活けて菫草」。季語は菫草で春。

又吉　菫草を何本か取りながら、手に持ってるんでしょうね。情景が浮かびますよね。自分が小学校へ上がる前ぐらいに、こんなことあったなぁというのがすぐイメージできて、そのときの雰囲気や匂いまで思い出せました。

堀本　僕も同じですよ。昔、自分もやってるな、もしくは友達がやっていたのを見ているなという懐かしさと既視感があって、共感できた。「拳に活けて」という言い回しがうまいですよね。

又吉　そうなんですよね。菫草を取ったこの人は、家に持って帰って後で活けようって思ってる人じゃないですか。ってことは、この菫草に対する思いがあるから、花が傷つかないように持つんやろな、それは確かに拳に活けてる状態やな、という感じがします。

堀本　又吉さんが今言った、「後で活ける」というのは、上五の「しばらくは」が効いてるんですよ。

又吉　ああ、なるほど。

堀本　しばらくは拳に活けているけど、後できちんと花瓶に活けますよ、ということなんですよね。だから、この句の中には時間性もあるわけです。菫を摘んで帰った後のことまで、読み手に想像させていますね。これは二人で一致した、いい句でしたね。でね、僕、又吉さんが選ぶだろうなと思っていたのが「栗剝くや夜間飛行の読書灯」。

又吉　はい、選んでます。

堀本　又吉さん読書好きだし、栗もひょっとして好きなんちゃうかな、と。

又吉　栗も好きなんですよ。

堀本　当たった（笑）。

又吉　しかし、夜中に栗を剝くって、何なんやろ。最初は、これは本を読んでる状態やと思ったんです。でも、読書灯って、飛行機や深夜バスについてるやつですよね。あの頼りない灯で読むのか？　と。それか、映画を観る前に、ポップコーンとコーラで状況を完璧にする、みたいな行為ってあるじゃないですか。もしかしたらそれと似てて、何か知らんけど栗を剝いて、「今から本を読むぞ」という状況を整えて、読書に入ることを夜間飛行にたとえているのか？　と考えてみたり。でもそれでは、読書灯に引っ張られ過ぎてる気もして。

堀本　これ、ひょっとしたら、本は一ページも読まないかもしれないんですよね。栗を剝くための読書灯ということも。

又吉　その可能性もありますよね。

堀本　もしくは、栗を剝くのが読書に入る儀式なんだけど、剝いた栗をたくさん食べて、そのまま寝てしまうかもしれないですよね。どこまででも、解釈が広がりますね。津川さんもこの句が、これだけ僕らの想像をふくらませるとは思ってないかも（笑）。

又吉　「栗」「夜間飛行」「読書灯」。僕の好きな言葉がいっぱい入ってるので、つい。

共感できる句に心が動く

堀本　じゃあ、僕の選んだ句からも一ついきますね。「飛ぶ前の貌かたくして蟆蚄《ばった》ゐるる」。

又吉　僕もこれ好きです。ただ、バッタが読めなかったんです。

堀本　漢字はあまり使わないですもんね。蟋蟀は秋の季語です。この句はね、バッタをよく見ているなと思ったんです。加藤楸邨の有名な句に、「しづかなる力満ちゆき蟋蟀とぶ」というのがある。「しづかなる力満ちゆき」というのも飛ぶ前のバッタの様子です。バッタって、じーっとしてるんだけど、近づいていったら、いきなりパッと飛ぶ。楸邨はそれを捉えているんだけど、津川さんの句のいいところは、「貌かたくして」ですよね。

又吉　ほんまに。

堀本　確かにバッタは、仮面ライダーじゃないけど、顔がかたい感じはする。でも、それをわざわざ言ったりしないじゃないですか。

又吉　実際は、そんなにバッタの顔って変わってないと思うんです。でも、飛ぶ前のバッタの力の入り方や、気配や雰囲気が伝わるのがおもしろい。僕、基本、顔がすごく好きなんで。

堀本　顔が好き？

又吉　美醜の問題じゃなくて、たとえば、髪の毛を切りたてのヤツの顔というのは、「髪の毛切ってきましたけど、何ですか？」みたいな感じです。別にこっちは何も言ってへんのに、自分で勝手にこっちのセリフを「あ、髪切ったんや」って想定して、先に「え?」って反応してくる顔とかめっちゃ好きです(笑)。だから、「飛ぶ前の貌かたくして」というのは、僕の中ではもう笑《う》けるポイントですね。

堀本　なるほど。そう言われると、バッタも意識して貌を作ってるように見えてきて面白いですね。この句の隣の隣にある、「閉ざされて月の扉となりにけり」を、又吉さん、選んでますよね。バッタの句とは趣が異なる、非常に渋い句です。扉が閉ざされて、そこに月光が映えていると。作者はそれを月の扉と言ったのかな。季語は月で秋ですね。

又吉　僕もそう捉えました。これは、部屋の中にいるんでしょうね。でも、嫌なことがあった日、夜中に一人で歩いてて、暗闇で身動きとれへんような状態になってるときに、月の光が差してきて、それが救いになる、というふうにも読めますね。そういう状況を、月の扉と呼んでいるようにも。

堀本　象徴的な感じにもとれますよね。この句は、すごく省略してるんです。下五に「なりにけり」と切字を置いていますけど、この切字を用いなければ、他の言葉に五音使えます。月の扉というのはどういうものかを、もうちょっと描写できるはずなんだけど、そこをあえて「月の扉となりにけり」。思いっきり省略して切字に託しているから、その分、読む側は想像が広がるんですね。

又吉　だから、カッコいいのか。「なりにけり」とか言いたいです。

堀本　この「けり」が、鋭いですよね。月光の冷たさを感じます。

又吉　堀本さんの選んだ句で、なんでこれ見逃したんやろと思ったのは、「人数の揃は ぬ試合春の草」。

堀本　この句には懐かしさがあります。田んぼでよく草野球やってたんですけど、人数が揃ったためしがないんですよね。だから、守備範囲を広げたりして、そこにいる人数でやりくりする。そういう情景に、「春の草」というやわらかい季語を持ってきている。

又吉　これは、僕も草サッカーで思い当たる節があります。

堀本　「試合」と書いてね、サッカーとか野球とか言わないところがいい。どんなスポーツでも想像できるじゃないですか。そこに象徴性を帯びた共感が生まれます。

又吉　あ、なるほど。僕も共感で選んだのが、「エレベーターどこかに止まる音日永」。エレベーターがどこかに止まる音って、確かに聞いたことあるんです。そういうときって大体、時間を持て余してるときです。風邪引いて、自宅待機になってるとか。うわぁ、暇やなというときに、エレベーターがどこかの階に止まる音が、すごくデカく聞こえてくるんです。誰かがいるぞ、自分と同じこの建物の中で、誰かが活動してる。俺以外の世の中は確実に回ってる、何かせなあかんっていう焦燥感があって、胸の辺りがもやもやする。でも、自分は寝たまんま耳を澄ませている。そこが、「日永」という春の感じと重なって、心動かされました。

堀本　せっつかれるような感じですかね。これも下五の「日永」という季語が効果的ですよね。ちょっと時間を持て余している感じを、「日永」が全部受けとめているわけです。最後に置かれた季語によって、イメージがバーッと広がる。

又吉　ああ、やっぱり季語の力なんですね。

「大きい句柄」「小さい句柄」

堀本　次は、和田悟朗さんの『風車』。和田さんは、大正十二（一九二三）年生まれで、先ほどの津川さんとは、年齢的にはほぼ倍違います。平成二十七（二〇一五）年、九十一歳でお亡くなりになりました。そういう二人が、俳句という同じ形式で言葉を紡ぐ。その違いを読むというのを、句集を通してできたらと思ったんです。この句集は、平成二十五（二〇一三）年に第六十四回読売文学賞を受賞していて、いろんな方に読まれ、評価されています。

和田悟朗句集『風車』

【又吉十選】

トンネルは神の抜け殻出れば朱夏

大地球小地球など柘榴《ざくろ》裂け

春いちばん大道芸人失敗す

月面に川の痕跡　地に椿

枯野ゆく無数の声を踏みながら

鉛筆を握りて書かずこぶし散る

直線は曲線である蛇の丘

雑踏の中の旋律黄落期

花曇り日光月光《がっこう》菩薩《ぼさつ》留守

空間にぶつかりぶつかり鹿駆けり

【堀本十選】

盆梅《ぼんばい》や家の中にて猛樹たり

トンネルは神の抜け殻出れば朱夏

縄文も弥生も昨日寒の月
春いちばん大道芸人失敗す
野に遊ぶ静止衛星から見られ
虫めがねもて見る虫のすね毛かな
死貌こそ永遠の顔寒昴《すばる》
直感は光より疾《と》し蝶の紋
くまぜみの溢れる大地裂けてゆく
身中に昭和は続き年惜しむ

又吉　読んでみて、科学っぽいやつと幻想的なやつとのバランスが印象的でした。一句だけではわからない、和田さんのスタイルみたいなものが見えてきます。堀本さんが選んだ「直感は光より疾し蝶の紋」は、僕も二十句の中には入れてたんです。

堀本　光ってどれぐらいの速さかわからないですけど、言葉で言われると、確かに直感ってすごく速い。その取り合わせとして「蝶の紋」を持ってきているのが、不思議で、絶妙です。蝶が飛んでいて、パッと見た一瞬の蝶の紋を、こう詠んだんでしょうね。

又吉　よく、蝶の羽の模様は、敵から身を守るためだという話があるけど、実はそんなんウソで、その模様はむちゃくちゃ遠いアンドロメダ星雲にある王国の、王家の家紋なら光の速さでアンドロメダ星雲まで行くよりも、僕の直感のほうが速いっていうのは、痛快ですよね。

堀本　その捉え方、ユニークですね。自分たちが何かを想像することの、可能性のデカさを感じます。

又吉　和田さんの句集のおもしろさって、非常にSF的で、ロマンがかき立てられる。急にテンション上げたら、それは脅威になるし、落差ですかね。芸人で言ったら、暗いヤツが突然ブラックなことを言ったら、ハッとする。そういうのを見ておもしろがることがあるんですけど、同じようなことが、個人の句集で起こり得るんやなと思いました。

堀本　俳句の世界では「句柄《くがら》」といって、句柄が大きいとか、句柄が小さいという言い方をします。和田さんの句集は、句柄の大きい句がたくさんあって、地球が出てきたり、太陽や人類なんて言葉も使われたりする。大きく捉えた俳句が、句集の中で一つの柱となって、そこここに配されています。一方で、独特の機知やユーモアを感じさせる句もあり、それがいい感じのアクセントになっています。僕の十句の中では、「虫めがねもて見る虫のすね毛かな」。これは、句柄としては小さいほうですけど、「虫のすね毛」に普段見慣れない宇宙が広がっているような不思議さがある。虫眼鏡で虫を見ることはあるかもしれないけど、すね毛を見ようっていうね（笑）。しかも、下五に「すね毛かな」と切字を置いて、詠嘆している。この捉え方にとてもユーモアがありますよね。

又吉　虫眼鏡って、見えてるものを大きくしたいんじゃなくて、見えないものを見たいんですよね。そういうところに目が行くところが、すごい。

一句から浮かぶストーリーをとことん

堀本　僕と又吉さんの重なった句が二つありましたね。一つは、「トンネルは神の抜け殻出れば朱夏」。季語は朱夏。五行思想で赤を夏に配するところから、朱夏は夏の異称となっています。トンネルを神の抜け殻とは、普通言わない。僕はここに惹かれました。この「神の抜け殻」、どう解釈しました？

又吉　トンネルが神の抜け殻だとしたら、神様の本体は今どこにあるやろか？　と思った。

堀本　削り取られてるわけですからね。

又吉　でも、「朱夏」となってるから、夏という季節の中にいるということですかね。そう考えれば、スケールがめちゃくちゃデカい。

堀本　あと、民俗学的にこの句を解釈するならば、トンネルは山をくりぬいて造りますよね。山には山の神がいて女神とされるのが一般的ですが、そういう視線で見ると確かにトンネルという空洞は山神の抜け殻だなあと。トンネルを造ることで山神が去っていった感じがありますね。もう一句が「春いちばん大道芸人失敗す」。

又吉　これ、ジャグリングやってるんですかね。大道芸人ですから、普通は失敗しても笑いになるんだけど、こいつは絶対失敗したらあかん大道芸人なんやろなと、僕は思ってます。

堀本　絶対というのは？

又吉　技に重きを置いている大道芸人で、ユーモアとかないんですよ。たとえば、テレビのドキュメンタリーで、プロフェッショナルな気持ちで真面目にやってる人物として取り上げられるんです。「失敗しないんですか？」「ほとんどないですね」「本当にないんですか？」「若い頃、一回だけありましたけど、人前でやる以上、失敗は絶対したらダメだと思ってるんで」「唯一、失敗したときの状況は？」「春一番が吹いたんです」。みたいな感じです。

堀本　完全にドラマが出来上がってる（笑）。失敗の原因が春一番というのが、バカバカしくて笑えます。俳句の世界では、本当は、一句の中で因果関係を作ってはいけないという不文律があるんです。

又吉　へぇー。

堀本　普通は、こういう作りは俳句としてどうかなとなるんだけど、この句はオッケーという感じがします。又吉さんの解釈のように、ユーモアにあふれてる。

又吉　この句集の中で、一つだけ浮いてる気がします。

堀本　確かに、ちょっと異質です。

又吉　罠《わな》じゃないかなと思ったぐらい。

堀本　何の罠なんですか（笑）。

又吉　これ選んでええんやろかという。

堀本　でもね、句集の帯を見ると、自選十一句に入ってるんですよ。和田さんご自身も、この句はなかなかええんちゃうかと、気に入ってるんですね。だから、罠じゃないですよ（笑）。

又吉　そうか、よかった。

堀本　他に心配な句、ありますか？（笑）

又吉　いえ。じゃあ、すごく好きな句を。「空間にぶつかりぶつかり鹿駆けり」。僕、時間っていうものについて考えることがあるんです。今という一瞬は確かにあるけど、そう感じた今は、もう今じゃないですよね。今、今、今、今……がずっと続いている感覚がある。鹿が空間にぶつかっているというのが、僕の頭の中では、走る鹿が連続写真みたいに、ブワーッと連なって見えたんです。

堀本　なるほど。禅的で視覚的な捉え方ですね。じゃあ、又吉さんはこの句の「ぶつかりぶつかり」というところに、今という時間性を感じているわけですね。

又吉　今というこの瞬間を切り取るときに、こういう発想ってなかったなと思いました。

堀本　この「ぶつかりぶつかり」、リフレインですね。

又吉　ああ、こういう使い方があるんですね。

堀本　最後の「鹿駆けり」の「り」で、「ぶつかりぶつかり」の「り」と音が三つ重なり韻も踏んでいます。駆ける鹿が連続写真で見えてくるというのは、リフレインと韻律の働きが大きく作用しているんでしょうね。しかも「か」の音も五つ重なっている。それを自然とやってのけているのがすごいですよね。で、又吉さん。この二つの句集を読んで気づかれたと思うけど、和田さんは新仮名表記で主に文語を使っています。そして、津川さんは旧仮名で文語なんです。

又吉　はい。そうでした。

堀本　俳人として、どういう表現形式を選んでるかということです。たとえば、和田さんの「空白を元日として集うかな」。旧仮名表記だと「集ふ」ですが、和田さんは「集う」という新仮名表記を選んでいます。「万華鏡こっぱみじんの己かな」。これも旧仮名表記だと、この小さい「っ」は大きく「つ」と書きますが、和田さんは自分の表現形式として新仮名を選んでいます。表記の部分で、和田さんと津川さんではこういう違いがあります。又吉さんは今後、どういう表現形式を選んでいくのか。今までの感じでいくと、又吉さんは津川さんと同じ、旧仮名で文語ですか。

又吉　今のところ、そのつもりです。

改めて、放哉のえげつない哀愁

堀本　それでは、いよいよ、又吉さんが好きな放哉へいきましょうか。

『尾崎放哉全句集』（村上護編）

【又吉十選】

針に糸を通しあへず青空を見る
葬式の幕をはづす四五人残つて居る
底がぬけた杓《しやく》で水を呑《の》もうとした
釘箱の釘がみんな曲つて居る
すばらしい乳房だ蚊が居る
足のうら洗へば白くなる
花火があがる空の方が町だよ
墓のうらに廻る
霜とけ鳥光る

春の山のうしろから烟《けむり》が出だした

【堀本十選】

一日物云《い》はず蝶の影さす
何も忘れた気で夏帽をかぶつて
何か求むる心海へ放つ
舟の帆が動いて居る身のまはりの草をむしる
笑へば泣くやうに見える顔よりほかなかつた
とんぼが淋しい机にとまりに来てくれた
障子あけて置く海も暮れ切る
畳を歩く雀の足音を知つて居る
嵐の夜あけ朝顔一つ咲き居たり
何がたのしみに生きてると問はれて居る

又吉　『尾崎放哉全句集』は何回も読んでるんですけど、堀本さんに定型句を教えていただくようになってから、感じ方が微妙に変わりました。今までは目に留まっていなかった句に気づいたり、すごく有名な句の良さが改めて見えてきたり。きっと、いろんな俳人の句を読んだからだと思います。

堀本　それはうれしい言葉ですね。句を見る視点が変化したんですね。今回良さに気づいた有名な句は、たとえばどれですか?

又吉　「すばらしい乳房だ蚊が居る」。

堀本　確かに有名です。エロスを称えながら、微量の毒をすかさず盛っている。蚊が夏の季語ですね。

又吉　自分でも意外だったんですよ。それから、「足のうら洗へば白くなる」。足を洗ったら白くなるというのが、どういう状態なのか前はあまりわかってなかったんです。これって、からだ全部が黒くなってるということですよね。だから、足の裏を洗ったら、本来の白さが出てくるんやと気づいたとき、放哉がどういう生活をしてたのかが、情景としてリアルに思い浮かんだんです。

堀本　それほど頻繁にお風呂に入ってなかったでしょうしね。改めて自分の肌の白さに気づくというのは、哀しみがありますよね。又吉さんが選んだ「釘箱の釘がみんな曲って居る」。僕も十句の候補に入れてました。おもしろい句ですよね。一度打った釘を引っこ抜いて、また釘箱に入れて保管しているってことですかね。

又吉　という状況なんでしょうね。釘箱を開けるっていうのは、うわっ、風吹いてきて家つぶれそう、面倒臭いけど直さなあかん！　ってことですよね。でも、開けてみたら、釘、全部曲がってるやん（笑）。めっちゃ笑えるんですけど、悲しみというか、えげつない哀愁があります。釘って、何か物を作るときに重要な部品です。それが曲がってる。放哉も、何とかして自分の人生や人間関係を組み立てていこうとするんですけど、人と違って曲がってるから、みんなと同じようにはいかへん。だからこそ独特の表現ができたと、僕は思うんですけど。

堀本　そうですね。放哉自身が曲がった釘だった。放哉の句には、人生を丸ごとぶつけたような凄みがあります。裏を返せば、寂寥《せきりょう》感がにじんでる。

又吉　言葉の一個一個が重い。本気度を感じるんです。なぜ笑えるかと言ったら、体重が乗っかってて、ほんまのことやから。だから、笑うしかないけど、泣こうと思ったらいつでも泣けるぐらいの句ばっかりやと思うんです。

堀本　「笑へば泣くやうに見える顔よりほかなかつた」。これも喜劇性があるんだけど、すごく悲しい。終焉《しゅうえん》の地、小豆島《しょうどしま》に行く前、まだ須磨寺《すまでら》で堂守をしていたときの句ですね。

又吉　放哉も「顔」が好きだったみたいで、やたらと出てきますね。表情に対しての思いがあったんでしょうね。

堀本　又吉さんの選んだ句でちょっと意外だったのが、「針に糸を通しあへず青空を見る」。

又吉　これも昔は目に留まらなかったんです。放哉の句の中では、僕にしたらちょっと言葉が多いのか、「糸を通」すと「青空を見る」で状況が二段になっているからなのか、ついていけなくて、「通しあへず」くらいのところで次の句に移ってしまってた。で、今回、この句の状況をちゃんと考えてみたんです。針に糸通すのは細かい動作で、目もぐーってなるし、通せないもどかしさもある。でも頼む相手もおらんという状況で、フッと圧倒的な青空を見る（笑）。地味な行為と青空のギャップもあるし、どんな表情だったんやろう、その後どうしたんやろうっていう興味も湧いてきました。

堀本　そんなに絶望することかっていう感じもありますよね。

又吉　そうですね。それで、糸は今度誰か来ることがあったら頼もう、まず壊れた扉を直そう、と思って釘箱を開けたら、全部曲がってる。

堀本　なんか完全なコントの世界ですね（笑）。この句も、突き詰めれば哀しさがにじんでますね。「とんぼが淋しい机にとまりに来てくれた」も、淋しさに惹かれて取った句です。とんぼが秋の季語ですね。

又吉　「来てくれた」っていうね。

堀本　これは小豆島で作った句です。暖かい季節のうちはよく来た遍路も、寒くなると減るんでしょう。そんなとき、とんぼがすーっと庵《いおり》の中に入ってきて、机にとまった。それを友達みたいに「とまりに来てくれた」。これは、放哉にしか詠めませんね。僕、東京の隅のほうで一人暮らしなんで、夏はカブトムシやコガネムシが飛んで来てくれたりする。ちょっと気持ちがわかりますね。

又吉　僕も、ほんまに淋しいときって、誰かのぬくもりが恋しくて、職務質問されたお巡りさんとの会話をちょっとでも長引かそうとしたりする。「しゃべりかけてくれた」みたいな。そう言えば、上京したての頃、二日間ぐらい誰ともしゃべってなくて、怖くて一人で「あー」って言ってみたことあります。

堀本　その二日間物を言わなかったというのは、「一日物云はず蝶の影さす」の状態に似てますね。放哉も、まったくしゃべらない一日があって、そのときに蝶がひらひらっと飛んできた。放哉はその蝶を見ずに、自分の視線が下がった状態で、蝶の影だけを捉えるんですね。蝶じゃなくて、影を見るっていうところに、放哉の孤独が表れています。しーんとした静けさが漂っていますよね。

俳句という表現方法が輝いて見える瞬間

又吉　「何がたのしみに生きてると問はれて居る」。堀本さんはどうしてこれを選んだんですか？

堀本　こんなことを句にするのかって思ったんです。すごいですよね。

又吉　でも、僕、こういう経験あります。

堀本　え、どんなシチュエーションで？

又吉　六年後輩に、今一緒に住んでるパンサーの向井っていう芸人がいるんですけど、そいつがデビューしたての頃に、聞かれたんです。彼の同期の人間たちがどんどんテレビのオーディション受かって、焦ってたんでしょうね。「僕、すごく不安で耐えられないんですよ。後輩も同期もテレビに出まくってるのに、又吉さんは出てないじゃないですか。どういう心境なんですか」って。

堀本　ひどいというか、率直というか。

又吉　そうなんです。でも、向井には悪意が一切ないんです。

堀本　で、何て返したんですか。

又吉　「誰かが売れたから自分が世に出られへんってことはなくて、自分がある一定のとこまで行ったときに出られればいいって、俺は思ってるから」みたいなことを語りつつ、「大丈夫やから」って（笑）。でも、説得力ないわけですよ。こいつみたいになったらどうしようという悪い見本として、僕は向井に聞かれてるわけですから。そういう状況のときに放哉を読んでたんで、もうたまらないんですよね。

堀本　これはおそらく小豆島時代の句です。放哉は、最後に行き着いたその地の南郷《みなんごう》庵《あん》という小さい庵で暮らすんですね。島の人たちは、「この人、何して生きてるんかな」「楽しみあるんかな」と素朴に問うたんでしょうね。本当に悪意がなかったんだと思います。でも、問われた放哉にとっては……。

又吉　きついっすよね。

堀本　いろんな行詰《ゆきづま》りがあって、小豆島に流れ着いたわけですからね。

又吉　だからそれを句にしているのが、当時の僕には救いだったんですよ。こういう経験を経たからこその表現があるはずだと、どこかで信じてるわけですけど、後輩にそんな質問をされると、自分でも消化のしようがない。でも、漫才にもコントにもできへんし、トークにしたら「なんかかわいそう」みたいになるし、じゃあエッセーにでもといってもそれは本職じゃないしっていうときに、放哉の句は僕には輝いて見えましたよ。瞬間を切り取れる、表現のジャンルがあるんだと発見しましたし、めっちゃ共感しました。

堀本　又吉さんの自由律俳句は、やはり相当、放哉の句に影響を受けてるんですね。

又吉　そうですね、はい。

辞世の句と俳人の生き様

堀本　最後に、又吉さんの選んだ「春の山のうしろから烟が出だした」。これは、放哉の辞世の句（※人がこの世を去るときに詠む句、詩など）ですね。僕は今回、いわゆる放哉の名句、秀句とされているものはなるべく外したんですが、この句は名句でしょうね。どういう心境で選ばれたんですか。

又吉　放哉の自由律句って、定型句を読めない僕のような人たちでも、何となく感覚でわかる部分があるじゃないですか。だけど、俳句的に読まないと、ちゃんと理解できない句もある。その二つがあるから、僕は感覚でわかる句や、その中でも笑える句や、共感できる句だけを読んできたんです。でも、俳句って、どういう意図があってこの言葉を使ってるんだろうとか、どういう背景があってこういうことを詠んでいるんだろうということも含めて、自分で向き合いながら読んでいくジャンルなんだとわかってきたんです。ということは、詠む側の放哉もそうだったんかな、と思ったんです。この句は、すごくシンプルですよね。わりと屈折した物の見方をしたり、他の人が目をつけないような変わったところに焦点を当てたりしてきた放哉が、死が近づいて、ただただ研ぎ澄まされていったとき、「山があって、そのうしろから烟が出ている」ことに注目したんですね。改めて、放哉ってどういう人だったんだろうって考えたときに、あ、そうなんや、と。なんか知らんけど、その烟をぼーっと見つめている放哉が感じられたんです。

堀本　なるほど。確かに、画《え》が浮かびますよね。春の山から烟が出だしたというのは、「野焼き」や「山焼き」という春の季語も連想させるんです。要するに、春先に山や野原の枯れ草を焼いて、それを滋養にしてワラビやゼンマイが育って芽を出すようにするんですね。それからやっぱり、死を連想させますよね。不気味な捉え方をしたら、放哉が、自分の死体が焼かれているのを幻視している烟のようにも思えてきます。人が死んだら魂が山に帰るというのは、日本の民俗学的に言うと通例ですから、そういうふうにも取れる。すごく象徴性を帯びているんですよね。枯れ草が焼き払われた後、新しい芽が吹き出てくるように、放哉もまた、自分の命がなくなった後、輪廻《りんね》転生して何かに生まれ変わりたいという願いを託したのかもしれない。辞世の句として、放哉はよくこの句を作ったなと思います。この句集の編者である村上護さんの『放哉評伝』によると、放哉は十六歳のときの作文に、「山、と云ふと、僕はすぐ春の山、と云ふ連想を起すのである」と記している、と。十六歳のときにもう、春の山に注目していたんだそうです。

又吉　へぇー。

堀本　少し引用すると、『春の山重なりあひて皆まるく』と云ふ子規の句がある、がすべてかはいらしい、やさしい、おだやかな、等の平和的の文字文句は、皆此《この》春の山にそそがれて居るではないか」。そして最後に、「嗚呼《ああ》春の山春の山」という言葉で締めくくっているんです。僕、これを読んで身震いしました。十六歳のときに春の山に惹かれて、人生の終わる瞬間に、春の山の句を詠む。何と数奇な運命によって、この辞世の句に行き着いたのか。

又吉　そう考えたらすごい。対象はずっとブレてなかったんですね。

堀本　十代の頃からずっと身の内にあったものが、最後の最後に出てきた。

又吉　春の山自体を放哉がつかんだ感じが、この句に表れてますね。

堀本　さて、今回は三つの句集を読んでもらって、またいろんな影響を受けられたと思います。俳句は自分で作り、人の作品を読むことでゆっくり上達していくものです。もう定型は怖くないでしょう？　自然に作れば大丈夫です。では、今回は新年の季語で一句詠みましょう。そして次回は、『すばる』で募集した作品の選句ですね。

又吉　どんなん来てるんやろ、楽しみです。

新刊の栞ひも引く淑気《しゆくき》かな

堀本裕樹

爪切りと消ゴム競ふ絵双六《えすごろく》

又吉直樹

まとめ

俳人を知れば鑑賞力アップ

水原秋桜子《みずはら しゅうおうし》

●一八九二年（明治二五年）〜一九八一年（昭和五六年）

「主観」で詠んだ自然の美しさ

東京生まれ。医師、医学博士。高浜虚子に師事し、俳句雑誌『ホトトギス』に参加、雑誌の黄金時代を築いた。しかし、俳句とは客観ではなく俳人の主観こそが大切と主張。虚子と対立し後に脱退、『馬酔木』を主宰する。西洋絵画に造形が深かった秋桜子の句は、自然を丹念に織り込んだ美しさが特徴。

中村草田男《なかむら くさたお》

●一九〇一年（明治三四年）〜一九八三年（昭和五八年）

季語「萬緑」の生みの親

外交官の父の赴任先、中国・福建省で生まれ、三歳で帰国。高浜虚子の門弟となり、後に『萬緑』を主宰する。人間性探究を基本態度とした、文学性、思想性あふれる作風で強い個性を発揮。「萬緑」という季語は、草田男が「萬緑の中や吾子の歯生え初むる」で初めて用いて以降、季語として定着した。

石田波郷《いしだ はきょう》

●一九一三年（大正二年）〜一九六九年（昭和四四年）

闘病生活が生んだ生の句

愛媛生まれ。幼少より俳句に親しむ。水原秋桜子門下の代表的俳人となり、弱冠二四歳で『鶴』を創刊するが、三十代で大病を患う。手術と入退院をくり返す壮絶な闘病生活の中で、静かに生と日常をかみしめた句を詠み続けた。俳句の散文化を憂い、切字の重要性を説いたことでも知られている。

杉田久女《すぎた ひさじょ》

●一八九〇年（明治二三年）〜一九四六年（昭和二一年）

女性目線の新境地

鹿児島生まれ。一九歳で画家の杉田宇内と結婚後、二六歳で高浜虚子に出会い本格的に俳句の道へ。女性だけの俳句雑誌『花衣』を創刊するなど、俳壇で注目を浴びるが、後に突然、虚子に破門される。女性の心の叫びを鮮烈に詠み、時代に抗い続けた久女の生き方は共感を呼び、数多く小説化、舞台化された。

季語エッセイ　秋

灯火親しむ

又吉直樹

全身の体力を根こそぎ奪われる暑い夏を乗り越え、カラカラに乾ききって迎える秋は心地いい。秋の静けさは、夏のあいだ、街全体が躁《そう》状態に呑み込まれていたことを気づかせてくれる。人間だけではなく、動物も植物も生き物すべてが、疲弊した身体を涼しい風で冷やしている。これから、厳しい冬がやってくるまでの、束の間の休息のようにも思える。

秋の夜、一人で過ごす時間はとても気楽でいい。やるべき仕事を一つ残らず片付けて、早めに夕食をすます。窓の外が暗くなってきたら、部屋に灯《あか》りをともす。それからの長い夜は、すべて自分に与えられた自由な時間だ。本を読んでもいいし、映画を観てもいい、珈琲《コーヒー》を飲みながら音楽を聴くのもいいだろう。なにをやっても許される。もちろん、変なことを考えてもいい。変態的なことを考えてもいいし、みずから生み出した残酷な発想に自分で怯えることもできる。すっぱいものを食べた時の表情を作り、その顔を、風呂場の鏡まで確認しに行ってもいい。何秒でも時間を無駄にできる。なにもしないということをしてもいい。

一人じゃないと、こんなことはできない。二人だとこんな風には楽しめない。

一人の夜に、灯りの届いていない天井の隅を見つめていると、言葉が徐々に映像へと変わっていく。


二人の人間がいる。二人は、お互いに信頼し合っている。二人は二人だけの退屈な時間を過ごすために早く家に帰る。いつも、二人は無駄な話だけをして笑っている。

ある日、一人はこの関係を継続するためには、お金が必要だと考える。一人は決心して、遠い町まで働きに行くことを、もう一人に告げる。もう一人は、「それは、二人の関係を壊すことだから」といって、止めようとする。一人は「待たなくていいから」といって遠い町に行ってしまう。でも、本当はそんなことは思っていない。


二人は別々に暮らすことになる。一人は、遠い町で働きはじめる。一刻も早くお金を貯《た》めて二人の町に帰らなくてはいけないから。ずるいこともやった。二人だけの退屈な日常を取り戻さなくてはいけないから。

「待たなくていいから」といったけど、本当はそんなこと思っていないのだから。

どれくらい時間が流れただろう。ようやく、お金が貯まった一人は、急いで二人の町に帰った。一人のあごには鬚《ひげ》が伸びていたから、短くない月日が経過していたことは確かなようだ。夏が過ぎ、涼しくなりはじめた夜だった。二人の部屋の下までいくと、部屋には灯りがついている。一人は、小石を拾い二人の部屋の窓に投げた。そうやって、気づかせようと思ったのだ。だが、石は届かなかった。いつも、そんなことをしていたわけではないが、一人は無駄なことが好きだったから、一人が好きなことをやろうと思い、そのようにした。自分が変わっていないことの証明になるとも思った。二投目は、もう少し大きな石を拾い、さっきよりも強く投げた。そしたら、窓はパリンと大きな音を立ててわれてしまった。

一人はすぐに二人の部屋に謝りにいった。一人なら笑って許してくれると思った。だが、ドアを開けた一人は笑わなかった。一人の後ろには、知らないもう一人がいた。

かつての、二人の部屋は、別の誰かとの二人の部屋になっていた。窓をわった一人は、知らない一人に土下座で謝った。知らない一人に頭を踏まれた。その姿を、大好きな一人に見られるのはつらかった。一人は待っていなかった。それはそうだと思う。「待つ」という行為に安心して寄り添えるのは、帰ってくると解っている時だけだから。居場所を失った一人は、好きだった一人に「どうか、幸せになってください」と思う。

一人はどこにいても一人だから、居場所なんていらないから、一人の時間を愛そうと思う。孤独を愛そうと思う。そんな暗い自分を笑ってくれる人もいない。なぜなら、一人だから。

とりとめのない映像が終わり、ただの暗い天井の隅に戻る。部屋で一人で過ごしていると、誰かに邪魔されることもなく空想に耽《ふけ》ることができる。ここに、もう一人なんかいたら、僕の話を聞いて、「暗い」とか、「なんでそうなったん?」とかいって、話の腰を折られてしまう。勝手にお湯を沸かしはじめて、やかんが、ピーピーうるさくて邪魔になるかもしれない。隣でにこにこされたら気が散るし、声を出して笑われたら、空想が楽しいだけの幸福な展開に流されてしまうかもしれない。そうなったら、面倒臭くてしかたがない。

僕は秋の夜に灯りをともした部屋で、最高な時間を一人だけで過ごすのだ。

みんな一人の時間を放棄するから苦しくなるのだ。二人になろうとするから苦しくなるのだ。好きな人と美味《おい》しいものを食べに行ったりするから、好きな人と将来の夢を語り合ったりするから、好きな人に何かをプレゼントしたり、プレゼントされたりするから、一人になった時に苦しくなるのだ。一人の楽しみ方を忘れてしまうのだ。

大勢での飲み会に参加したりするから、ふらりと入った飲み屋で誰かに相談したりするから、自分のことを真剣に考えてくれる親友を作ってしまったりするから、一人になった時に苦しくなるのだ。一人の楽しみ方を忘れてしまうのだ。僕は一人でも平気だ。二人なんかより、一人は楽しい。

一人だと、いつだって歳時記を開くこともできる。

【灯火親しむ】という秋の季語がある。夜が長くなる頃に、灯火のもとで読書をしたり、団欒《だんらん》をすることらしい。僕が好きな季節の好きな時間だ。でも、一人がいい。一人が楽しい。二人だと、一人になった時に苦しいから。

自分自身が三百年生きている存在であることを想像してみる。そうすると、部屋中のものが、その部屋さえも自分に従順になる。その状態で大きな球体のような優しさを想像してみる。それをどんどん大きくする。その優しくて巨大な球体の中に、自分のいる部屋ごとすっぽりと入ってみる。球体は部屋の灯りで橙色《だいだいいろ》にともるだろう。その球体はどんどん大きくなる。一人がいる街も包む。二人がいる街も包む。その灯りはあらゆるものを包みこむ。「どうか、幸せになってください」という一人の声が聞こえる。橙色の灯りにともされながら、僕は僕の時間を過ごす。楽しい一人の夜がはじまる。

第七章
「選句」をしてみよう

人様の句を選ぶのは難しいし、悩みます。
でも、惹かれた句についての妄想や
意見を語り合うのが、
めちゃくちゃ楽しかったです

「俳味《はいみ》」がある句とは？

堀本　前回の課題、新年の季語を使った又吉さんの句は「爪切りと消ゴム競ふ絵双六」。すっかり、定型になじんできましたね。

又吉　いや〜。

堀本　季語は絵双六。

又吉　子どもの頃、自分ですごろくの盤を描いて、家族で遊んでました。お手製なので駒がないんですよね。それで、駒の代わりに爪切りとか消しゴムとか、とりあえずあるもので何とかするという、その状況ですね。

堀本　「俺、消しゴム」「じゃあ、お父さんは爪切りな」ってことですよね。爪切りや消しゴムは、日常的に使っている俗な物。新年というハレの気が満ちているときに、こういう俗な物を駒にして遊んでいる情景を詠むのは、「いかにも俳句だな〜」と思いました。和歌を雅とすると、俳句は俗ですからね。だから、この句には俳味がある。

又吉　へぇ、そうなんですか。爪切りや消しゴムって、僕の守備範囲にある言葉です。せっかく前回三冊の句集を読んだし、もうちょっと俳句っぽい物にしたくて言葉を捜したんですけど、まとまらなくて。

堀本　でも、僕はこの句いいと思いますよ。具体的で、画が浮かびます。爪切りと消しゴムという不揃いな駒を使うことに家庭のあたたかさを感じますね。では、僕の「新刊の栞ひも引く淑気かな」。又吉さん、どう読みました?
又吉　「淑気」かぁと。
堀本　普段、あまり使わない言葉ですね。正月のめでたい気分や気配を指します。新年になると、気が引き締まりますよね。新刊もまだ誰も開いてないから、ビシッ！　としてません?　栞ひももものりをつけてアイロンがけしたみたいに、かしこまって、ページとページの間に挟まっている。それをピンッ！　と引いて、おもむろに一ページ目へ持ってくる。そういうところに淑気を感じるんです。「読初《よみぞめ》」という新年の季語もありますけども、それを使わずに読み初めの引き締まった気分を出したかったんです。
又吉　確かに、新刊を開くときって、すごく新鮮な気持ちになれます。新しいノートを開くときもそうです。でも、それの一番デカい版が、元旦のあの雰囲気ですね。
堀本　そうなんです。新刊を「さあ、読むぞ」という気持ちと、新年の晴れやかな気持ち。それを「淑気」という季語に託しました。
又吉　ああ、よくわかります。今回思いましたけど、新年の季語ってわりと少ないんですね?　その中で、堀本さんのこの「淑気」は、正月を全部言い表しているいい言葉です。

全九百十八句からベストテンを選出!

堀本 じゃあ、いよいよ今回の本題。『すばる』で募集した作品の入選作を発表していきましょうか。又吉さんは「足」、僕は「月」というお題でしたね。「月」(季語)を使った句、または、「足」+秋か冬の季語を使った句、そして、お題を使わずに秋か冬の季語を使った句を、一人何句でもオッケーということで募集しました。全部で九百十八句集まったそうですよ。お互いに十句ずつ選びました。その中で、特選が一句、秀逸を三句。又吉さんは、選句は初めてですね?

又吉 そうなんです。難しかったです。そもそも、俳句のことをまだあんまりわかってない状態の僕が人の句を選ぶという、その申し訳なさみたいなのもあるんですけど。

堀本 いや、又吉さんの感性で選べばいいんですから。

又吉 句集は一人の俳人が詠んだ句がまとまったものですから、数が多くても、途中から自分とその人の句の雰囲気が合ってくるような感覚があります。小説でも同じで、初めて読む作家さんだと文体やリズムがつかめないんですけど、途中から「あ、こういうことか」とわかってきます。でも今回は、一句だけの人もいれば、三句の人もいるし、もっとたくさん詠まれた方もいて、全部で何百人もいる。選句ってこんなに難しいの?

という印象でしたね。堀本さんは、慣れていらっしゃるんですよね。

堀本　僕は、普段から選句も仕事なので。句会でも選句しますしね。二百句ぐらいになる句会もありますし、以前、選者をした角川ジュニア俳句は八千句ほどの応募がありました。それらを限られた期間で読まなくちゃいけない。

又吉　うわ〜。

堀本　今回は、俳句初心者の方が圧倒的に多かった印象です。だからこそ、「あ、この人、俳句をやっているな」という方は、余計に光る傾向にありましたね。

又吉　僕からしたら、「この人、初心者かな？」という人も、「いや、もしかしたらキャリア何十年の達人なんちゃうか」と疑心暗鬼に。だから、一句読むのにすごく時間がかかりました。僕は、俳句として正しい、正しくないのジャッジはまだできないので、僕が理解できたうえでのおもしろさとか、何か気になるとか、そういう選び方です。言葉の並びはすごくカッコいいんやけど、理解し切れなかったものは選びにくかったです。でも、解釈し切れてなくても、どこか魅力を感じて残したものもあります。逆に、雰囲気は好きなんだけど、僕が読んですぐに意味がわかってしまう句も、入れてないかもしれません。

堀本　そういう選び方もいいと思います。すべて理解できる俳句というのは、逆に魅力がないですよね。解釈しようとしてもし切れない部分、もっと奥があるんじゃないか、違う読み解き方があるんじゃないかという句はやっぱり光るんです。僕、自分が選んだ十句は本当に自信を持って推せます。じゃあ、又吉さんの特選から行きましょうか。

【又吉十選】

特選　凹凸の少ない顔ね十三夜　鍬形兜

秀逸　月白や珈琲に落つ角砂糖　葛城蓮士

秀逸　お母さん大根足だ八百円　森田翔理

秀逸　実石榴《みざくろ》で妻は無色になっていく　さはらこあめ

秋桜に足生えたのがウルトラマン　ヤナメグミ

足袋脱いで臭いを犬の鼻先へ　ポンタロウ

靴ずれの踵《かかと》を冷まし星月夜　カワグチタケシ

妻の膝つるりと白し月の夜　布施直規

足先に色を塗りつつ春を待つ　じゅんじゅん

境無し足の爪から雪景色　青紅

【堀本十選】

特選　団栗《どんぐり》に穴ひとつある寒さかな　扁壺

秀逸　船足や百度参りの霜柱　山星侑起
秀逸　星月夜本の好みを知りにけり　穐山やよい
秀逸　煮凝《にこごり》や愛の足あと探しをり　小桃
木がらしや袖の乾かぬ宇宙服　五
手は史書を足は湯婆《たんぽ》を恋ひにけり　板坂壽一
雪積もるパントマイムの丸い鼻　りのんぱ
ストーブをつけ朗読の時間待つ　一斗
母に似る車窓の顔や雨の月　独楽
満たされて窓を曇らす冬の夜　佐藤涼子

特選の「十三夜」と「寒さ」

又吉　僕の特選は、「凹凸の少ない顔ね十三夜」(鍬形兜)。

堀本　数ある句の中から、これを特選にしたわけは？

又吉　「凹凸の少ない顔ね」って、結構、失礼……？

堀本　ですよね(笑)。

又吉　その失礼感が、この「凹凸」の字を使うことによってより失礼になっている。どんな字で書いてくれてんねん、というのがあります。季語の「十三夜」は、ちょっとだけ欠けている月ですよね。

堀本 陰暦の九月十三日の夜の月。名月に対して後《のち》の月ともいいます。

又吉 「十三夜」を一緒に見上げているんでしょうね。だとしたら、相手の横顔を、凹凸が一番わかりやすい状態で見ているにもかかわらず、「凹凸の少ない顔ね」って思ってる。そこまで言えちゃうということは、二人の距離はまあまあ近いんじゃないかと思います。

堀本 実は、僕もこの句は、最終的な入選句に絞り込む前段階の予選に入れていて、佳作に残すかどうか最後まで悩みました。「凹凸の少ない顔ね」というのは、いわゆる話し言葉ですね。川上弘美さんの「はつきりしない人ね茄子《なす》投げるわよ」という句があるんですけど、それを思い出しました。そういう台詞《せりふ》のような言葉をポンと入れて、「十三夜」という季語で締め、力みなく自然に作っている感じがします。何より、「凹凸の少ない顔ね」には諧謔がありますよね。これは、誰かに語りかけているわけですよね。

又吉 そうですね。

堀本 それを気さくに言えるというのは、やっぱり男女なのかな。

又吉 そんな気がしますよね。女性同士で言うてたら、結構えぐいっすよね。

堀本 かなり気まずいですね。「十三夜」という季語が、非常に効いています。これが

「名月」だったら、そんなにはっきり見える月の下で言われてもという感じです。

又吉　二人は、ええ感じなんですよね。そうなんやけど、「凹凸の少ない顔」と言っているせいか、若干、幸薄そうな感じがするんですね。決して美男美女のロマンチックさじゃない。ちゃんと自分らのことをわかっている人たちだと思います。満月じゃなくて、ちょっと欠けているお月様を見上げて、「これはこれで味がある」と感じることができるというところに、凹凸の少ない人らしいリアリティを感じます。この人たちには、正月をハワイじゃなく、湯河原あたりでゆっくりしてもらいたいイメージです。

堀本　確かに湯河原が似合いますね。なるほど。

又吉　「凹凸の少ない顔ね」と気づくということは、二人はつきあってまだ日が浅いんかなと、まずは思います。でも、人間の顔をずっと見ていたら、親の顔でさえも「あれ、この人こんな顔やったっけ」って思う瞬間がありますよね。全体で捉えていたものを、グッと焦点を絞ってみたら違うものに見えてきたりする。そう考えたら、案外長くつきあってる二人かもしれないですね。わざわざそれを言うというね。じゃあ、堀本さんの特選に行きましょうか。

堀本　「団栗に穴ひとつある寒さかな」（扁壺）。団栗って秋に実って木から落ちますよね。でも、実は冬になってもまだ道とか地面に落ちたままのがあるんです。正月、和歌山に帰省すると必ず山を歩くんですけど、そのときにもやっぱり団栗が落ちています。

虫に食われたり、風雨にさらされたりして、穴が開いている。そういう団栗の小さな一つの穴に、寒さを感じる。作者の心理的な寒さかもしれない。これは、なかなか繊細で鋭い句だなと思いました。作者が拾って、手のひらに載せたんでしょうか。団栗の気持ちになって詠んだような感じもします。

又吉　この句を、僕も読んでるはずなんやけど、引っかかっていない……。気づいていたら、僕も選ぶのがだいぶラクやった（笑）。

堀本　これね、「団栗」と「寒さ」が季語なんですよ。「団栗」は秋、「寒さ」は冬です。だからこの句は、季重なりなんですね。多分、この方は、必然的に季重なりを使っていますね。「寒さかな」と切字の「かな」を用いることで、「寒さ」に一番のウエイトが乗っかりなおかつ時候の季語ですから、主季語は冬の季語の「寒さ」です。この方は秋ではなく、冬の団栗を詠んでいるわけですよ。僕はそこに惹かれましたね。

又吉　季重なりって、あの難しいテクニックですよね。

堀本　初心者には、あまりお勧めしない詠み方ですね。この作者は俳句に慣れた方だと思いました。他にも、「手巻時計巻くだけ巻いて日向ぼこ」。これもうまいです。レトロな雰囲気の手で巻く時計ってありますよね。それを巻いて巻いて、あとはゆっくりとひなたぼっこをしている。その時間の捉え方が、何ともゆったりしています。

又吉　いや、いい句ですね。時計を詠んでいるのに、時間に追われていない感覚に魅力を感じます。

妄想が止まらない秀逸句

堀本　では、秀逸に行きましょう。三句ずつですね。
又吉　僕の一つ目は、「月白や珈琲に落つ角砂糖」（葛城蓮士）。僕の中では、これが一番、俳句っぽかったんです。
堀本　俳句っぽいというのは、どういうところで？
又吉　五七五がわかりやすい感じでしょうか。
堀本　上五を切字の「や」で切って、最後は体言でとめている。形がしっかりしていますよね。なるほど、又吉さんが「俳句っぽい」と言うのはわかりますよ。
又吉　それから、コーヒーが好きというのもあると思います。「月白」っていう季語は、出始めの月でしょう。
堀本　月が出ようとするときの、空がほのかに明るくなることですね。
又吉　もしかしたら空と月、コーヒーの黒と角砂糖の白みたいな色の対比もあるのかもしれないですけど、僕はそれよりも、月が出そうなそういう時間帯に、コーヒーを飲もうとしていることがいいなと思ったんです。その時間帯にコーヒーを飲めるというのは、たとえば文章を書く仕事をするなら、「ほなやろうか」という気分になれますし、仕事がもう終わっているんだとしたら、すごくゆったりした時間です。でも、仕事の締め切りが迫っていたら、コーヒーを飲んでる場合でもないし、「コーヒー飲めてんな、今、俺」って感じる暇もないです。あとこの句は、角砂糖を入れることを告白できている潔さもありますね。僕は、ブラックで飲むほうがカッコいいと思ってるんで。そういうのも含めて余裕を感じた句なんです。

堀本　余裕ですか。

又吉　自分の大事な時間に、自分のスタイルでコーヒーを飲むというのに憧れがあって。僕も周りに誰もいなかったら、コーヒーに砂糖入れるんですけど、普段は「僕はこのまま飲みますけどね」というふうにしちゃうんです。人前で砂糖を入れたりすることの照れが、まだあって。

堀本　そうなんですか。僕、砂糖もミルクも入れますよ。

又吉　人にすきを見せてしまった、みたいな気がするんです。雰囲気のある喫茶店で、ポタポタ落ちるサイフォン式で淹《い》れてくれると、ほんまはアイスカフェラテとかめっちゃ好きなんですけど、一杯目は必ず、「ホットコーヒーで。砂糖、ミルク要りません」って言います。お店のおじさんが長年の願いでやっと自分の店出せて、こだわりのコーヒーを出しているのに、客にアイスカフェラテとか頼まれたら嫌かなと思ってしまいます。

堀本　お店にめっちゃ気ィ遣ってますね（笑）。又吉さんのパーソナリティに引きつけた解釈で、この句が引き立っておもしろいなあ。

又吉　この作者は多分、無自覚で角砂糖と言えている。その無自覚がカッコいいんです。「俺、角砂糖って言うの平気やで」と思っていたら、僕と一緒なんです。

堀本　僕、この句も予選には入れていました。ただ、一点、気になったのが「落つ」。「落つ」は、タ行上二段の終止形です。文法的にいうと、「珈琲に落つる角砂糖」というふうに連体形にしないときれいにつながらないんですね。なので、文法に厳しく判断して落としました。内容はいいですよ。月という遠くにある天体と、角砂糖という溶けてなくなっていくものの対比のはかなさがありますよね。

又吉　なるほど、なるほど。

「やっとこさの解釈」で楽しさが加速

堀本　じゃあ、僕の秀逸。まず、「船足や百度参りの霜柱」（山星侑起）。季語は「霜柱」です。船足は、船の進む速さとも読めるし、船体が水中に没している深さを喫水といいますけども、それを船足ともいいます。僕は喫水の意味で解釈しました。となると、神社があって、その近くに港のある風景がまず浮かんできました。で、港には船体の一部が海中に沈んでいる船がある。一方、百度参りをする道には霜柱がピンと立っていると。沈んでいる船体と立ち上がっている霜柱の対比、その取り合わせが非常におもしろいなと思ったんです。作者がどう意図しているのかはわからないですけど、僕にはそう読めて、ああ、これは詩的なぶつかりだなと。しかも、「百度参りの霜柱」でしょう。百度参りというのは、百回往復して願をかけるというお参りですけど、霜柱を踏んで参っているわけですよね。そのサクサクサクっていう音も聞こえてきて、そして近くには海があって船が浮かんでいる。そういう風景が立体的に見えてきたんですよね。

又吉　堀本さんの解説を聞くと、むちゃくちゃ魅力的な、すごく動きのある句のように思えてきました。

堀本　僕もすごく惹かれて予選に残したものの、難しい句なので、どう読み解けばいいのかとすごく考えたんです。それで、今言ったような解釈がやっとこさ生まれたので、これはぜひ秀逸にしたいなと。簡単には読み解けないことが、魅力になっている句ってあるんです。取り合わせが気になるとか、作者の意図を読みほどきたいとか。そういう俳句に出会ったときは、どれだけ自分の解釈を生み出せるか、真摯に向き合うというのが選句をするときの僕の姿勢ですね。わからんからやめとこうではなく、わからなかったらわからないなりの自分なりの解釈を徹底的に考えたい。

又吉　僕も今回、パッと読んでわからんやつには印をつけて、あとで言葉を調べて考えるというふうにはしました。

堀本　それでいいと思いますよ。僕の場合、予選までは速いんですけど、予選に残した句を見直すときは時間をかけます。ひょっとしていい句を落としてないかなという、選者としての危機感みたいなものがあるので。

大根足に値段がつくとは!?

又吉　次は僕。ユニークな句もたくさんありましたけど、その中でもこれですね。「お母さん大根足だ八百円」（小5　森田翔理　ペナン日本人学校）。「八百円」がおもろかった。大根にしてはちょっと高いし。お母さんの足にしちゃ安いし。

堀本　微妙な値段ですね。

又吉　悪口なんでしょうけど、悪口になり切ってない。作者の森田君が、大根の適正な価格を知らんだけかもしれないですけど。

堀本　ひょっとしてペナンでは、べらぼうに高いのかもしれない（笑）。

又吉　子どもの頃に姉をからかって「大根足や、大根足や」と言うてたんですけど、値段つけたことはなかった。

堀本 それが新鮮。

又吉 はい。一歩踏み込んでる。もしかしたら、「お母さん大根足や」って普段から言っていて、五七五の俳句にしようと思ったとき、「うわっ、あと五音ある」ってなって、思わず「八百円」が出たのかも。俳句の定型が、この子のおもしろさを引き出すきっかけになってたりして。かわいらしい句やなと思いました。

堀本 「八百円」の「八」が、お母さんの内股になった足の形にも見えてきます。「足」というお題で、「大根足」を詠み込んだ方は結構いましたね。

又吉 その中でもこの句が目を引いたのは、率直さなのかな。それと意外性。

堀本 海外からの投句というのは、うれしいですね。しかも、大人に交じって、ペナン日本人学校の小学生ががんばってくれた。

又吉 同じ学校の子の「農家のね案山子《かかし》の足にもサロンパス」（小5　松長彩奈）にも惹かれたんですよ。

堀本 いいですよね。「疲れてるんやろな」と案山子を慮《おもんぱか》って、サロンパスを貼ってあげたいという気持ち。

又吉 優しいですよね。それに比べて、「足疲れもんでもらうよ母さんに」（小5　穂園美波）は、お母さんにすごい甘えている。これはこれで、ふてぶてしさが、かわいいですよね。

堀本　又吉さんがお題に出した「足」で、小学生がこうやって作ってくれた。

又吉　うれしいですね。「足」は季語ではないけど、身近なもの。生活する中で自分の行動にかかわってくることなんで、みんなに個人的な思い入れがあるんじゃないかと思って選んだんです。

堀本　そういう意味でいうと、さっきの僕の秀逸の「船足」も「足」が入ってるんですね。

又吉　あ、そうか。ワザありですね。

堀本　僕がお題を「月」にしたのも、「月」だったらみんな見ているものだし、季語という意識がなくても詠めるかなと思ったからなんです。「月夜」「三日月」「月光」「月明り」、さっきの「月白」もそうですけど、いろんな言い換えもできますので。それで、秀逸に選んだのが「星月夜本の好みを知りにけり」（穐山やよい）。これは、単に「月夜」じゃなくて、満天に満ちた星が月夜のように美しく照っている「星月夜」です。星がたくさん出ているその状況で、「本の好みを知りにけり」、なんですね。おそらく、つきあい始めた男女が、お互いに本を好きだとわかった。話しているうちに、星月夜の下で初めて相手の本の好みを知ったという、その物語性が見えてきました。秋の季語の「星月夜」が、すごく効いています。「星月夜」に星がたくさんあるように、本も数限りなくある。「星月夜」は象徴的に言うと、大きな図書館の蔵書みたいなものですよね。

星の数ほどある中から、一つなり二つなり本の好みを知ったよ、と。その感慨が伝わってきます。

又吉　人生で一番楽しい瞬間じゃないですか。

堀本　そうですよね。「知りにけり」と、きれいに切字の「けり」を使って省略しています。本の好みを知って、そのあとどうしたよ、こうしたよというのは一切言ってない。非常にシンプルでいいですね。

又吉　本を読むって、すごく個人的なことですよね。でも、好きな人の好きな本は純粋に知りたいし、教えてくれたら、じゃあ、それ読んでみようと思うじゃないですか。相手の好きなものが何なのかを知りたいという雰囲気が、この二人から伝わってきますね。

堀本　稲垣足穂《たるほ》の『一千一秒物語』のような世界観もありますね。ほうき星がしゃべるとか、急に星が日常生活に現れて消えるとか、そんなロマンチックで不可思議な「星月夜」に思えてくる。

又吉　確かに。お互いそれぞれしゃべりながら、「私はこれが好き」って言って手を伸ばしたら星に届いて、手をかけたら本になって、読んで、また夜空に戻す、みたいな。

堀本　僕らの想像がこれだけ広がるというのは、「星月夜」という季語をうまく使えているからですね。じゃあ、秀逸のラストを。

「？」を感じるから選びたくなる

又吉　最後は、「実石榴で妻は無色になっていく」（さはらこあめ）。これは、あんまり意味がわからなかったんですよ。堀本さんだったらもっと俳句っぽく作るんじゃないかと思ったんですけど、この感覚が好きなので選びました。歳時記を引いたら、「石榴」は秋の季語で、中国では陰暦の八月十五夜に月に供えるらしいです。でも、「実石榴で」というのがわかんないんですよ。「で」？　石榴のあの赤い色が、月明かりに照らされて白っぽく見えて、その時間がどんどん研ぎ澄まされていったら無色になっていく……ということを表現しているのか。相手は妻だから、それで二人が一体化していくという雰囲気なのか。

堀本　不思議な句ですよね。「実石榴で」の「で」が、中七の内容と因果関係があるようでないんですよね。ひょっとして、妻が石榴を食べているという可能性もありますよね。

又吉　ああ、そうですね。

堀本　石榴を食べながら無色になるというのは、本来ならあり得ないことだけど、それを象徴的に、詩的に、何かを伝えようとしている。たとえばものすごく石榴が好きな妻で、食べたら無心になっていって、それこそ無色になっていくように見える、とか。

又吉　石榴は、八月十五夜に供えるから、「月」というお題に対して季語の「実石榴」を持ってきたと考えることもできますね。お供えした石榴は、月に与えたもの。その月のパワーを得た石榴を食べたら、月の力が入ってきて無色になっていく……というファンタジーなのかもしれないです。

堀本　とすると、「月」というお題はこの一句の裏に隠されているわけですね。なるほど。作者がそこまで考えて作っているかどうかわからないけど、読む側が意味づけをしていくことで俳句って立ち上がってくるというのは多々あるんですよ。想像が膨らみますよね。このわからなさ加減に、又吉さん、惹かれたんじゃないですか。

又吉　そうなんです。「どういうことなんやろう？」と感じる句は、やっぱり魅力的なんですよね。

堀本　では、僕の秀逸。「煮凝や愛の足あと探しをり」（小桃）。「煮凝」は冬の季語です。魚などの煮汁が、ゼリー状に固まってできたもののことですね。この句にも、男女が見えてくるんですよね。女性が魚の煮つけを作ってあげて、それを彼氏が食べて、煮凝が残ったと。その名残に愛の足跡を探したと、ロマンチックな言い方をしています。「足」というお題を、こういうふうに使うおもしろさがありますね。「愛の足あと」って、歌詞にでも出てくるような甘い言葉なんですが、「煮凝」と一緒に置かれると、「愛の足あと」がリアリティを持って見えてきます。日常のひとコマとして思い浮かんでくる。煮凝でゼリー状になっているから、余計に足跡がつきそうです。

又吉　ネガティブな想像をすると、二人がつきあい始めた頃は、女性が作った料理を「おいしい、おいしい」って、男が食べてたんでしょうね。つきあっているうちに女性が飯作るのが当たり前みたいな感覚になって、そのうち料理を作って待ってても帰ってこなくなった。朝方、煮凝になってしまったのを見ながら、女性が「いつからこんな関係になったんやろ」とつぶやいている。

堀本　僕は、ご飯を食べ終わった後、彼氏が帰ってしまったんじゃないかと。その後、どれぐらい残っていたっけと思って鍋を覗《のぞ》く。「タッパーに詰めとこか」っていうときに、ちょっと煮凝を見つめて、そこに「愛の足あと」を探している、というドラマを感じてしまいました。

又吉　確かに、恋人が帰った後の一人暮らしの家って尋常じゃないほど孤独を感じますよね。

堀本　あれね。とんでもない寂しさですよ。

又吉　一人のときは別に寂しいとは思わないのに、欠落感がすごいですよね。

堀本　いなくなることで、逆にその人の存在感が立ち上がってくるんじゃないですか。

又吉　その寂しさを埋めるために、煮凝を見つめるというのは、かなりいい女性ですよね。電話やメールをできるわけじゃないですか。だけど、そこは二人の時間をよりいいものにするために、一回我慢する。

堀本　「煮凝」というのがいいですよね。決してメインじゃないんです。余ったものなんですよ。そこに愛の足跡を捜すというのは、相当やぞと。たまたまですが、「本の好み」も「愛の足あと」も恋愛ものでした。

又吉　ほんまですね。

「よくぞ一句にした！」、それぞれの入選句

堀本　秀逸以外の入選句にも触れていきましょう。

又吉　じゃあ、まず気になる「秋桜に足生えたのがウルトラマン」（ヤナメグミ）。僕、秋桜ってすごく好きな花なんですね。それは、自分が「コスモス保育所」という名前の保育所に通っていたからなんですけど。秋桜の花びらはピンクで八枚、真ん中は黄色というふうに連想して、それに足をつける。あれ？　足つけてもウルトラマンにならへん。違うな。どういうことやろ。諦めかけたときにもう一回想像して、頭の中で秋桜をいろいろ変形させてウルトラマンにしようとするんです。そうそう、それで足つけんねんな、あれ？　やっぱりならへんな。そのくり返し（笑）。この句に僕が惹かれた理由という

のは、どうしてもウルトラマンにならへんから、「たとえ間違いやん！」って言いかけるんですけど、でも、何となく秋桜ってウルトラマンに似てるから。

堀本　そうですよね。秋桜の花って、ウルトラマンの目に見えなくもない。足をどこにつけるかによっても、変わってきそうです。

又吉　しかも、「秋桜に足生えたのがウルトラマン」って言い切ってるでしょう。全員が共感できるわけじゃないのに、言い切ってる。

堀本　作者が僕らの解釈読んで、ニヤニヤしているかもしれないですね。そんなこと考えてなかったよとか、いやいやもっと深い意味があるよと。では、僕の佳作行きますね。

「木がらしや袖の乾かぬ宇宙服」（五）。

又吉　ああ、これ、おもしろいですよね。

堀本　一見、宇宙飛行士の句に読めますが、実は近未来の日常を描いているんだと、僕はとりました。庶民が宇宙服を着て宇宙へ行くのが当たり前になっている世界で、普通に洗濯物として宇宙服を乾かしている。それがなかなか乾かなくて、木枯らしに吹かれている。星新一の掌編みたいな、SFチックな雰囲気です。本当にこういう時代が来て、こういう句が日常句として詠まれるときが来るんじゃないかと。

又吉　宇宙服は、特に袖口が絞ってあるから、水がたまりやすいんでしょうね。

堀本　切字の「や」を使ったきっちりとした形を用いながらも、ユーモラスなんですよね。視点のおもしろさということで言うと、「手は史書を足は湯婆を恋ひにけり」（板坂壽一）にも、諧謔がありますよね。手は歴史書を読んでいる。でも、足は湯たんぽの温かさを恋うているというね、そのバラバラさ加減。でも、普通に人ってそういうことをやっているけれども、こうやって句にされると、おもろい生き物だなと再確認しますよね。

又吉　確かに、バラバラのことをしているというのはありますし、ときどきおかしいことをしますよね。よく告白してくれたなと思って選んだのが、「足袋脱いで臭いを犬の鼻先へ」（ポンタロウ）。これってわかるけど、人前であんまり言わへんことじゃないですかね。みんなが知っている感覚やけど、発表の場は本来ない（笑）。

堀本　この句が『すばる』に載るというのは、相当なものだと思いますよ（笑）。「足」のお題を冬の季語「足袋」でちゃんと入れ込んでいますね。

又吉　あ、そうですね。品はないですけどね。ただ、妙に共感できる。小学三年生くらいの頃に、親戚の家に子どもが生まれて、赤ちゃんと僕の二人きりになったことがあるんです。そのとき、なぜか泣かしたい衝動に駆られて、ほっぺを押したんですよ。この句って、その感覚と近いものがあります。

堀本　よくぞ一句にしたと。

又吉　はい。昔、男の子同士で臭いもん嗅がし合うみたいなことしませんでした？　その親密さが、犬との間にあるのかもしれない。でも、人前でこれ言わへんよな（笑）。

切り取られた瞬間を味わい尽くす

堀本　続いて、「雪積もるパントマイムの丸い鼻」（りのんぱ）。これはね、滑稽さの中にもちょっと寂しさがあるんです。パントマイムって、たまに路上で見かけますけども、雪の降る中でパントマイムをやっているということ自体、寂寥感があります。「丸い鼻」ですから、ピエロのようなメイクをしてるんですかね。その丸い鼻に雪が積もっている。でも、パントマイムはなかなか動かない。そこに詩情を感じましたね。

又吉　パントマイムという言葉って、もはや寂しい言葉ですよね。本来は楽しいものを表す言葉のはずやのに。

堀本　にじみ出る切なさがありますよね。それから、「ストーブをつけ朗読の時間待つ」（一斗）。これは、本当に素直な句でいいなと思いました。朗読のために、まず部屋を暖めているんですね。それは、観客のためでもあるし、読む側のためでもある。まだ朗読者が来てないという状態で、皆が朗読の始まる時間をじっと待っている。すごく静かな時間が流れていますね。「ストーブ」という冬の季語を、さりげなく使っています。

又吉　しみじみしますね。さっき、「星月夜」という季語が出ましたけど、「靴ずれの踵を冷まし星月夜」（カワグチタケシ）。きれいな星空の下で、決してロマンチックではない行為をしているのが、ええなと思ったんです。

堀本　靴ずれすると、火照ってる感じがありますからね。「星月夜」のさえざえした感じが、「冷まし」という行為に響き合っています。

又吉　「妻の膝つるりと白し月の夜」（布施直規）は、ちょっとエロティックな感じがしました。

堀本　「つるりと白し」という表現のせいかな。これ、どういう状況なんですかね。

又吉　部屋の電気が消えていて、なにも見えない。窓からは月明かりがぼんやりと入っていて、少しずつ目が慣れてきたら、一番白い奥さんのひざからうっすら見えてきたのかなと。一日の終わりに電気を消して寝る直前の時間って、明日に備えて心を整理する、とても大切な時間やと思うんです。疲れてたら、暗闇に目が慣れる前に落ちるように眠りますから。奥さんの白いひざに気づくときというのは、視野が広がっていろいろなことに想いを馳《は》せる楽しい時間やと思うんです。奥さんの「フフフ」と微笑む声が聞こえてきそうです。

堀本　想像が膨らみますね。「母に似る車窓の顔や雨の月」（独楽）。自分が母似だとか父似だとかって、よく言いますよね。この句は、車窓に映った自分の顔をしみじみ見て、「母に似る」と感じるんですね。「雨の月」がいいんですよ。中秋の名月のときに雨が降ることを雨月といいます。だから、名月だけど、雨で見えないという状況です。これが抒情を醸し出しています。普通の月だったら、僕は選んでいないです。車窓に雨垂れがついている。そこに自分の顔が映って、ああ、やっぱりこの鼻お母さんに似ているなとか、目元が似ているなと思う。でもそれって、うれしい気持ちじゃないんですよ。少し物悲しさがあるんですよね。

又吉　僕は定食屋で飯食うてて、黒いおわんでみそ汁を飲み干して、底に映ってる自分を見たときに、「うわっ！　親父に似てんな」って思いました。

堀本　それはおもしろい状況で気づきましたね（笑）。この句は、誰にでも思い当たる経験が書かれているのかもしれないですね。それから、「満たされて窓を曇らす冬の夜」（佐藤涼子）。これ、何で満たされたのかというのは書いてないんです。省略されているんですよ。でも、もし男女であれば、二人で鍋でもしたのかもしれない。なぜ満たされたのかという省略された部分に物語があって、「冬の夜」という季語もバッチリ効いて、これは幸せな感じを受けた句ですね。

又吉　みんな、いいっすね。そういういい瞬間を覚えているんか、そうなんやなぁという感じです。僕もそういうときあったのにって思います。

堀本　うん、うん。こういうふうに俳句にされるとね、改めて思い出しますよね。

又吉　「足先に色を塗りつつ春を待つ」（じゅんじゅん）。これは大正時代の女学生みたいな雰囲気です。

堀本　どのあたりが？

又吉　ワクワク感があります。僕にはない雰囲気やな、かわいらしいなと思って。

堀本　ペディキュアのことかな？　爪に色を塗って、それで「春を待つ」というのは浮き浮きした感じですね。

又吉　たまたま、また「爪」なんですけど、「境無し足の爪から雪景色」（青紅）。露天の温泉で、雪が降っているんですかね。からだは湯船に浸かっている状態で、足だけ外に出して、爪越しに雪景色が見えているみたい……。いや、よくわからないんですけど。

堀本　なかなか特殊な状況ですね（笑）。「境無し」をどうとればいいのか。「足の爪から雪景色」というのはすごくおもしろいと思います。でも、「境無し」って何の境？

又吉　雪景色と爪が同化しているのかな？

堀本　なるほどね。それで「境無し」。そうともとれますよね。まあ、でも、又吉さんの想像した情景が何よりおもしろいです。

「そう詠むか！」を目指していこう

又吉　今回は堀本さんと僕、一句も重なりませんでしたね。

堀本　たくさん集まったし、本当に楽しく読ませてもらいました。入選した句は、どれもレベルが高かったと思います。全体を見て、ちょっと気をつけてほしいと思ったのは、五七五の間にスペースを入れないこと。たとえば、「何々や」の後に間を空けない。それから、俳句の最後に「。」も要りません。これは基本中の基本です。俳句の公募や句会など、これからいろんなところに投句する人もいるかもしれないので、知っておいてもらえるといいですね。

又吉　堀本さんに、一つお聞きしたいです。お題があって俳句を作るときに、最初に思いつくことって大体みんな一緒じゃないですか。今回の「足」なら「こたつ」「臭い」「足がぶつかる」という内容の句が、結構ありましたよね。誰もが考えそうなことって、やっぱり避けるべきですか。

堀本　類想・類句といって、同じような句になりやすいんですよ。でもそれだと、コンクールでは、落とされがちですね。

又吉　最初に自分が連想したものの次とか、その次の次ぐらいに出てきたヤツでまとめてみると、おもしろいのができるかもしれないですね。

堀本　そうですね。「みんなこう詠むだろう」という発想や言葉遣いを避けて、もっと角度を変えたところ、おっ！　と思わせる発見や誰もが俳句にしなかったようなことを見つけて詠んでいくと、その人自身のオリジナリティのある句になっていきます。まずは俳句歳時記や句集を読んで、類想・類句を避ける心構えが大切ですね。ちょっと気をつけると、だんだん個性を発揮できるようになります。では、今回の締めに、春の季語で一句詠みましょう。そして、次回はいよいよ句会ですね。

又吉　とうとう、そのときが来てしまいました〜。

鳥雲《とりくも》に手のひらを待つ占ひ師

堀本裕樹

朦朧と歓声を聞き浅蜊汁《あさりじる》

又吉直樹

まとめ

投句で力試し！

Q&A 1
どんなところに投句できる？

俳句総合誌：『俳句』（角川学芸出版）、『俳壇』（本阿弥書店）、『俳句界』（文學の森）など。
テレビ番組にインターネットで：「NHK俳句」、初心者向けの「俳句さく咲く！」。入選作品はテキスト『NHK俳句』に掲載される。
新聞の俳句コーナー：たとえば朝日新聞なら「俳壇・歌壇」にハガキで投稿。
コンテストに応募：「伊藤園お〜いお茶新俳句大賞」「瀬戸内・松山国際写真俳句コンテスト」「赤十字・いのちと献血俳句コンテスト」など。

Q&A 3
初心者でも雅号をつけていい？

雅号（俳号）とは、俳句をたしなむときに使う、本名以外の名前のこと。経験を問わず、自分でつけていい。雅号があるだけで、俳句に対する意気込みが違ってくる。ちなみに、芥川龍之介は「我鬼」。

Q&A 2
「ひと目でボツ」にならないため、初心者が気をつける点は？

□五七五を続けて書き、スペースは空けない。
□最後に「。」（句点）をつけない。
□一句に季語一つが基本。うっかり、季重なりに注意。
□よくありがちな「類想・類句」になっていないか推敲。
□一字もおろそかにせず正確に表現できているかチェック。

第八章

いよいよ「句会」に挑戦！

この日がとうとう
来てしまいました……
それぞれの句の解釈に
触れて、笑い、楽しむ場です。
怖くないですから!

又吉直樹、人生初の句会の日

堀本　本日は僕と又吉さん主催の句会へお越しいただき、ありがとうございます。司会進行の堀本です。それぞれ初対面の方もいらっしゃるので、まず自己紹介しましょうかね。では又吉さんから。

又吉　はい。ピース又吉です。『すばる』で堀本さんに俳句を教わり始めて、僕がずっと逃げ続けていた句会です。人様の句を選んで目の前で感想を言ったり、自分の句をその場で批評される、句会というシステムは怖過ぎませんかということで、今日に向けて、かなりの回数を重ねてきましたが……。

堀本　まだ怖さが？（笑）

又吉　正直、ありますが、よろしくお願いいたします。

堀本　続いて、中江さん。

中江　中江有里《ゆり》です。私は、以前、堀本さん主宰の句会にゲストで呼んでいただきました。そのときは、意外に好評でうれしかったんですけど、あれはビギナーズラックだと思って、今日は倒れるつもりで来ました。今の又吉さんの話を聞いて、よけい怖くなりました（笑）。

又吉　僕が異常に怯えているだけなんです。そんな怖い会ではないはずです。

堀本　では穂村さん。

穂村　穂村弘です。普段は短歌を作っています。俳句の隣のジャンルにいるんですけど、句会は意外とやらないですね。生涯で十回目ぐらいかな。季語がわからないので、歳時記をぺらぺらめくりながら、これが季語ならいいなあとか、これが季語だと迷惑だなあとか、これが使いたいのに夏の季語なのかよとか、文句を言いながら、何とか六句作って参りました。

堀本　では藤野さん。

藤野　藤野可織です。俳句は、長嶋有さんがツイッターで呼びかけてされていた遊びで始めました。で、その句会では、私の句はだいたい逆選（※文句をつけたくなる句として話題にされること）の嵐だったり、どなたにも採られなかったりという目に遭っているので、もはや何ものにも傷つかない心を手に入れています。

堀本　強い（笑）。

又吉　もう鍛えられてるんですね。

堀本　改めまして、堀本裕樹です。このメンバーで句会ができるというのは本当にうれしいことで、浮き浮きしています。又吉さんが怖くない句会になればいいなと思っています。よろしくお願いいたします。

「選句」の静かな、静かな、時間

穂村　ハイテンションな人が、あまりいないメンバーですね（笑）。

堀本　しばらく静かに、進むんじゃないですかね（笑）。でも、選評の段になると、どんどん盛り上がってくると思うので、もう少し静かな時間を過ごしたいと思います。さて、今回の兼題は僕と又吉さんから一つずつ。僕が「蝶」（春の季語）、又吉さんが「満」（漢字縛り）でした。それ以外に当季雑詠（※句会が開催される季節の季語を入れて詠めばよい、自由題のこと）として、計六句作っていただきました。では、皆さんにこの短冊に無記名で自分の句を書いて「出句」していただきます。今日は、ごく一般的な句会の形式で進めたいと思っております。流れはだいたいこんな感じです。

一、出句　自分の作ってきた俳句を短冊に書き、提出
二、清記　司会が短冊をランダムに配り、句を用紙に書き写す
三、選句　いいと思った句を、その句会で決められた数だけ選び抜く
四、披講　選んだ句を皆の前で読み上げる
五、選評　自分の句が読み上げられたら名乗る。全員で意見交換を行う

皆さん書き終わったようなので、二番の「清記」に移りたいと思います。では、全員

の短冊を集めますね。これをランダムに六句ずつと、清記用紙を一枚配ります。その用紙に、僕から右回りに一番から五番の番号を振っておきましょう。これは、句会をスムーズに進行させるためです。そして、一人六句を書き写していきます。人様の句なので、書き間違えないように、正確に写してあげてください。

（清記中…カリカリとペンの音が響く。試験中のように静寂、緊迫）

堀本　次は三番の「選句」です。今回、最終六句選にします。全句のうち、各々六句選んで、そのうち、一番いいなあと思ったものを特選にしてください。ただ、いきなり六句に絞り込むのは難しいので、その前に「予選」をしていきます。まず、今、自分が書き写した清記用紙に目を通し、ピンと来た句を、自分のノートや紙に書き出していってください。この時点でそんなに迷う必要はないです。手元の清記用紙を見終わったら、右隣の方に回し、最終的に一番から五番までの清記用紙を全部見ます。

中江　何句でも、いいなと思ったのを書けばいいんですね。

堀本　そうです。予選ではいくら採ってもいいです。迷ったら、まずは全部書き写して、後でゆっくり選ぶというのも手です。

藤野　このやり方だとコピーが要らないですね。

堀本　そうなんです。書くのはちょっと手間なんですがね。それからもう一つ。どんなによくても自分の句は選ばないでくださいね（笑）。

（予選中…清記用紙をじっくり見たら隣の人へ、をくり返し、一周）

堀本　最初に自分が書き写した清記用紙が、自分のところに返ってきたということは、五枚の清記用紙を全部見たということですね。では、その予選した中から六句に絞り込んで、そのうち一句を特選にしてください。それで、その六句をまた別の選句用紙に書き写します。特選には○をつけましょうか。じゃあ、ちょっと絞り込む時間をとりますので。

（選句中…歳時記や辞書を引きつつ、熟考。開始から約一時間経過）

中江　静か（笑）。句会ってこんな感じなんですか。

堀本　いい感じで、張り詰めてましたね。皆さん、選び終わったようですね。

藤野　どうも私、いい句をいつも見落とすんですよね。あとで人に言われて、あー、それ、めっちゃいいわってなるんです。

堀本　それは僕もありますよ。

藤野　堀本さんでもですか。穂村さん、短歌にこういう会みたいなものは？

穂村　ありますね。泣いて帰っちゃう人がいたりします（笑）。短歌は俳句より一人称性が強いので、技術や感覚じゃなくて、人生を否定されたような気になるので、傷つくんですよ。

堀本　今日は、自分の句が採られなかったとか、そういうのは気にしないで（笑）。

又吉　そうですよね、はい。

藤野　泣かずに帰りたいと思います。

句を読み上げる「披講」の〝お作法〟

堀本　じゃあ、進めましょうかね。次が、「披講」といって、自分で選んだ六句を自分で読み上げる作業に移ります。大人数の句会だと、披講者を立ててその人に読み上げてもらいますが、今日は各自で。僕だったら、最初に「堀本裕樹選」と言って、「一番（清記用紙の番号）何々（選んだ句）」というふうに五句を読み上げていって、最後に特選を発表します。そして、「以上、堀本裕樹選でした」と、また名前で締めくくってい
ただきます。今日は、「点盛り」をしたいと思います。音だけ聞くと、天ぷらみたいですけど、点を付けることですね。皆さんの手元に、最初に自分で書き写した清記用紙が一枚ずつありますね。その清記用紙に書かれている句が読まれたら、「いただきました」と言って、その句の上に採った方の名前の最初の一文字を書いてあげてください。僕が選句して読み上げた句が、仮に又吉さんがお持ちの清記用紙にあったら、又吉さんが僕の「裕樹」の「裕」を書きます。特選は、その字を丸で囲みます。披講していただいて、皆さんの点数が盛られたら、それを集計して、今日はどの句に一番点数が入った

というふうに見ます。一点だったとか、○点だったとかで、あまりしょげないように。

又吉　名前の最初の漢字を書くんですね？

堀本　そうです。句会では基本的に苗字ではなく、名前で呼び合います。まあ、絶対的な決まりではないですが。それから、披講の段階で自分の俳句が読まれたときは、まだ名乗らないでください。今日はその方式でいきたいと思います。披講の時点で名乗る場合もあるんですけどね。次の「選評」のときに、僕が「どなたですか」と尋ねたときに初めて名乗ります。選評の途中で、自分の句なのに、僕に「この句を採らなかった理由は？」などと振られたら、「いやあ、この句はね……」とか、しらじらしくとぼけてみてください。演技力が問われます。じゃあ、僕からいきましょうか。

【堀本裕樹選】

壁に満つ淫猥《いんわい》な文字春夕《はるゆ》焼《や》け

蝶々よりやわらかいものに○をせよ

春の闇満席の美容室静か

二度とない十五の春にペンを持つ

この今もその今も過去水温《みずぬる》む

特選　蜜蜂の眼に日の丸の充ち満ちる

【又吉直樹選】
恋猫の面魂《つらだましい》ぞ雨のなか
蝶々よりやわらかいものに◯をせよ
春の闇満席の美容室静か
花冷えや文庫の帯の裏のメモ
パイプ椅子ばたばたたたまれておぼろ
特選　鳥曇《とりぐもり》家電みな床置きの部屋

【中江有里選】
ひとすぢの涙痕《るいこん》ありぬ春の闇
恋猫の面魂ぞ雨のなか
初蝶や空にノンブルふるごとく
この今もその今も過去水温む
パイプ椅子ばたばたたたまれておぼろ
特選　静寂は爆音である花吹雪

【穂村弘選】
静寂は爆音である花吹雪
蝶々よりやわらかいものに○をせよ
春光を吸ひし書物の軽さかな
鳥曇家電みな床置きの部屋
パイプ椅子ばたばたたたまれておぼろ
特選　初蝶や空にノンブルふるごとく

【藤野可織選】
静寂は爆音である花吹雪
壁に満つ淫猥な文字春夕焼け
みどり児の目にめぐすりや春嵐
春の夜のらんらんとするエゴサーチ
パイプ椅子ばたばたたたまれておぼろ
特選　蝶にとまられて電卓暴走す

穂村　「いただきました」って言うの、ちょっと恥ずかしかったですね。

又吉　自分が選んだ句が自分の清記用紙にあると、句を読み上げて、自分で「いただきました」言うて、「直」って書くんですね。忙しくて、少々慌てました。

堀本　でも皆さん、うまくいきましたね。では、特選を二点、並選を一点にして清記用紙に点数を合計して書き入れたら、僕のほうにいただけますか。ありがとうございます。ほお……。微妙な点数のばらけ方です（笑）。

人気の四点句は「花吹雪」と「パイプ椅子」

堀本　では、いよいよ、五番の「選評」に移ります。ここからはちょっとテンションを上げていきたいと思います。まず、点数が最も高かった四点句から触れていきますね。二句あります。「静寂は爆音である花吹雪」と「パイプ椅子ばたたたたまれておぼろ」。まず、「静寂は……」からいきましょう。これは、中江さんが特選ですね。

中江　一番ぐっと胸をつかまれました。花吹雪って、本当は音がしないんですよね。でも、春の静けさの中で花吹雪が舞っている様子が音になったら、ものすごい爆音なんじゃないかな。非常に、聞こえてくる句だなと思いました。

堀本　穂村さんもお採りになってますね。

穂村　語感と文体がおもしろいですよね。俳句的にこの文体が是か非かちょっとわからないんですけど、「静寂は爆音である」という、はったりめいた言い方に、疑いながら見ていくと、最後の「花吹雪」で説得される。

堀本　断定的な言い方をしているんですよね。藤野さんは？

藤野　私は、花吹雪というのが、まったく音がしない光景として見ても、逆に爆音を当てて見ても、どちらも似合う風景だなと思ったのと、穂村さんがおっしゃったように、文体がおもしろいなと。「である」と言い切るこの強さと、「爆音」という言葉のインパクトがぴったり一致しています。

堀本　なるほど。では、この作者はどなたでしょうか。

又吉　はい。

穂村　あれ、直樹って言わないの？

又吉　直樹です。

堀本　よかったですね。

又吉　うれしいですね。

穂村　修業の成果が（笑）。

堀本　又吉さん、この句はどういうふうに作ったんですか。

又吉　皆さんに言っていただいたとおりです。夜中、一人で街を歩いてて、すっごい静かなところに入り込んだとき、何か……やかましかったんです。たまに無音の部屋に入ったときに、やかましく感じることってありますよね。それで言うと花吹雪って、ちょっとうるさいんじゃなくて、ものすごくやかましそうなイメージです。映像でも現実でも、花吹雪は音はしないですけど、やかましい。

穂村　芭蕉の「閑《しずか》さや岩にしみ入る蟬の声」の反転では？　あれは、本当はうるさいのが静かに感じる。これは、本当は静かなものがうるさい。

堀本　確かに、発想が反転してますよね。又吉さんおめでとうございます。

又吉　ありがとうございます。

堀本　では、もう一つの四点句ですね。「パイプ椅子ばたばたたたまれておぼろ」です。じゃあ、藤野さんから。

藤野　これはもう、「た」が三つ続くところとか、パッと見たときの文字の並びがすごくおもしろいなと思いました。「たたむ」というのを漢字にすることもできたと思うんですけれども、平仮名になってこうやって続いているのが、本当にばたばたしているようですよね。それから、おぼろって夜ですよね？　夜中に、パイプ椅子がたたまれて空間ができていく感じが印象に残りました。

又吉　僕は、卒業式なんかなと思ったんですけど、何かが終わった後というのが想像できますよね。もしも卒業式だとしたら、ピックアップするところ、他にも結構あると思うんですけど、ばたばたたたまれていってる感じにしたところがよかったです。

中江　私も、パイプ椅子を持ってきたところですね。あれを静かにたたむことってできない。絶対にばたばたばたばたしちゃうんですよね。そのばたばたっていう音が聞こえてくるところと、おぼろとの静かな対比が映像として浮かんできました。

堀本　なるほど。穂村さんはいかがでしょう。

穂村　パイプ椅子を使って、セレモニーなのか、音楽か演劇なのかわからないけど、そこでやっていたことが全部なくなって、夢のようにもう真っさらな空間になってしまったわけですよね。僕は最初、「おぼろ」をメタファーとしての夢幻みたいなイメージで読んだんですが、俳句の季語として正確に捉えると、歳時記には「昼でいうかすみが夜はおぼろ」とあったので、あれ？　室内の話じゃなかったの？　と、ちょっとそこがわからなくなってしまったんです。室外の、湿度のある、霞《かす》んだ状態で、パイプ椅子を使うかな？　って。でも、平仮名書きの効果もあって、採りました。

堀本　もう名乗らずともばれていますが、僕の句でした。これは、体育館みたいなところで片づけが始まって、扉を開け放ってる状態なんですね。野外劇の感じもありますが。そこに「おぼろ」の空気が流れ込んでいるイメージですね。穂村さんがおっしゃったように、メタファーとしての「おぼろ」ももちろん掛けてはあるんですけれども、パイプ椅子がたたまれる感じと、おぼろとの取り合わせがおもしろいかなと。いろいろと読んでいただいて、ありがとうございました。さて、粛々と進めます。
藤野　もっと激論を交わすべきでしょうか？
中江　これは盛り上がっている？　いない？（笑）
堀本　これからです。
中江　ふふ、これからですか。

いろんな「春」が表現された三点句

堀本　じゃあ、どんどん開けていきましょう。次は三点句です。三つありました。まず、「蝶々よりやわらかいものに○をせよ」。これ、穂村さんからお聞きしましょうか。
穂村　発想ももちろんおもしろいんですけど、これはやっぱり文体ですかね。試験の問題文の文体を引っ張って来ている。あとは、蝶々よりやわらかいものって何かなって考えると、案外思いつかない（笑）。豆腐とか？
堀本　確かにちょっと思いつかないです。又吉さんも選んでますね。
又吉　「蝶々よりやわらかいものに○をせよ」っていう状況を考えたら、想像が広がったので。たとえば、自分より目上の人が「私」に○をしたら、「いえ、あなたはやわらかくないですよ」っていうふうに言えるのか、「ああ、確かにやわらかいですね」って言えるのか。いろんな広がりがあります。たまに友達と飲みながら、すべてのものをSとMに分けていこうみたいな遊びをするんです。春は別れを強要するからSやとか。次の飲み会で、これ使えそう（笑）。

堀本　僕も、この質問形式がいいと思いました。あたかも「問一」みたいな感じで。でも、穂村さんと同じで、よくよく考えると、蝶々よりやわらかいものが浮かばないところもおもしろい。

穂村　やわらかさって、そもそも蝶々の最大の特性じゃないでしょ。ちょっとずれてるんですよね。軽さのほうがまだわかるんだけど、そっちにはいかなかったんですね。

堀本　うん、確かに。「蝶」というお題を、こういうふうにも詠めるんだと思いましたね。

穂村　あと、ちょっと変態っぽいですね（笑）。

堀本　どの辺が。

穂村　軽さにいかないで、やわらかさにいく思考回路に、やや変質的なものを感じる。やわらかさを知るには触るんだけど、あの鱗粉《りんぷん》感とかね。

堀本　じゃあ、変質者の人は誰ですかね。

藤野　はい（笑）。私、蝶々ってあまり好きじゃなくて、触るのはすごく嫌なんです。だから、こんな質問をされたとしたら、蝶々がどれだけやわらかいか触ってみないとわからへんし、触るどころかちょっと潰してみないとわからへんぐらいだと思うので、こう言われたら嫌だなと思いながら作りました。

堀本　おもしろい発想ですね。

穂村　字余り効果もあるかもしれないですね。

堀本　中七の「やわらかいものに」が八音で字余り。そのふわっと膨らんだ感じと、最後の「せよ」という命令形が効いてますよね。では、次の三点句にいきます。「初蝶や空にノンブルふるごとく」。これは、穂村さんの特選。

選句理由で新発見！

穂村　ノンブルって、本のページナンバーのことですよね。まだ季節の初めの頃、初めて見た蝶が飛んでいるその動きを、ノンブルをふっていると見立てた。それが、とても新鮮に思えましたね。空に数字をふっても非常に虚しいんだけど、その虚しさに魅力がある。

堀本　本来はふれないものですよね。

穂村　「ノンブル」「ふる」という、音のちょっとした重なりも魅力的です。

中江　私、蝶って、たくさんいると数えられなくて、数えられないのに一生懸命数えてるときがあるんです。この句を見て、ああ、ノンブルがばーっとふられていたら美しいだろうなと思いました。

穂村 あれ？　これ、蝶が複数いるっていう話？

中江 あ、私のイメージでは。

穂村 蝶が複数いて、蝶自身がノンブルということか。

中江 そういうふうに私は捉えた。

穂村 そうすると、かなりいないと。ページ数だとすると、八十頭ぐらい？（笑）

堀本 結構、群れてますね。

穂村 ああ、そういうことか。蝶そのものがナンバーを持っているっていう。僕は、一つの蝶のランダムな動きをワン、ツー、スリーと数えているのかと勝手に思ってました。確かに、ナンバーワンの蝶とナンバーツー、スリーの蝶がいるという読みもあるかもしれないですね。

藤野 私も、「初蝶」っていうと一匹のような気がしたんですけども。季語として、「初蝶」は一匹というくくりはないんですか？

堀本 微妙なところではあります。初蝶って、その春に見る初めての蝶だから。でも、突然、二匹とか十匹とか現れたら、全部が初蝶になるわけで。

穂村 つまり一番星みたいな感じですよね。

堀本　そうそう。藤野さんの採らざるの弁は。
藤野　ロマンチック過ぎるかなと思いまして。
堀本　なるほど。ノンブルふらないだろうと（笑）。確かに、ちょっとね、甘い感じがありますよね。じゃあ、作者、聞いてみましょうか。どなたでしょうか。……あ、僕でした。
藤野　そうじゃないかと思いました（笑）。
中江　今、すごい演技されましたね（笑）。
堀本　僕としては、一匹の蝶がノンブルをふっていくイメージでした。多分、俳人の普通の発想だとやはり一匹だと思うんです。でも、中江さんの解釈を聞くと、複数の初蝶を見るというシチュエーションもあるかもしれないですよね。では、もう一句、「鳥曇家電みな床置きの部屋」。又吉さんの特選ですね。

それぞれの「家電観」で読み解く一句

又吉　はい。春に上京したてで、家具がまだ全然揃ってないから家電を下に置いているのか、同棲《どうせい》してた恋人と別れることになって、大き目の家電を「これ、どうする？」みたいな感じになってるのか、そういう春の、完全じゃない生活の、始まりなのか終わりなのかわからないような情景を思い浮かべました。もしかしたらこれは、春やからこれからがんばろうっていう、新鮮なほうなのかもしれないですけど、仮に上京したてでも、ちょっと寂しい雰囲気があって、僕はそこがよかったです。鳥曇という季語を調べて知ったんですけど、渡り鳥が帰るときの、空が曇っていることを言うらしいですね。この季語の影響もあるのかな。

穂村　僕も寂しい感じで読みました。いっそ家電がないほうが寂しくなくて、床にあるほうがより寂しい感じがします。季語の「鳥曇」がこれで効いているのかどうかは、判断つかないんですけど、床と鳥が飛んでいく高いところのギャップみたいなものでつけてあるのかなと思いました。それから、「家電みな床／置きの部屋」で、ギクッと切れちゃうところも、期待に満ちた句じゃないんだろうと思わせる、一つの要因かな。

堀本　くきくきしたリズムですよね。僕も、鳥曇という天と、床置きの部屋という地の部分で、天と地の対比を思いっ切り出したところが、この作者の狙いかもしれないなと。中江さんが採らなかった理由は？

中江　私も予選では採ってました。やっぱり上京したてのイメージがふっと出てきたんですけども、本当に、家電ほど下に置くと使いにくいものはなくて。

堀本　確かに（笑）。

中江　家電って、ちゃんとそれぞれの収まるところに収まらないと、役目を果たさないというか。ただ揃えただけだと、ガチャガチャした感じで生活が始まらない。春、新しい生活を始める一人暮らしなんでしょうね。その寂しさばかりがものすごく残ってしまって、もうちょっと早く家電を置くべき場所に置きたい（笑）。

又吉　それぞれの家電観が、おもしろいですね。

穂村　僕はやっぱり、家電があるべき場所にあるのはいけないと、どこかで思ってます（笑）。それはもう心を売った後の人のようで。わかります？

藤野　消費社会に魂を売った、みたいな感じですか。

穂村　うーん、何だろうな。この感じ、感動するわけですよ。床にあってはいけないものが床にある。たとえば、初めてガールフレンドの家に行って、電子レンジやテレビがみんな床にあったら、すごくドキドキして、これはやべえって思うけど、それで嫌いにはならないでしょ。より深みにぐーっと……（笑）。

又吉　男は結構そうかもしれないですね。

堀本　今、穂村さんが正座し直して言ったのがおもしろいです！（笑）

中江　なるほど、そういう捉え方もあるっていう。

堀本　じゃあ、作者、聞いちゃいましょう。作者は？

藤野　私です。

穂村　もてるわけがわかりました。

藤野　もてないです。

堀本　どうですか、皆さんの意見を聞いて。

藤野　確かに、皆さんのお話で、春の上京したての風景が浮かんできましたが、作ったときはそんなことは考えてなくて。今、うち、台所の家電が全部床置きなので。

堀本　実景なんですね。

藤野　買い換えたレンジ台が不良品で、送り返したんですよ。早く新しいのを買えばいいのに、面倒臭くなって、それからずっと。さっき新幹線の中で、もしかしたら来年も再来年もこのまま床に置いてるんじゃないかと不安になってきてとっさに作った句です。

堀本　なぜ「鳥曇」という季語を持ってきたんですか。

藤野　季語は後付けです。家電が床にあるのは本当に不便で、見た目もよくないし困ってるんですけど、さっき皆さんがおっしゃったように他人事だったらわりと好きな光景かなと思いまして。で、私、晴れた日よりも曇りが好きなので、単純に好きなものを合わせました。

堀本　季語の選び方がおもしろいですね。

藤野　こんな作り方ですみません。

点がばらけた二点句評で「暴走」？

堀本　それぞれの解釈が出て、盛り上がってきましたね。では、二点句にいきましょうか。ばらけましたので六句あります。「蝶にとまられて電卓暴走す」。これは藤野さんの特選。

藤野　パッと見て、これが一番いいなと思いました。二つの解釈ができると思うんです。一つは、普通にＯＬが電卓を使ってたらそこに蝶がとまって、私みたいに蝶の嫌いな人が、ハッて指ではねのけたら、電卓がデスクの上をパーッと滑っていっちゃうっていう状況。もう一つは、単に電卓が蝶にとまられてびっくりして、電卓そのものが自ら動き出し、やっぱりデスクの上やら床やらを暴走するという状況。それもすごくキュートですよね。

堀本　キュート？　すぐに、うんと頷《うなず》けなかった自分がいますけど。

藤野　どっちにしてもすごくいい。複数の光景が浮かんで両方とも素敵というのは、この句だけだったので。

堀本　さすが、特選に選んだだけある解釈ですね。穂村さん、採らざるの弁。

穂村　僕は、電卓に蝶がとまって暴走っていうのは、電卓本人がびっくりして暴走して、数字がばーっと現れたのかなと思いましたけど。

堀本　この「暴走」は、いろいろとれますよね。

藤野　「とまられて」に、迷惑感が出てますよね。「とまってもらった」じゃなくて、「とまられて、もう、うわーっ」みたいな気持ちがすごく伝わってくる。

堀本　じゃあ作者を聞いてみましょう。作者は？

穂村　はい。

堀本　穂村さん、うまくとぼけてくれました。いかがですか、ご本人としては。

穂村　メタファー的な読みもあるかなと、作りながら思ってました。たとえば、経理ひと筋に何十年も真面目に生きてきた男性が、新入社員の蝶々のような女性に義理チョコをもらって舞い上がっちゃった。それで会社の金に手を出して、注ぎ込んで……。

藤野　……ストーキングしたり、ですか。

堀本　なるほど。それはすごいメタファーだ。

藤野　そこまで考えてたんだ。思い至らなかったですね。

穂村　堀本さん、気をつけたほうがいいですよ。

堀本　何ですか、その注意は（笑）。

穂村　俳句ひと筋。でも、とうとう俳句よりいいものを僕は見つけましたみたいな。

藤野　じゃあ、この「とまられて」というのは迷惑じゃないんですね。

穂村　迷惑っていうか、まずは「何だ、このチ・ヨ・コ・レ・ー・ト・は!?」ですね。この男性は、バレンタインデーを知らないからさ。
又吉　知らないんですか。
藤野　いや、それはちょっと。
穂村　「バ、レ、ン、タ、イ、ン、デ、ー」って辞書で引いて、「女性が男性に愛を告白する日」。「ふおおおお」みたいな（笑）。
中江　暴走してる（笑）。

聞いてびっくり作者の意図

堀本　いやあ、聞いてみるもんですね。白熱しましたね。じゃあ、次の二点句。「恋猫の面魂ぞ雨のなか」。これは、中江さんが選んでます。
中江　「雨のなか」に、ぎょっとしたんです。恋猫というのは、猫が発情してるということですよね。恋猫が「雨のなか」をさまよっている……。すごい状況だなと（笑）。私は、状況が見える句が好きなんですけど、これは情景が浮かぶだけでなく、ここから何か始まりそうな感じがします。
堀本　又吉さんも選ばれてますね。

又吉　僕は、「面魂ぞ」っていう、尋常じゃないこのテンションですね。そういうときの顔って、人間もそうですけど、おもろいので。

堀本　又吉さん、顔、好きですからね。

又吉　はい、僕、顔、好きなんです。顔のこと言われると、ついつい笑ってしまうし、ぜひとも見てみたくなる。それに、この「面魂」という言葉で、これ以上ないぐらい簡潔に、ただならぬ恋猫の感じが伝わってきます。

堀本　辞書には、「並々ならぬ強い精神が顔に表れていること」とあります。穂村さん、採らざるの弁、ありますか。

穂村　雨をものともしない感じというのは、魅力的だなと思いますね。ただ、「面魂」がやや擬人化で、僕はそれに乗れなかったです。

堀本　なるほど。藤野さんはどうですか。

藤野　「面魂」はすごくいいなとは思うんですが、これって猫の話かなあと。私も、穂村さんのおっしゃる擬人化が気になったのかもしれません。猫なら交尾するぞという並々ならぬ気迫をみなぎらせていてもどうせ猫と交尾するだけですけど、もしも人だったらこれは危ないですよね。

堀本　そこ、置き換えます？（笑）

藤野　「面魂」と「雨」の取り合わせが、猫より人に置き換えたほうが似合うような気がして。並々ならぬ気迫で交尾するということしか考えていない人類が、「雨のなか」を徘徊《はいかい》している様子を浮かべると、それってどうかなと（笑）。

堀本　「雨のなか」ね。そこまでシチュエーションを作らなくてもっていうふうには、僕、思いましたけどね。作者、どなたですか。あ、僕でした。そうなんです。そういう句でした。まあ、何だろうな、これから行くぞっていう句でもいいんだけども、負けて帰ってきてるのに、まだ強い精神を顔にみなぎらせてるっていうのもあるんです。

藤野　ああ！　負けて帰ってきてはったんや。

堀本　まだ次行くぞみたいな、そういう猫であってほしいなという思いもありました。次、「この今もその今も過去水温む」。中江さん、お採りですけども、いかがでしょう。

中江　どんなに嫌なことや腹立たしいことがあっても、時間が流れ過去となったときに、とりあえずそれが全部おさまっちゃうというのが、唯一、時間のいいところだなって思っていて。私がいつも感じていることが、そのままシュッと一つにおさまった句で、好きです。

堀本　僕も選びました。「この今もその今も」の言い方がいいですね。普通は「今」としか言わないけども、「この」「その」という指示代名詞をつけて、「今」を類別したことで、非常に含みを持たせています。で、最後に「水温む」という春の季語を持ってきた。「水温む」は、今まで冷たかった水が春になって温かくなってきたということ。ここでも時間性が貫かれてあって、この季語の置き方もうまいです。
中江　本当に私が作りたかった句です。
堀本　それだけ共感されたんですね。又吉さん、採らざるの弁。
又吉　お二人の説明を聞いて、あと二日あったら僕も採ってたような気がします（笑）。「水温む」を一応調べたんですけど、「この今もその今も」と過去との関係をすぐに結びつける時間が足りなかったかも。これ、大人になっての句ですね。若いときはこういうふうには思われへんというか、こういうふうに考えられるようになってから、だんだん日々が楽しくなっていくんじゃないかなと思います。
堀本　じゃあ、作者、聞きましょうか。
藤野　はい。これも、「この今もその今も過去」まで作って、季語を探したんです。物事が完了した季語じゃなくて、まだ時間の推移を含んでいる季語がふさわしいだろうなと思って、仕方なく「水温む」を採用したわけなんですけども。お二人のように評価していただけてうれしいんですが、私はまだ、全然こんなふうに思えないんですよね。これをもし他の人が作ってたら、「何をこいつ、うまいこと言ってんねん」とムカついて、絶対採らへんかったでしょうね。むしろ逆選です。
堀本　願望が入ってる感じ？
藤野　うーん、まあそうかも。何日和《ひよ》ってんねんなって気がしますけど。

又吉　いやあ、いいじゃないですか。あ、でも、確かに、めちゃくちゃ深刻な悩み言うたとき、友達にこれ言われたら、腹立つかもしれない。
藤野　そう、絶交ですよ。「まあ、そのうち水温むよ」とか言われたらね、殺してやろうかと思いますね。
穂村　季語かよ！
中江　ですね（笑）。
又吉　人に言われるというよりは、自分の中でこうなれたら、めっちゃいいですよね。
藤野　自然とこの境地になれたら幸せなのかもしれないですね。

想像すればするほど、選評が白熱

堀本　「壁に満つ淫猥な文字春夕焼け」。藤野さん、採られてますね。
藤野　「壁に満つ」とあるから、普通の小さい文字が壁にめっちゃ書いてあんのやろなあと。それが全部、淫猥な文字なんやろなあと。そういう無駄なことにパワーを使うのは、やっぱ春やろなあと思いました。季語の「春夕焼け」がよく合ってるので採りました。
堀本　僕も採ったんですけども、満ちるぐらいの淫猥な文字って、何が書いてあるんだろうなっていうね。

藤野　辞書を引いたのかもしれないし、英語だったら綴《つづ》りを間違えんようにがんばって書いてたりするんかなあと。そう思ったら、かわいいです。殺伐とした雰囲気がしませんよね。

穂村　これ、反対じゃいけないの？　「淫猥な文字壁に満つ春夕焼け」。

堀本　ひっくり返したその心は？

穂村　もとの形式だと、「文字」「夕焼け」で体言が連続しちゃうかなと。でも、「淫猥な文字」から入ると、そういう句だと最初からばれちゃうかな。

藤野　そうですね。「淫猥」をしょっぱなにぶちかますと、「春夕焼け」のほんわかした感じに勝ってしまうかも。

堀本　作者、どなたですか。

又吉　僕です。いや、もう書いたそのままなんですけど。誰にでも夕焼けって、来るじゃないですか。特に春の夕焼けって、やわらかいイメージですよね。そういうもんが、ちゃんと春らしいことをやってる人だけに来るんじゃないっていうのがええなと思ったんです。

藤野　おお、なるほど。壁に淫猥なことを書いてるような人にも、同じように来ると。

堀本　これ、想像で作ったんですか？

又吉　落書き見るの、好きなんですよね。そういうのと、春のイメージと、くっつけました。
堀本　「春の闇満席の美容室静か」。これは、又吉さんと僕が選びました。
又吉　これ、僕、想像して笑うてもうた。美容室って、自分をカッコよくしてもらう場所じゃないですか。僕にとっては、そこに行っている時点で、ちょっと恥ずかしいんですよ。
堀本　また独特の自意識が出てきましたね（笑）。
又吉　だから、僕は二十歳のときからずっと友達に切ってもらってて、いまだにいつも「おもしろくしてください」って言うんです。座ってると、鏡越しに後ろの人と目が合ったりしますよね。でも、お互い何も言わへん。この句も、満席の美容室だけど、皆、美容師さんと一対一の関係性で、すごい静かな空間なんでしょうね。それで、笑けてきました。
堀本　僕は、これ、怖い句やなと。美容室の営業時間後に満ちてる、春の闇だなと思ったんです。美容室が閉まってるのに満席ということは、この世のものでない人たちが、静かに座ってるというイメージがわーっと浮かんできて、うわっ、この美容室、怖っ！って。
又吉　この世のものではない美容師も、人数分おるということですよね。

堀本　そうそう。季語の「春の闇」には、やわらかな、艶っぽいという意味があります。それで満席でしょう。怖いですよ。この句の作者は？

藤野　はい。これはホラー句として作りました。

堀本　じゃあ、どっちかといったら僕の解釈に近い？

藤野　はい、おっしゃったとおりです。夜、散歩してると、閉まってるはずの美容室に明かりがついてて、濡れた髪を垂らした人の後ろ姿がずらーっと……並んでたら怖いやろな、と思って書きました。

堀本　宮本輝さんの短編に「蝶」という、蝶の標本が何百匹と飾ってある幻想的な理髪店を舞台にしたものがあります。近所の人は誰も行かない気持ち悪い店という設定なんですが、そういう所って、営業が終わると怖い空間になりうるのかなというのを、この句を見て改めて感じました。

藤野　これは私の勝手な思い込みなんですけど、美容室には何かがあると常々思ってるんです。不思議なことに、私が今まで行った美容室では、店の名前の由来を聞いた途端口をつぐまれるということが何度もあって。

堀本　ええ？　怖い！　言いづらいことがあるってことですよね。

藤野　私にはまったく理解できない答えが返ってくることもあります。さっきまで普通に会話してたのに、急に意味がわからないことを言うんですよ。そういうことばっかりで、美容室はずっとヤバいと思ってました。

又吉　わかる気がする……。

メタファーという解釈のカギ

堀本　藤野さんらしいエピソードありの一句でした。では、僕だけが特選に選んで二点入った「蜜蜂の眼に日の丸の充ち満ちる」。蜜蜂の眼は、複眼ですよね。小さなレンズの集合体であるその眼に、日の丸がずらーっとたくさん映って充ち満ちている。ここで日の丸を持ってきたところに、何かのメタファーというか、風刺を感じたんですよ。今の日本をどう捉えるかにもよりますけど、右か左かで言うと、右に傾いているような少しきな臭い感じってありますよね。そう考えると、「日の丸の充ち満ちる」というのは、戦時中に日の丸の旗を振っていた情景というのを連想させます。僕は、戦争を知っている世代じゃないんだけども、そういう情景を蜜蜂の眼に見させたところに、ドキッとしました。蜜蜂って、刺されてもそんなに大事には至らないし、見た目もかわいいですが、こういうふうに言われると、蜜蜂の複眼が恐ろしいもののように思えてくる。そこがおもしろくて、僕は特選にしました。穂村さん、いかがですか。

穂村　複眼は、僕もおもしろいと思いましたね。実際に幾つ日の丸があるのか知らないけど、蜜蜂が見ると増殖していっぱい見えるということでしょうね。ただ、批評性がやや露骨かなと。日の丸という動かしようのないポイントを突いてくるところが、少し引っ掛かりました。

中江 堀本さんがおっしゃったとおり、蜜蜂って特に珍しくもないし、そんなに怖くもない蜂ですよね。雀蜂《すずめばち》とかと比べると、蜂の中でも一般的で、平和。そういうものに日の丸をくっつけるというのは、意思を持たないままに、多勢に流れていくものを詠んでいるのかな。メッセージ性が強くて、ちょっと怖い句です。

堀本 そう、ちょっと怖さがありますよね。又吉さんは？

又吉 日の丸が、すごいインパクトですね。蜜蜂は蜜を吸うんですよね。だから、本来なら花を見てるんですよね。それが日の丸になってる。もしかしたら花と間違って行ってるのかもしれないとか、いろんな考え方をしてみたんですけど、日の丸はもう絶対に日の丸で、動かん日の丸やから、迫力あるなと思いましたね。「充ち満ちる」とかね。

藤野 私は、この句は実はよくわからなくて採らなかったんです。堀本さんの熱い説明を聞いて、ああ、なるほどと思ったけど、やっぱり採らないです。複眼にたくさん日の丸が映ってて、そこのクローズアップから引いていったシーンを思い浮かべたときの絵が、わりとよくありそうなんですよね。

堀本 類想感を覚えたということですね。作者、どなたでしょう。

穂村　はい、穂村です。
堀本　僕は勝手な解釈を言いましたけども、どうですか、作者として。
穂村　まったくそうですね。結構ベタな社会批評の句です。蜂や蟻って、トップに女王が一人いて、あとは皆、兵隊というイメージもあるんで。
堀本　複眼の虫であれば、何を持ってきてもいいという考え方もできるけど、これはやっぱり蜜蜂だという必然性を感じます。
穂村　普段、小市民生活を送っているものじゃないとね。雀蜂や熊蜂だともともと戦闘的だから、戦争になってもっていうね。

選者の思い入れが熱い！「一点句」

堀本　さて、そろそろ終盤にさしかかりました。一点句に触れていきます。「ひとすぢの涙痕ありぬ春の闇」。中江さん、選ばれてますね。
中江　春って明るいイメージがあるけれど、実は、闇の中のほうが私は春を感じるんですね。寒さと暖かさが入り混じって、空気がぬるくなって、夜桜を見に行ったりもするし、春の闇には独特の雰囲気があります。そこに、泣いた涙の痕があるんですね。それは春の闇の中では見えないいんだけど、そういうものを抱えながら春を迎えている。悲しみなのか口惜《くや》しさなのかわかりませんが、涙のわけっていうのを見せないところに、とても惹かれるものがありました。
堀本　採らざるの弁を、お一人聞きますか。又吉さん、いかがですか。
又吉　すごくセクシーやなとは思ったんですけどね。これも予選でメモったと思います。いろいろ想像もできますしね。「ひとすぢの」ですよね、えっと……（笑）。
堀本　言いづらい句でもありますよね（笑）。作者は、僕でした。これは、絵画的に描きたかったんですよ。春の闇に「ひとすぢの涙痕」があったら、絵に描くとどうなるんだろうなあと思って作りました。人物はあまり想定してなかったんです。では、「みどり児の目にめぐすりや春嵐」。藤野さんが選ばれてますね。
藤野　これ、すごく好きな句です。家の外では風が強くてうるさいようなときなんでしょうね。そんな中、赤ちゃんの目に目薬を差す。緊迫した状況と、静かで和やかな光景の中のささやかな一瞬の緊迫が同時にあるのが、すごくいいですね。赤ちゃんなのに目薬せんならんということは、病院でもろてきはったんやと思うので、少し不安な感じがあるのも、いいなと思いました。
中江　私もこれは予選で採っていました。春嵐には、まだ何も起こってないけどこれから起こるぞっていう感じがありますね。じっと目薬を差すその静けさと、春の嵐に切り替わる瞬間の、緊迫したものを感じました。

堀本　なるほど。作者は？

穂村　はい、僕です。

堀本　この「春嵐」はどこに吹いていて、みどり児はどこにいるんですか。

穂村　みどり児は室内ですよね。で、外に春嵐。じゃないと、目薬差せないです。こんな句、他にあったような気がして（笑）。感覚を調整しているうちに、皆こういうふうに仕上げてゆくんだろうから、どっかで見た句と同じにならないか、だんだん心配になります。

堀本　なるほど、わかりますよ。次は僕がいただいた、「二度とない十五の春にペンを持つ」。散文的でもあるんだけど、「ペンを持つ」がよかった。ペンを持って何をしたというのは省略してるところにも、惹かれましたね。物語性を感じました。それと、沖縄民謡に『十九の春』というのがありますよね。確か、「私があなたに惚れたのはちょうど十九の春でした」「今さら離縁というならば、もとの十九にしておくれ」という歌詞です。「十五の春」から、なぜかそこにポンと連想が飛んだ。ああ、この十五の春も二度とないよなと思って。

藤野　私はその民謡のことは全然知らなくて、尾崎豊の「壊れたバイクで走り出す」っていう『15の夜』がパッと思い浮かびました。それで、壊れたバイクよりは、ペンのほうがええなと思ったんですけど、そのままあっさり放流してしまいました。あ、壊れたじゃなくて、盗んだバイクか（笑）。

堀本　寺山修司の「十五歳抱かれて花粉吹き散らす」も「十五」がすごく効いていて、それも若干重なりましたね。作者はどなたでしょう。

中江　はい、私です。

堀本　これはどういう気持ちで作ったんですか。

中江　実はこの間、岩手に行って、石川啄木に関する取材をしたんです。啄木の「不来方《こずかた》のお城の草に寝ころびて空に吸はれし十五の心」という歌があって、その「十五」に、胸がキュンとしたんですね。私も十五のときに仕事を始めたし、ものを書き始めたのもそのちょっと前で。十五って中途半端な年齢だけど、「自分」を始める年齢で、きっと啄木もそうだったんじゃないかなと勝手に想像して。

藤野　うわあ、それを聞くと、すごいいいですね。すみません、尾崎豊で。

中江　十五にいろいろ思います。十九でも十八でもみんな二度とないんですけどね。

堀本　「花冷えや文庫の帯の裏のメモ」。これは又吉さん、選んでます。

又吉　春のまだちょっと冷えるとき、文庫の帯に何書いてたんやろなっていうおもしろさですね。僕は、顔と、本と、死が出てくると惹かれやすいので（笑）。この句は「文庫の帯」がすごく想像しやすかったのと、「文庫の帯の裏のメモ」という言葉の並びもよかったです。

堀本　いったい何をメモしたんでしょうね。

又吉　変なこと書いておいてほしいですけどね。友達と電話で約束した「パルコ、十八時集合」みたいなことかもしれないですし。この文庫に書いてあった、自分を動かした言葉を書いててもいいなと思います。

穂村　僕も予選まで残しましたけど、「文庫の帯の裏のメモ」というふうに「の、の、の」と「の」でつないでいくリズムがとても心地いいですね。「花冷え」との照応関係もいい感じです。

堀本　じゃあ、作者、聞いちゃいましょう。

藤野　はい、私です。これは何となく作ったんです。今回、六句出すから、一句ずつ趣向を変えようかなと思って。これは私の中で乙女句なんですよ。

又吉　かわいらしいですね。

堀本　「花冷え」が効いてますね。次、「春の夜のらんらんとするエゴサーチ」。これ、藤野さん、採ってますね。

動かない季語、悩ましい季語

藤野　エゴサーチというのは、自分の名前をネット検索することですよね。それを「らんらんと」しているっていうのがすごくぐっときたし、この行為と取り合わせる季語としては「春の夜」は動かないなと思ったんです。夏の夜や秋の夜や冬の夜じゃない。これは、春の夜やないとあかんなって、納得させられたので採りました。

堀本　「春の夜」が効いていると。中江さんはどうですか。

中江　私、エゴサーチって恐ろしくてできない。でも、この句は、らんらんとしてる図が想像できます。

藤野　ほんと恐ろしいですよね。しないほうがいいと思います。

又吉　そうですね、確かに。

藤野　それをあえてするとなると、やはりらんらんとならざるを得ないでしょう。

堀本　作者、どなたですか。

穂村　はい。

堀本　穂村さん、らんらんと……（笑）。

穂村　たまに図星を指される悪口見つけちゃったときに、当たっているなあと薄々思いつつも、心の中でそれに反論を始めちゃうんです。でも、心の中だけじゃ物足りないから、代弁してくれてる人はいないのかと、味方を探して。

堀本　そのエゴサーチは、深みにはまっていきますね。

穂村　無駄ですよね。

藤野　でも、無駄に体力が削られている感じもすごくよく出てると思います。

堀本　いいですね。次、「春光を吸ひし書物の軽さかな」。これは穂村さんが選ばれてます。

穂村　春だから軽い感じになるっていう句がいくつかあった中で、これを採りました。物理的な重さは変わらないはずだけど、冬のひんやりした書物よりも、春の光を吸った書物のほうが感覚的には軽く感じられるっていう。ただ、歳時記を引いてみたら、「春光」って普通は春の光のことだと思いますけど、春の景色のことがメインだと書かれていました。その場合、僕がイメージしたのと違っちゃうんですけどね。春の光でなく、景色を吸ったのだと、行き過ぎてる感じがします。まあ、光の意味もあるんだろうと思って、そのまま採ったんですけど。

堀本　「春光」って結構使いづらい季語だなと、僕も思いますね。字面どおりの春の光と、春の景色の、ダブルイメージで取れちゃうんですよね。ただ、そんなに厳密に分けなくてもいいのかなとは思います。この作者が明らかに、春の日差しという、光の意味合いで使っているのは、「吸ひし」でわかりますよね。又吉さん、いかがですか、この句。

又吉　外で読んでたんですかね。その感じ、いいですね。

堀本　好きな書物が入ってますね。

又吉　僕もよく外で本読むんです。井の頭公園のベンチとかにいると、「又吉さんですよね」って声かけられることがあるんですけど、めちゃめちゃいいとこで、ここを読み終わったら返事しようと思ってるうちに、無視してしまったみたいな状況になったことがあります。そういうのも、本との距離感なんですかね。
堀本　なるほど。じゃあ、作者はどなたでしょう。
又吉　僕です（笑）。
堀本　うまいこと、とぼけましたね（笑）。
又吉　いや、恥ずかしいです。「春光」って、景色の意味になっちゃうんですか。僕の歳時記には、「春の柔らかい日の光をいう」とあって。
堀本　歳時記によってばらつきが出やすい季語だと思います。
又吉　昨日、俳句作らなあかんと思って、それこそ井の頭公園へ行ってその辺に座って歳時記を開いたら、めちゃめちゃ反射していて、歳時記自体が発光してるかのようにまぶしかったんです。この感じを何とかしたいと思って調べて、「春光」を見つけたんですけどね。
堀本　春のその風光を吸い込んでいると解釈してもおもしろい句だと思います。十分に読めますよ。
又吉　よかったです。

さらに全句を語り尽くす

堀本　以上、点数が入った句に触れました。最後に全員の句を、全部開けていきたいと思います。読み上げるので、作者は名乗って、ひと言あればおっしゃってください。「体捨てて春服だけが歩いてく」。

藤野　はい。春の服をまったく買いに行けなかったので、買ったらうれしいだろうなと思って作った願望句です。

堀本　「体捨てて」っておもしろいですね。

藤野　他の季節とは違う、それぐらいのうれしさが春の服にはあるような気がして。

堀本　「春の月素振りの男児泣きにけり」。

又吉　僕です。泣きながら、コーチのお父さんと素振りやってる友達がおったんです。普段、学校ではしゃべれるけど、そのときだけはしゃべりかけられへん。でも、そいつは、後々、ＰＬ学園で最後の打者になってましたね。

堀本　泣いて練習したかいがあったわけですね。「ほこりまひてふの標本浮いてをり」。

又吉　はい。蝶を使った句がどうしてもできなくて。なぜか自殺の句みたいなのがいっぱいできてしまう。でも、もうちょっと春っぽい、明るいやつにしたいなと思って作りました。これが、今日のところの限界ですね。

堀本　いやいや、大丈夫ですよ。「ほこりまひ（埃舞い）」と「てふの標本浮いてをり」が、因果関係になっているようでなってないところが、よかったと思います。「東風《こち》吹いて背中押される心地かな」。

中江　私です。何となく春は、嫌でも前向きになろうっていう気持ちになりますよね。その雰囲気を「東風」と「心地」に乗せてみようかなと思って。

藤野　それ、私、気づきました。おもしろいと思って予選で採ってました。

堀本　音律がいいですよね。「回転ドアに刻まれている四月かな」。

穂村　はい。回転ドアが空間を刻むという、それだけなんですけど。四月には四月の空気が充満しているので。

堀本　あ、空間を刻む。なるほど。「刻まれている」というのがいいですね。「喪の家の軒の寿司《すし》桶草朧《おけくさおぼろ》」。

又吉　これもまあ、地元におったときよく見た感じの風景ですかね。

堀本　空になった寿司桶かな。よくありますよね。「ビル群の隙間のむこう山笑う」。

中江　はい。私、ときどき大阪に帰ると、山が近いなあって思うんです。普段、東京では、山がすごく遠い気がするけど、大阪ではビルの隙間からでも山の近さを感じられるので、そういう句を作りました。

堀本　地方都市の感じが、よく出てます。「ビル群」と「山笑う」に遠近感があって、無機質なビルの向こうの山には春が来ている、その季節の捉え方がいいですね。「入学やアトムとウラン手をつなぎ」。
穂村　はい。鉄腕アトムと妹のウランは、同じ小学校に入るのかなあ。そうすると、ウランちゃんの入学で、お兄ちゃんが手をつないで一緒に登校してる感じかなあと。
堀本　「入学や」がいいですね。
又吉　ウランちゃん、アトムの妹だから、絶対いじめられないですね。
穂村　ええ、強いし、ウラン自身もかなり強そう。
堀本　うん、おもしろいですね。「何もないアパートで聴く百千鳥《ももちどり》」。
中江　はい、私です。これは、もう本当にイメージなんですけども、一人暮らしを始めて、静かなアパートの中で百千鳥の声だけがしている風景です。
堀本　「何もないアパート」の窓外に、鳥がにぎやかに鳴いているという季語の「百千鳥」を持ってきたのが、対比としてうまく出ています。
又吉　テレビつけてないから、いろいろ聞こえてくるんですよね。
中江　どうしても春は、こういう句が多くなります。
堀本　「満願やかもめへなびく春ショール」。これ、僕の句でした。「満」というお題から、すぐ「満願」っていう言葉が出ました。太宰治の短編、『満願』のイメージもあったんです。

中江　私、これいいなあと思いました。

堀本　ありがとうございます。太宰の『満願』には、女性が日傘をくるりと回す場面があるんですけど、それに影響を受けて、じゃあ僕は日傘じゃなくて春ショールでと思って作ってみました。「大空と波のまにまに蝶が舞う」。

中江　私です。「蝶」って難しくて。やっぱり私の中で、蝶は何匹も現れるので（笑）。

藤野　そうか、中江さんの蝶は、句の解釈でも作るときでも複数なんですね。それ、めっちゃおもしろいですね。

中江　ブルーを背景に、蝶が見えたり、見えなかったり、また見えたりっていう、ただそれだけの風景です。

堀本　すごく絵画的ですね。「春迎え吾子《あこ》の泣き声力満つ」。

中江　はい。それも私の句です。私には子どもはいませんけれども、妹に昨年末生まれまして、今、三ヶ月を迎えたんです。生まれたときのちょうど倍の大きさになろうとしてる。私は何にも変わらないのに、赤ん坊の細胞分裂ってすごいなあと、その力強さに圧倒されているので、勝手に自分の子どもに置き換えました。

堀本　「満」のお題が入ってるんですね。「巣立鳥晩照へ翔《た》つ流転かな」。僕の句でした。これは挨拶句を作ってみたんです。五七五の頭の字をとってつなげると、「すばる」と。

全員　おお。

堀本　まず、雑誌『すばる』に対する挨拶ですね。初めての「すばる句会」ですから。それから、又吉さんに向けた挨拶句でもあります。

又吉　ええ？

堀本　又吉さんが「巣立鳥」で、この句会を機に巣立っていってもらいたいと。「巣立鳥」は巣から離れたばかりの若鳥のことで春の季語になります。「晩照」というのは、又吉さんが好きな夕陽《ゆうひ》のことですね。その夕陽に向かって飛び立って、「流転」、つまり移り変わっていくという感じです。

又吉　いやー、うれしいです。

句会は人の世界に触れる場

堀本　さて、これで皆さんの全句に触れ終わりました。最後に感想などをお聞きしたいと思います。又吉さん、やっと句会までたどり着きましたけれども、いかがでしたか。

又吉　この一週間ぐらいずっと、この句会のことばかり考えてました。普段の六割ぐらいで仕事をこなしていた感じです。なぜ皆さんがこんな緊張感を持って……あ、緊張してるのは僕だけかもしれないですけど……こうやって集まって句会をやるのかなと考えたら、それは単純に楽しいからなんだなと思いました。それぞれに色があって、みんなバラバラですもんね。皆さんの句を聞けたのが、ほんまにおもしろかったです。
堀本 いや、でも、無事に終えられて、今日はほんとによかったですね。
又吉 はい、無事に何とか。
中江 堀本さん、お父さんみたい（笑）。
又吉 心配してくれてたんですよね。
堀本 僕もほっとしてるんです。又吉さん覚えてます？ この対談が始まった頃、センスを問われることが恥ずかしくて、お寿司屋さんのカウンターで注文するのにもハードルがある自分が、句会で人の句を選ぶなんて難し過ぎると（笑）。
又吉 はい、言うてましたね。自分が俳句を作れるようになったら、恐れずに句会に行けるようになって、そうしたら、お寿司も注文できるようになるんちゃうかと思ってました（笑）。お寿司はもう余裕で頼める気がします。句会は、限られた時間の中で選ぶというルールが自分にとっては壁やと思ってたんですけど、その場で選ぶっていうのが、このシステムのまたおもろいとこかもしれないと思えるようになりました。
堀本 お疲れさまでした。中江さん、今日はありがとうございました。
中江 今日初めて本格的な形で句会に参加させていただいて、とても勉強になりましたし、刺激にもなりました。自分としてはもうこれ以上のものはできないと思いながら作ってたんですけど、実際ここに来て皆さんの句を読むと、ああ、こういうのもあるんだ、自分の限界なんてそんなにたいしたことないなあ、人の世界に触れるとこんな素晴らしいものがあるんだと思いました。だから、今日私が採った句というのは全部、「私、こういうの書いてみたかった」って思った句です。自分の句じゃないのに、自分の句のような気がしてきて、それもすごくおもしろかったです。

堀本　うれしい感想ですよね。確かに、やられたっていう感じの句もあるし、代弁してくれてるような句も出てくるので、そこがまた句会の楽しみかもしれないですね。穂村さん、ひと言お願いします。

穂村　又吉さん、旧仮名で作ってるんですね。

又吉　堀本流でやってるんです。

穂村　すごいなって思います。俳句って、見た瞬間に「こういう感じだろう」って思い込んじゃうときがありますよね。特に気に入っちゃうと、もう勝手に自分に引き寄せて、それで点を入れちゃう。反対に、よくわかんない句のほうが、いろんな可能性を考えますよね。ディスカッションしているうちに最初の思い込みが揺れ始めて、「えっ、蝶いっぱいいたんだ」みたいな発見もあるし。他の人の違う解釈を聞いているうちに、自分の世界像が転換されていきますよね。それが一番刺激的なところかなと思いますね。

堀本　そうですね。僕も多々あります。あ、その角度で読めるのかっていう。句会をやると、それがリアルタイムで聞けるのが醍醐味ですよね。藤野さん、いかがでしたか。

藤野　句会に参加するようになって初めて、作品を中心にしてみんなであれこれ言う楽しさを知りました。小説だと、長いから読むのに時間がかかってやりづらいんですけど、俳句はこうやって集まってパッとできるというのが、すごく便利だなと思います。

堀本　俳句の短さと句会というよくできたシステムのなせる業ですね。本当に皆さん、ありがとうございました。拙い司会でしたけれども、おかげさまで楽しく、いろんなおもしろい解釈が出た句会になりました。中江さんがおっしゃった「人の世界に触れるとこんな素晴らしいものがあるんだ」というのがまさに句会だと思います。今日の句会も個性豊かな一人一人の十七音に触れることで、それぞれの感性や考え方や心が垣間《かいま》見《み》えたように思います。句会は俳句を磨く場ですが、俳句を通してコミュニケーションする場でもあります。笑いがある句会って僕は好きですが、今日も皆さんの笑い声で盛り上がりました。ありがとうございました。

句会を開いて俳句仲間を増やそう

一　「兼題」を決める

句会には、その場でお題を決めて俳句を詠む「席題」の形式と、前もってお題を出しておく「兼題」の形式がある。初心者が集まる句会は、前もって兼題を出しておいて、当日それぞれ完成した句を持ち寄るほうがやりやすい。たとえば六月に行う句会なら、夏の季語から題をいくつか選ぶ。その題で作った句にプラスして、兼題を使わずに詠んだ句を追加提出してもいい。何句作るかは主催者が決めるか、皆で相談して決めておく。

二　人を集める

互いの選句理由がしっかり聞けるので、五人以上いるとおもしろくなる。でも、まずは「俳句をやってみたい！」という人を集めるのが、盛り上がる句会のコツ。

三　場所を取る

静かで長居できる場所が理想的。カフェや公民館でもいいし、イベントスペースを借りてもいい。和室だと雰囲気が出る。

四　句会セットを用意

句会のプログラム進行に必要な、コピー用紙で作った短冊、選句の際に必要な清記用紙、選句用紙、鉛筆やペンを用意しておく。

五　当日の持ち物を準備

歳時記、辞書（電子辞書）を必ず持参する。参加者全員へのお知らせも忘れずに。

いよいよ当日！　句会進行プログラム

顔合わせ　まずは主催者の挨拶。そして皆で簡単に自己紹介。

←

出句　自分の作ってきた句を短冊に書き写して、提出。

←全員分の短冊をシャッフル後、均等に分ける。

清記　清記用紙に、清記番号と清記者名を記入し、自分の割り当て分の句を書き写していく。誤字に注意！

←皆が清記用紙に書き写し終えたら、清記用紙を順々に回し……

選句　心に留まった句をすべてノートに書き出し（予選という）、さらに絞り込んで、最終的にその句会で決めた句数を選ぶ。「特選」「秀逸」「佳作」と順位をつけて、選句用紙に書き写す。

←選句が終わったら……

披講　自分が選んだ句を読み上げる。

←句を読まれた人がここで名乗りをする場合も。

点盛り　読まれた句に「特選」三点、「秀逸」二点、「佳作」一点で、清記用紙に記録していく。

←

選評　作者と選び手で意見交換。句会がどんどん盛り上がる！

季語エッセイ　冬

狼

堀本裕樹

埼玉県秩父《ちちぶ》の三峯《みつみね》神社へ俳句仲間と吟行に訪れたとき、これまで見たことのない狛犬《こまいぬ》に眼を奪われた。すっくと立った両耳、鋭い眼、口は大きく裂けている。御眷《ごけん》属《ぞく》信仰といって神の使いの狼《おおかみ》が三峯では狛犬なのである。

古代、秩父山中で道に迷った日本武尊《やまとたけるのみこと》を山犬＝狼が救ったという伝説が残っており、それ以来狼は神聖視されるようになった。

三峯神社で信仰されているのは日本狼である。日本狼は明治三十八（一九〇五）年、奈良県東吉野村鷲家口《わしかぐち》で捕獲されたオスを最後に目撃例がなく、絶滅したといわれている。

「三峯の天に狼恋ひにけり」の僕の句は、まだどこかに日本狼が生きていてもおかしくないと思える山深い三峯神社の境内で、空に白い息を吐きながら作った。三峯に行くと、狼が恋しくなるものだ。その群れ歩いていた気配が山気とともに残っているからだろうか。

日本狼は絶滅したといわれるが、「狼」は冬の季語として存在している。現在もう見ることのできない日本狼を一句にするときは、幻のその姿を思い描いて詠むしかない。

「絶滅のかの狼を連れ歩く」（三橋敏雄《みつはしとしお》）は、十七音のなかで幻の狼が蘇《よみがえ》ったような迫力がある。時には人間を襲ったといわれる狼を連れ歩く姿には、狼が連れ添った日本武尊をも彷彿《ほうふつ》とさせる。「かの狼」とは単に日本狼が生きていた時代を指すばかりでなく、遥かな古代まで遡り、狼の魂まで捉えた表現といえるだろう。

「狼にまこと出逢《であ》ひし貌なりき」（戸川幸夫）は、どこかユーモアを感じさせる。「いや、ほんとに見たんだよ。あれはきっと狼に違いない」と真剣に語る様子が見えてくる。人が狼に出逢ったとき、いったいどんな表情をするのだろう。しかも国内では絶滅したといわれる狼だから、とんでもない発見をしたことになる。見たという証拠がないから身振り手振りで伝えるしかない。普段嘘をつかない人でも狼を見たともなれば、狼少年のように扱われても仕方がないかもしれない。動物に関する物語を数多く残した戸川幸夫らしい一句である。

「狼の声そろふなり雪のくれ」（内藤丈草《じょうそう》）の句は、絶滅した狼の声まで想像して詠んだのだろうか。それにしてはリアリティのある描写である。作者は松尾芭蕉の門人、江戸時代の俳人だと明かされると、この句は生きた狼を詠んだことがわかり納得する。狼の遠吠《とおぼ》えは仲間と連絡を取ったり、獲物を狩る前触れであったり、縄張りの主張であったりするそうだ。

声をそろえて鳴くのはどんな意味があるのだろうか。雪の舞う夕暮れ、そんな遠吠えを耳にした作者は狼に恐れを成したことだろうが、雪を眺めつつ聞き澄ますうちに蕭然《しゅくぜん》とした思いにとらわれたかもしれない。狼の攻撃性よりも寂しさを感じさせる句である。

「雪にくれて狼の声近くなる」「狼のちらと見えけり雪の山」「狼の小便したり草の霜」と正岡子規は意外に何句も狼を詠んでいる。一、二句目は明治三十（一八九七）年、三句目は明治三十一年に詠まれた句。明治三十八年の確認を最後に絶滅したとされているので、まだ狼は生きていた。

一句目は丈草の句の本歌取りのような内容である。二句目は狼を見かけたという句で、丈草の詠んだ狼の力強い息遣い、濃い気配が薄れているように思える。三句目は狼の排泄《はいせつ》の跡を実際見たのかもしれないが、どこか想像で作ったような雰囲気が感じられる。

しかし子規が狼を詠んだ明治のころは、日本狼がこの世に実在していたのだ。そういう意味でも季語としての「狼」は、まだ存在感を保っていたのである。

「山河荒涼狼の絶えしより」と詠んだ佐藤鬼房《おにふさ》は大正八（一九一九）年生まれ、平成十四（二〇〇二）年に亡くなった俳人なので、当然狼は眼にしていない。

この句には人間の欲望や経済成長が優先された結果、荒れ果てていった日本の山河に対する慟哭《どうこく》が込められている。索漠とした山河になってしまったのは、狼の絶滅したときからはじまっていたというのである。

この句を読むと、僕は自分の故郷の姿を思う。たとえば、小学生のころに遊んだ透き通った紀ノ川の支流は、あれから三十年近く経ってずいぶん汚染され濁ってしまった。

春になると婚姻色の美しいウグイをよく釣ったものだが、いまやヘドロが蔓延《まんえん》して水嵩《みずかさ》も減り、魚の影すら見当たらなくなった。初夏の夜には螢も飛んだが、護岸されてしまった川にはやはりその影すらない。狼が消えた日本の風土では、狼以外の生き物もみるみるうちに数を減らしていったのである。

狼といえば、句会ライブ「東京マッハ」の出張で札幌を訪れ、その翌日に何人かで旭川市の旭山動物園に行ったことを思い出す。

そのとき、思いがけず狼に遭遇したのだった。動物園にいた狼はシンリンオオカミというカナダに分布する種であった。初めて見た狼の体格や動き、その鋭い目つきに胸が熱くなった。北海道にもかつて、蝦夷狼《えぞおおかみ》が存在したのだが、明治三十三年ごろに絶滅した。日本狼よりも大型でシェパードくらいの大きさがあったそうだ。

今や日本では動物園に行かないと狼には出逢えない。そう思うと悲しいばかりだが、俳句ではせめて空想でも狼を詠み続けることが大事だと思う。かつて、日本の山河を自在に駆け回っていた狼へ挽歌《ばんか》を捧《ささ》げるように。

第九章
俳句トリップ「吟行」

夏の鎌倉を詠む

堀本　今日は朝からお疲れさまでした。鎌倉を巡る吟行、いかがでしたか?

又吉　吟行らしきことを、テレビ番組の企画で一度だけ経験したんですけど、本格的なのは今日が初めてでした。俳句を作るためだけに出掛けて、ゆったり過ごすって、ええもんですね。

堀本　今、僕たちは吟行を終えて、鎌倉近隣のカフェにいるわけですが、そろそろ作句の制限時間だそうです。又吉さん、できました?

又吉　まあ、なんとか、ギリギリですね〜。

堀本　僕もだいたい仕上がりました。もう少し吟行する人数が多ければ、句会形式で今日の吟行句を披露し合うのですが、今回は二人だから、巡った場所を思い出しながらお話ししていきましょう。最初に訪ねたのは杉本寺《すぎもとでら》でしたよね。

又吉　いいお寺でしたね。有名なお寺なんでしょう? 僕、今日行ったところは、鎌倉文学館以外は初めてでした。

堀本　鎌倉最古のお寺です。本堂の屋根が茅葺《かやぶき》で、風情がありましたね。

又吉　本堂に入ると、ご本尊の十一面観音像がいて、奥には毘沙門天《びしゃもんてん》像、観音さまの三十三化身像もいました。いろんなものがあるお寺でしたよね。

堀本　そうですよね。僕は、杉本寺でまず目についたのは紫陽花《あじさい》でした。

又吉　あ、確かに咲いてました。紫陽花は夏の季語ですもんね。僕、結構好きな花ですね。でも、詠むのを忘れてました（笑）。

堀本　紫陽花は梅雨の時季の花ですから、もう盛りが過ぎてましたね。それを見て、こんな一句を詠みました。

「あぢさゐの朽ちつつ色を変へゆけり」

しおれて、終わりかけている紫陽花があったんですが、それが朽ちながらも色を変えているように見えたんです。紫陽花には「七変化《しちへんげ》」という傍題もあるくらいですから。

又吉　「七変化」は知らなかったです。変化していくものって魅力的ですよね。

堀本　他の花であれば、茶色く朽ちて、地面に落ちて、土に溶けていくのだと思うんですけど、紫陽花は朽ちながらも花が残っている期間が案外長いほうだと思います。花の命が消えゆく中でも、まだその色を変えていこうとするかすかな華やぎと生命力を見た気がしたんです。

又吉　年配のベテラン作家さんが、新しい雰囲気の小説をまだ開拓しようとしているみたいな？　ちょっと違いますか。

堀本　そのたとえおもしろいです（笑）。そんな雰囲気もありますね。又吉さんが杉本寺で注目したものは？

又吉　弁天堂のところに蝶々がおりましたよね。

「夏の蝶ははは と笑ひ飛びにけり」

蝶々の飛び方に音をつけるとしたら、僕の感覚では「うふふ」という感じなんですけど、あそこで実際に見た蝶は、「ははは」と爆笑しているリズム感でした。スタッフさんの中に、蝶が苦手で怖がってた人がおったじゃないですか。そういうのを見て、笑いながら、小バカにしているみたいに見えたんです。自分も皆さんと一緒に笑っていたから、「ははは」になったのかもしれないです。あの場の雰囲気込みで詠んだ句ですね。

堀本　そういうふうに、一緒に吟行している人たちの言ったことや、やったことが、作句のヒントになることもあるんですよ。それが、吟行の魅力の一つでもあります。そういう意味で、この句はなかなかおもしろいですね。夏の蝶を、又吉さんらしい擬人化で捉えたところがいい。笑いという言葉が入っているのも、芸人さん独特の視点かもしれないですね。「ははは」が平仮名なんですね。

又吉　そうですね。「がはは」か「ははは」か、迷ったんですけど、「がはは」は漫画っぽ過ぎるかなと思って。

堀本　「がはは」より、濁点の入らない「ははは」のほうが軽やかでいいと思います。「飛びにけり」の「けり」で、笑い声の残響の感じが出ています。この切字の「けり」

は、しっかり使えていますよ。
又吉　よかったです。

近くを見ながら、遠くも見る

堀本　最初の訪問先の杉本寺では、又吉さんは、季語をいろいろ思い浮かべながら歩くという感じだったんですか。
又吉　最初は、「えっと、俳句ってどうやって作るんでしたっけ？」という、まったくの初心者状態に戻ってました。今までずっと受講スタイルだったたし、前回の句会ではそれなりの心構えがありましたけど、今回はいきなりの解放感で（笑）。堀本さんが教えてくれる季語を携帯にメモったり、「これいいな」と思ったその雰囲気をとりあえず長い文章のまま記録したりして、「後でなんとかしよう」という感じでしたね。堀本さんは、何かに手書きしてましたね。
堀本　普段はあまり持ち歩かないんですけど、今日はちょっとカッコつけて俳句手帳を持参しました。
又吉　へぇ～。あ、これは……。
堀本　さっきの紫陽花の句の原型ですね。「紫陽花の朽ちゆくときも色変へて」というのがその場でふと思い浮かんで、それを推敲して先ほどの形になりました。

又吉　いきなり五七五の状態で、出てくるんですね。すごい。

堀本　いや、出てこないときもありますよ。そういうときは、僕も俳句にしたいと思ったその雰囲気とか思いついた語句や表現を書き留めておきます。僕、杉本寺で、もう一句作ったんです。

「山蟻を踏みて団子虫を踏まず」

山蟻がたくさんいましたよね。あの蟻の棲息密度で階段を上っているのだから、いくら避けても必ず何匹か踏んでいますよね。でもふと、一匹の団子虫が、たくさんの足を使って、石段を必死で垂直に上ろうとしているのが目に入ったんです。それはやっぱり、避けますよね。

又吉　団子虫はよけますね。

堀本　それを単純に詠んだんです。単純に詠むことで、たとえば志賀直哉の『城の崎《きさき》にて』に出てくる小動物から得られる死生観みたいなものが出ればいいなあと思いました。お寺へ吟行に行くと、虫を見ても、植物を見ても、何か命を見つめる気持ちになりますよね。ただ観光に行くだけだったら、石段をぱっぱと上って、目的地に着いたら十一面観音を拝んで帰るだけだと思うんですけど、俳句を作る場合は、十一面観音にたどり着くまでにいろんなところに目を配りますから。さっきも歩きながら言いましたけれど、近くを見ながら遠くも見るといいんですよ。視点を変えながら、風景を大きく見たり、小さく見たりしていくと、切り口が多様になりますし、遠近法などを取り入れることもできます。僕の紫陽花の句と山蟻の句は、視点としては近めですね。

六十％状態でも出句することが大事

又吉　僕も蟻で一句作ったんです。

「蟻進み参拝後だと悟りけり」

自分はお寺へ向かって石段を上っているので、途中で止まっている蟻も一緒の方向に進むんかと思ったら、反対に進んで下りて行ったんです。僕の視力の問題もあると思いますが、「あ、そっちが頭やったんや」ということだけなんですけど。

堀本　蟻がお参りしているかどうかはわからないけど、「こいつ、ひょっとしてもう参拝済ませて帰ってきたんちゃうか」と、又吉さんが蟻を見て思ったということですね。

又吉　はい、そういうことです。

堀本　おもしろいですね、その発想。ただ、気になるのが「参拝後だと」の「だと」です。又吉さんは、これまで文語を用いて旧仮名遣いを選択してこられたわけですが、「だと」は口語的ですよね。

又吉　僕も作りながら、この「だと」が鈍くさいなぁとは思ってました。俳句を学び始めた頃よりは、その辺の感覚もだいぶわかるようにはなってきたんですけど、変えようがなくて……。

堀本　鈍くさい感じ（笑）。その感覚が、又吉さんの中で持てているというのはすごい進歩ですね。

又吉　直しようありますかね？

堀本　そうですね。この蟻は何匹ぐらいでしたか。

又吉　一匹です。

堀本　下五に「悟りけり」とありますが、これは又吉さんが悟ったということですよね。

又吉　はい。

堀本　それでしたら……、たとえば、「参拝を終へたる蟻かすれ違ふ」とかね。「悟りけり」と言い切らないで、「か」と疑問形にして、そのまま石段ですれ違ったことを詠んであげれば臨場感出ますよね。

又吉　なるほど。「だと」だけとか、部分、部分をどう変えるかを考えるんではなく、詠みたいことのイメージを持ったまま、全体を変えていったほうが整えやすいということですね。

堀本　兼題を出された句会と違って吟行は、俳句を仕上げるための時間が限られていますから、なかなか完璧に仕上げるというわけにはいかないかもしれません。でも、原句は原句で大事にしながら、とりあえずこの場で出してみることが大事だと思います。だからこの句も時間内で提出する際は「だと」のままでもいいんです。とにかく今の段階で出して、もし吟行の最後に何人かで句会をするならば、句評してもらって、「ここはこうしたらいいんじゃないの？」みたいな意見も取り入れて、後で時間をかけて推敲すればいいんですよ。

又吉　へえ、句会の後にまた推敲してもいいんですね。

堀本　もちろんです。詠みたいことの原型を作っておけば、後で推敲していくらでも磨きをかけていけます。吟行での出句では個人差があるかもしれないけれど、だいたいイメージの六十%、七十%の完成度という場合が多いんですよ。それを後からもう一度時間をおいて推敲すると、自分が作りたいイメージにより近づけます。下手でもいいから原型で残すのがポイントですね。カメラでいうと、とにかくシャッターを切っておくという感じです。

感動した風物に関する季語を見つける

又吉　それは、お笑いでいったら大喜利に近いかもしれないですね。お題に対して、

「これ、ちゃうな」「六割ぐらいやな」と思いながら答えることってあります。たとえば「寝返りを打って驚いた。何があった」みたいなお題が出たときに、隣に誰か人がおったら驚くやろうな、誰がおったら驚くかな、でももうすぐ答える順番やから、とりあえずここは「ドン小西」と出そう、みたいな。とりあえずそれを出しておいて、他の人が答えている間に、ドンさんよりも横におったらもっとおもろい人を考えるんですけど、隣におるはずがなくておったら怖いというのにハマる人という元のイメージを持ってないと考えられへんわけでね。

堀本 似ているかもしれない。大喜利ならではですね、ドン小西さんが原型って（笑）。

又吉 ただ、大喜利の場合は、その後、家に帰って「ドンさんじゃなくて誰やろう？」と考えたりはしないですけど。

堀本 確かに（笑）。ちなみに又吉さん、今の句はどこで作ったものですか？

又吉 どこでどれを思いついたのか、もう記憶が曖昧ですが、多分、二つ目のお寺だと思います。

堀本 報国寺《ほうこくじ》ですね。

又吉 あのお寺、もう一回行きたくて仕方がないです。竹林が印象的でした。

堀本 通称、竹寺といいます。山門をくぐると、ほの暗くなって、竹林が見えてきましたね。飛び石を踏みながら、竹林の奥に入っていって、そこでしばらく竹を眺めながら

お抹茶をいただきましたね。スーッと伸びる孟宗竹《もうそうちく》もお抹茶も緑で、緑尽くしの癒やされる空間でしたね。そこでの一句が、

「老鶯《ろうおう》や竹叢《たかむら》の天ほの明かし」

夏の鶯がきれいな声で鳴いていましたよね。鶯は春の季語ですが、夏になってもまだ鳴いている鶯を老鶯といって夏の季語になっています。竹叢は竹林のことです。竹林の上のほうを見ると、空がほんのりと明るい感じだったので、竹叢の天と老鶯を取り合わせて作ってみました。よく「ほの暗い」という言い方をしますけど、「ほの明かし」は、ほのかに、かすかに明るいという感じですね。

又吉　僕も竹林の間から空を見上げたとき、この風景めっちゃええなと思ったんですけど、まとめようがなかったです（笑）。エッセイのような長い文章なら書けるのかもしれないですけど、あの状態を表せる季語もわからないですし……。なるほど、こうやって俳句にすると、パッと映像が浮かびますね。いいなと思った景色を一句にしようとする場合は、やはり季語を探すことから始めるといいんですかね。

堀本　季語は一つの視点になりますね。たとえば、この句は、夏の鶯がすごく美しい声で鳴いていたので、それと風景を組み合わせたいと思いました。竹寺ですから、やっぱりここは竹で詠みたいですよね。だったら、どういうふうに老鶯と竹を組み合わせて詠むべきかというのをずっと考えていましたね。最終的に、老鶯の声と竹と空の色調を取

り合わせた句になりました。
又吉　説明を聞いているだけで、見てきた風景が思い出されます。
堀本　報国寺でもう一句詠んだのが、
「蜘蛛《くも》の囲《い》をすり抜けてゆく藪蚊《やぶか》かな」
又吉　蜘蛛の巣、結構ありましたよね。
堀本　俳句ではよく蜘蛛の囲というんですけど、しばらく見ていたら、藪蚊がブーンと飛んできて、引っかからずにスーッとすり抜けていったんですよ。実は、蜘蛛も蚊も夏の季語で、この句は季重なりなんです。どっちかというと藪蚊がメインなので、最後は「藪蚊かな」と、切字「かな」を使いました。
又吉　蜘蛛、何してんねんって感じですね。
堀本　でも、蜘蛛としても藪蚊が引っかかったところで餌にならないでしょうね。トンボとかバッタとかもっと大きい獲物を引っかけて、糸でぐるぐる巻きにして体液を吸うんですよね。昆虫の骸《むくろ》がカラカラになって、蜘蛛の巣に引っかかったりしてます。だから、蜘蛛としてはもっと大物を狙っているので、蚊は眼中にないと思うんです。
又吉　それで、巣を粗目に作っているのかもしれないですね。蜘蛛と藪蚊じゃ、お互い吸うもの同士ですもんね。アメリカのアニメの『トムとジェリー』でしたっけ。猫とネズミが仲良くケンカするやつ。その雰囲気もあって、コミカルにも読めてきます。

堀本　吸う者同士というのはおもしろい類似ですね。藪蚊も命がけで飛んでいるし、蜘蛛も命がけで巣を張って獲物を狙っているところに自然界の命のやり取りがあるな、と思って詠んだ句です。こういう句は吟行に行かないとできないですね。頭で考えているだけでは作れない、偶然の出会いによって生まれる句です。

「何者か」に導かれて歩く楽しさ

又吉　報国寺で竹林を眺めているとき、堀本さんから季語をいろいろ教えてもらったじゃないですか。竹の古い葉がひらひら散る様子を竹落葉というとか、その年に生えてきた竹を若竹、今年竹《ことしだけ》というとか。夏の鶯を老鶯というのも初めて知りました。あの場では詠めなかったんですけど、次のお寺で、老鶯を使った句を作りました。

堀本　瑞泉寺《ずいせんじ》ですね。

又吉　「苔《こけ》光る老鶯の鳴く方へ行け」

本堂に行くまでの間、階段が二手に分かれていましたよね。苔がたくさん生えているゴツゴツの石段と、わりと新しい整った石段とがあって、「どっちにします?」ということになって、苔の生えているほうを選んで行きました。そのときの句です。

堀本　「老鶯の鳴く方へ行け」というのは、呼びかけであり、命令形ですよね。これは、又吉さんとしては、誰に呼びかけている感じなんですか。

又吉　どっちかというと呼びかけられてますね。

堀本　老鶯に？　誰に？

又吉　何者かに（笑）。何者かが、苔を光らせて、老鶯も鳴かせて、完璧にしていた。苔が光っている場所と老鶯が鳴いている方向が別でもよかったのに、両方揃っていたのが、何者かの意思というか、サービス精神で「こっちから来なさい」と教えてくれているみたいでした。ゲームで進むべき道に光が当たったり、矢印がついたりするのと似ているなと。

堀本　又吉さんの霊感が働いたいい句ですね。句またがりもきちんと決まっています。石段途中のあの二股は、明らかに苔の光る方向へ進みたくなりましたよね。

「石段に割るる青柿光るのみ」

　僕もあそこで一句作ったんです。瑞泉寺は今回巡ったお寺の中で、一番広々とした感じを受けましたよね。石段に青柿がたくさん落ちていて、ぱっくり割れたところが木漏れ日を受けてただ光っていました。まだ熟していない青柿が夏の季語ですね。まさに、その苔の生えた石段を上りながら詠んだ句ですね。それで、又吉さんと二人で進むにつれ、鶯の鳴き声がどんどん近くなって。

又吉　そうでした。鶯があまりにも鳴いていて。

堀本　で、途中で又吉さんが一番よく鳴いていた鶯を見つけたんですよ。「おった、おった！」と言って、僕も一瞬見たけど、すぐ飛び立っていきました。やっぱり、あっちの方向に、何者かが呼んだんですよ。

又吉　かもしれないです。

実際の季節と季語とのズレを楽しむ

堀本　そう言えば、本堂までの途中に、瑞泉寺ゆかりの文人に関する案内板が立っていて、そこに吉野秀雄の歌碑がありましたね。「死をいとひ生をもおそれ人間のゆれ定まらぬこころ知るのみ」。

又吉　はい。何か深いことを言われたような気がしました。

堀本　そうですよね。お寺の山門をくぐる前に、自分の心を見つめる心構えをしなさいよという意味でしょうか。考えさせられるものがありましたね。で、本堂の周辺には、もう桔梗が群れて咲いていました。あの場でもお伝えしたように、桔梗は秋の季語なんです。でも、桔梗で一句作りたいなと思って詠んだのがこの句です。

「桔梗のうしろすがたの淡さかな」

「ききょう」では字足らずになるので、ここでは「きちこう」と読ませます。

又吉　きれいに咲いていましたよね。僕、「ききょう」という名前、好きなんですけど、「きちこう」もいいですね。

堀本　「桔梗のうしろすがたの」というと、この花の折り目正しさみたいなものが強調される響きになりますね。歳時記には青みがかった紫色の釣り鐘型をなす花と書いてあります。桔梗って前から見ると、青紫色で美しいですよね。鎌倉で桔梗を見ると、青紫の色が海の色に通じているようで、ああ、もうこの山を越えれば海があるんだなと彷彿とさせます。その桔梗を、後ろから見てみたんです。表からとは違い、青紫に白が混じって、花びらの先端に向かってだんだん淡くなっていました。楚々《そそ》として、いい後ろ姿だなと思って、それで詠んだのがこの句です。

又吉　花に限らず、後ろ姿や何かの裏側を見るのって、僕、めっちゃ好きなんですけど、あれってなんでおもろいんでしょうね。さっき杉本寺の本堂の奥のほうまで入って行ったとき、十一面観音像の背中をチラッと見てしまった。

堀本　僕は今日、又吉さんの後ろ姿をよく見ましたよ。本当に気持ちよさそうに歩いているな、鎌倉似合ってるな、って思ってました。

又吉　こんなにのんびり、花を見たり、自然の音を聴いたりしながら、お寺を巡ることってなかなかできないですからね。それに今回は、花の歳時記も用意してくださっていたので、いろいろ知ることができたのも大きかったですね。名前がわかるだけで、一気にその花のことが好きになります。今日いろいろ見た中で、秋の季語の植物が多かったですね。桔梗もすごくきれいだったんですけど、秋の季語だから詠んだらあかんのかなと思って、見んかったことにしてしまったんです。詠んでもよかったんですね。

堀本　今日、見かけた水引草、木槿《むくげ》、露草は秋の季語ですね。本当は、夏の句会で桔梗の句を出すと、秋の季語だよと指摘されるんですけど、吟行ではみんなが実際に見ているわけで共通認識がありますね。だから、歳時記の季語の区分と実際の季節が若干ずれるというのはよくあることで、僕はありだと思うんですよ。だって、目の前で咲いているんだからしようがない。吟行のときは、そのありのままの自然を受け入れて、楽しみながら作句するのがいいと思いますよ。又吉さんも、なかったことにしなくても大丈夫だったんです。

又吉　そうなんですね。

堀本　または、今作っておいて、それを秋の句会で出せばいいんです。

又吉　なるほど、なるほど。

ピースが負けている。その心は……

堀本　瑞泉寺の後、鎌倉文学館に向かいましたね。ほの暗い小道を抜けていくと、景色が開けた高台に洋館がある。前田侯爵家の別邸だったそうですね。文学館の窓から、海と薔薇園が見えました。

又吉　いろんな作家の直筆原稿や手紙が展示されていましたけど、文学作品の名前が俳句に詠まれることってあるんですか？

堀本　ありますよ。たとえば、又吉さんの好きな俳人・上田五千石の「もがり笛風の又三郎やあーい」とか、鈴木六林男《むりお》の「遺品あり岩波文庫『阿部一族』」とか。人名を詠むのもありですね。「ランボーを五行とびこす恋猫や」（寺山修司）や「フリードリヒ・ニイチェのごとき雷雨かな」（平井照敏《しょうびん》）とかね。

又吉　やっぱりみんなが知っている作品じゃないとダメなんですかね。

堀本　そのほうが読み手にはわかりやすいことはわかりやすいですが、自分のこだわりがある作品名や作家名を詠み込んでもいいし、制限はないですよ。

又吉　じゃ、忌日俳句じゃなくても、作家の名前が入っていてもいいんですね。

堀本　はい。作家の名前と一緒に、季語も入れて五七五にすれば有季定型句になります。何か詠まれました？

又吉　詠んでないです（笑）。詠めるなら詠みたいなと思ったんですけど。

堀本　実は僕、太宰で作りました。

又吉　ほんまですか！

堀本　「薔薇園や「あ。」と幽《かす》かな海の風」
又吉　おー、『斜陽』の冒頭ですね。
堀本　文学館に『斜陽』の直筆原稿がありましたよね。冒頭の「朝、食堂でスウプを一さじ、すっと吸ってお母さまが、／「あ。」／と幽かな叫び声をお挙げになった」の一節を本歌取りのようにして作りました。文学館を出て薔薇園へ入ったときに、薔薇園と『斜陽』のフレーズを取り合わせたらおもしろいだろうなと、思いついたんです。ただ、くっつけるだけじゃつまらないので、遠くに見えていた沖から連想して、「叫び声」の部分を「海の風」に替えてみました。
又吉　あの洋館自体に『斜陽』で描かれた華族の雰囲気が残っていて、物語の世界と薔薇園も結びつきます。建物と作品とあの場の風景。いろいろ入っている、すごく複雑な作り方ですね。僕、文学館は好きで何度か訪ねているし、何か詠もうとがんばったんですけど、完成してないんです。
堀本　途中でもいいですよ。
又吉　じゃ、一応。
「吾《あ》と同じ名を持つ薔薇が負けてゐる」
堀本　なるほど（笑）。僕を含め、スタッフ一同、笑ってますね。読者には何のことかわからないと思うので、この「負けてゐる」の心を説明していただけますか。

又吉　隣にスーパースターがおったから。

堀本　そうなんですよね（笑）。

又吉　薔薇園の薔薇にいろんな名前ついてたんですよね。知ってる名前もあり、そんな名前のもあるんやみたいなのもあり、その中に「ピース」っていう薔薇を見つけたんです。自分と同じ名前でうれしかったし、黄色とピンクの淡い色合いのすごくきれいな花で、誇らしい気持ちになったんですけど、隣の花をチラッと見たら、「スーパースター」だった（笑）。「ピース」は一九四五年生まれで、「スーパースター」はそれより若めの年代だったと思います。赤っぽくて、「ピース」よりもはっきりした色でね。薔薇で赤系といったらやっぱり花形じゃないですか。「スーパースター」の名にふさわしいですよね。「ピース」を見てるときはうれしかったんですけど、横に「スーパースター」がおることに気づいて、つい比較してしまう状況になったという句ですね。あの状況そのまんまなので、もうちょっと「ピース」という薔薇の雰囲気を感じさせたかったです。「負けてゐる」とはいうものの、「ピース」もわりと偉そうには咲いてた（笑）。

堀本　はい、なかなかの咲きっぷりだった。

又吉　でも、「ピース」を見てない人には、どんな薔薇かまったくわからないですよね。あの場にいなかった人が読んでも想像できるようにしたかったんですけど、それができひんかった。難しかったです。

堀本　確かに、この吟行を一緒に体験していない人が読んでも伝わる句を目指すというのも、一つの作り方です。そのために、さっき言ったように、推敲が大事になってくるんですね。ただ、今みたいに「そうそう」「あったあった」と、句を披露する場が共有感で盛り上がれるのが吟行の楽しさでもあるんですよ。みんな同じ風景を見ていても、「へえ、この人はそういう角度であの景色を詠むのか」ということも起こりますし、「同じところ詠んでるやん」ということもあります。お互いに句を披露し合うことで、今日一緒にたどった行程で見聞きしたことの共感が高まるのが吟行の魅力ですね。実は、僕も薔薇の名前で一句作ってるんです。

「杏里《きょうり》なる紅薔薇沖は雨ぐもり」

「杏里なる紅薔薇」で、軽く切れが入ります。鎌倉文学館のベランダから遠くの沖が見えましたね。今日はちょっと曇っていて、いつ雨が降ってもおかしくないような空模様だったので、それを「雨ぐもり」という言葉で表現して、紅薔薇と取り合わせた一句です。僕の句集にも薔薇の名前を詠み込んだ「マチルダといふ薔薇活けて窓の海」という句があります。マチルダというのは、ヨーロッパ系の女性名でしょうね。そういう人名が入ると、その言葉が持つ雰囲気から、物語が自然とにじみ出てきます。さっきの僕の『斜陽』の句も、似た作り方をしています。具体的な事象や固有名詞が持っている物語性に託すのも、俳句の作り方の一つです。

吟行はその一日だけで終わらない

又吉　文学館の門を出るとき、黒揚羽が飛んでましたよね。最初のお寺の蝶々の句とは雰囲気の違う蝶の句を作ろうと思って、詠んでみました。

「古《いにしえ》の霊かも知れぬ黒揚羽」

　杉本寺の蝶々は笑ってるんですけど、黒揚羽だと笑ってる感じにならないですね。もしかしたらこの世のものではないかもしれないと思うくらい怪しげでした。

堀本　僕もその黒揚羽見ましたよ。すごく大きかったですよね。角川春樹さんの「黒き蝶ゴッホの耳を殺《そ》ぎに来る」という句があります。これも不気味ですね。古来から日本人は、蝶々や鳥を魂として見立ててきたので、「古の霊かも知れぬ」というのは、日本人の根源的な感覚が宿っている気がします。それと、「霊かも知れぬ」という表現の、若干、疑問を挟んだようなところがいいですね。いやー、肝所《かんどころ》がつかめてきましたね、定型感覚も身についてきましたよ、又吉さん！

又吉　いやいや。時間かかりましたし、五句を目指したけど、四・五句でした。

堀本　実質初めての吟行で、しかも一時間ちょっとという制限がある中で、よくこれだけ作られたと思います。

又吉　堀本さんと一緒でしたから、初めてでも心強かったです。「今、どこ見てんのかな」って、堀本さんが見ているほうを、僕もずっと見てました（笑）。

堀本　僕は逆に、又吉さんの見ているところが気になりましたけどね。

又吉　いろいろメモったんですけどね〜。

堀本　それは僕も同じですよ。結局できずじまいの、未完成な句はたくさんあります。詠みたかったけど即興で作れなかった句のイメージを、後でもう一回思い出して一句にチャレンジしてみるといいです。すると、今日見た風景や体験したことの感覚がよみがえってきて、さらに俳句を作る原動力になります。たとえば一年経った頃、何かの拍子に今日の風景がパッと浮かんできて、一句できたりすることもあるんです。だから、一回吟行すると一生の宝になると言ってもいい。それは、風景や事柄を十七音にしようとする眼で意識的に見ているからだと思います。吟行はその日だけで終わるんじゃなくて、この後もまだ続いていくんです。

又吉　吟行はその日だけで終わらないんですね。

堀本　そうですね。心に残っていくものだと思います。さて、又吉さん。俳句の基本から対談を重ねてきて、前回の句会、そして今回の吟行と一通り経験していただき、今日でこの講義も最終回です。

又吉　この二年でだいぶ俳句好きになりました。当初は、自分自身で作れるようになりたいというよりは、俳句の楽しみ方がわかればいいと思っていたんです。でも、自分でも作り始めたら、楽しいだけじゃなく、不思議なもので、他の人の句を鑑賞するのがさらにおもしろくなってきました。

堀本　それはうれしい感想ですね。今回の連続講義で、まず又吉さんは、季語から俳句を読み解く視点を持ったと思うんですよ。有季定型の俳句では、季語は要でありいのちですから、一句の中でどう季語が働いているかを読み解く力が大事なんですね。そして、もう一つは五七五の型を踏まえつつ、切字をはじめ、遠近法や比喩や擬人法などの修辞の視点から読み解く方法も身につけましたね。それらの視点を得て俳句を読むようになったので、鑑賞の仕方が深まっていったんですね。もちろん、又吉さんの作句能力もだんだんレベルアップしていきました。

又吉　基本がわかってきたら余計に俳句の難しさもわかってきて、俳人の方への尊敬の念が増した気がします。だから、自分がわかる句だけを鑑賞するんじゃなくて、一句一句を大切に味わおうと思いました。

堀本　そうですね。俳句の難しさがわかってきたということは、本気で俳句の世界に又吉さんが足を一歩踏みだした証拠だと思います。まだ、僕自身も自らの俳句を磨いている途上です。そんな僕の拙い講義に毎回真剣に耳を傾けてくれた又吉さんに心から感謝したい気持ちでいっぱいです。『すばる』での講義はこれで一度幕を閉じますが、俳句はこれからも一緒に続けていきましょう。ありがとうございました。

まとめ

思い立ったら吟行日和

俳句の楽しみが、さらに深まるのが吟行。
自然を求めて出掛け、非日常に浸ることで、
新鮮な季語や、普段とは違う表現方法と出会うことができる。
気心の知れた仲間とピクニック気分で吟行を企画し、
作句の幅を広げよう。

Q&A どこに行く？

吟行といえば、お寺や名所・旧跡巡りのイメージがあるが、もっと気楽に考えてもＯＫ。「さあ、俳句を作るぞ！」という目的で散策すれば、どこへ出掛けても四季の草花や季節の移り変わりを感じることができ、吟行になり得る。

近所の散歩
日帰り遠出
泊りがけの旅行
海外旅行

文中でふたりが回った吟行ルートはこちら

初夏の鎌倉吟行ツアー

杉本寺（鎌倉最古の寺）→報国寺（美しい竹林で知られる、通称「竹寺」）→瑞泉寺（四季を通して様々な花を楽しむことができる山寺）→鎌倉文学館（鎌倉ゆかりの文学者の直筆原稿や愛用品を展示。美しい薔薇園も有名）

Q&A 必要なものは？

筆記用具、
句帳かノート、
歳時記（季寄せ）、
辞書、
植物図鑑 など。

第十章
芸人と俳人

俳句はもう怖くない⁉

堀本　二年にわたる講義、よくぞついてきてくれたなと思います。定型句の基礎解説から作句、選句、句会、吟行と回を重ねるうちに、俳句に対する怖さはだんだん溶けてきましたか？

又吉　多分、定型句を自分で作り始めて二回目くらいからだと思います。教えてもらった技を順番に使い始めて、できたものを堀本さんに見てもらうことができたので、徐々にコツがつかめた感じでした。それに、その頃たまたまテレビの仕事でも、俳句を作らなあかん状況にあったのもよかった。

堀本　そういえば、僕の生徒さんから、「『アメトーーク！』（※雨上がり決死隊のバラエティ番組）で、又吉さんが披露した川柳がすごく褒められていた」と聞いたことがあります。どんな句だったんですか？

又吉　（携帯の保存データを探して）――「いちじくの突端なぞる薬指」。下ネタですけどね。

堀本　いいですね。ちゃんと「いちじく」という秋の季語も入っている（笑）。

又吉　下ネタ苦手な芸人が、下ネタ川柳を作るというテーマだったんです。そういうときって、いろんな笑いのパターンがあるじゃないですか。そもそも五七五になってないっていうのもあるし、めちゃめちゃエロいこと言うのもあるし。でもその収録のメンバーを見渡すと、そのどっちも僕の任じゃなかったので、それやったらきれいなこと言って、「誰がうまく作れって言うてん！」と突っ込まれるというのが、僕の笑いに一番近いなと思ったんです。そういうふうに考えて、実際に一応、川柳を作れるというのは、堀本さんに俳句を教わったおかげだと思います。幅が一個増えたんです。

堀本　うれしい言葉です。普通、芸人さんが幅として俳句を身につけようという発想すら起こらないですからね（笑）。文芸誌で重ねてきた対談だけれども、テレビの仕事などでも生かしてもらえて、しかもおもしろい作品を作ってくれていて、本当に俳句の世界を又吉さんに伝えてきてよかったなと思います。

又吉　いえいえ、こちらこそ、です。

堀本　講義形式だったから、俳句を一句紹介したら、又吉さんにとっては迷惑かもしれないけど、必ず話を振ろうと決めていたんです。そうしたら、何か考えてくれるだろうと。ムチャ振りしたこともありましたけど、すべての球を返してもらった実感がありました。

又吉　あの経験が、後々、句集を読む楽しさを知る修行になりました。それまでは、句集をパラッとめくって、自分がわかる句だけを鑑賞するというやり方やったのが、堀本さんから「又吉さん、この句、どう鑑賞しますか？」と言われるので、そこでめっちゃ考えるようになったんですね。それで、短い時間で考え抜いたら、何かしら思うんやなということがわかりました。見当外れなことであったとしても、映像なり、音なり、匂いなり、出てきたことを堀本さんに伝えて、また返してもらってっていうやり取りが本当におもしろかった。永遠に続けていられるくらいでした。

堀本　マンツーマンで俳句を教えるというのは僕も初めてで、とても貴重な体験でした。又吉さんはそういうふうに解釈するんだ！　と、気づかされることが何度もありましたよ。銅版画家の山本容子さんと句会しているんですけど、「又吉さんの発想や解釈が独特でおもしろい」といつも言ってくださっています。講義をずっと読んでくれていた人たちも、又吉さんの解釈にすごく注目していたんじゃないかな。

又吉　俳句って解釈のしようやんって思う人、多いと思うんです。要は、作った人の意思を離れて読まれることももちろんあって、正解がないというか。でも、「選句」の回のとき、僕みたいなよくわかってない人間と堀本さんが、句集から十句ずつ選んだ中で、何個かかぶったじゃないですか。それが僕としては、「何年もやっている方と同じのを選ぶことがあんのや」と驚きでした。で、「力がある句というのは、絶対あるんやな」と気づくきっかけになりました。それが、素人としては自信にもなりましたね。

文庫小説のように好きな句集を持ち歩く

堀本　そのお話は、俳句が怖くなくなってきた一つの証拠ですよね。俳句関連の本を読む機会も増えましたか？

又吉　そうですね。「この人おもろいな」という俳人が増えてきました。堀本さんに教えてもらった俳句で気になるものがあったら、『現代の俳句』（講談社学術文庫）でその作者の他の句を探したりします。

堀本　アンソロジー本ですね。

又吉　インデックスがついてるので調べやすいし、写真も載ってるからどんな人かというのもわかる。こういう本も、よし頭から読んでいこうといったらなかなかしんどいんですけど、便覧的に使うとめっちゃ便利です。

堀本　確かに、アンソロジーは、初心者にはいいですね。他にも、『俳句と出会う』黒田杏子《ももこ》著（小学館）や『覚えておきたい極めつけの名句1000』（角川ソフィア文庫）もお薦めです。もっと知りたいという俳人が出てきたら、個人句集を求めて追求していくと、さらに自分のためになるかなと思います。

又吉　そうやって見つけた人の一人が、永田耕衣《こうい》さんです。喫茶店の句、いいですよね。

堀本　「コーヒー店永遠に在り秋の雨」ですね。アンソロジーは、どういうときに読んでいるんですか。

又吉　俳句モードの脳みそにしたいときですけど、単純におもしろいから、普段も文庫小説と同じ感覚で持ち歩いています。その他は、芥川龍之介の句集ですかね。僕のは、古本屋で買ったでかい版ですけど。

堀本　なるほど、やはり芥川がお好きだから。今は、岩波文庫の『芥川龍之介句集』が一番手に入りやすいと思います。これから俳句をやっていこうという人には、文人俳句もいいですね。『漱石俳句集』『荷風俳句集』（ともに岩波文庫）などがあります。

又吉　でも、僕が今、一番よく読んでいるのは堀本さんの句集なんです。去年、仕事で熊野に行ったので、あのとき見た、我が目を疑うほど美しい風景を踏まえると、『熊野曼陀羅』のすごさが僕にもわかるようになってきたんです。

堀本　うれしいです。

又吉　それと、短歌になってしまうんですけど、山崎方代《ほうだい》。何年か前に鎌倉文学館に行ったとき、一切の予備知識なく、「茶碗《ちゃわん》の底に梅干の種二つ並びおるああこれが愛と云うものだ」という掛け軸を見て衝撃を受けて、短歌集を古本屋に捜しに行ったんです。「愛と云うものだ」と言い切るという。

堀本　ほんまにね。

又吉　「お隣に詩を詠む人が住んでいて見かけたものは誰《だ》れもいない」。笑うてまうんです。僕は方代のこの一首をヒントに、「隣に旅人が住んでいて今はいる」という自由律句を作りました。山崎方代の名前って、父親が「生き放題、死に放題」という意味でつけたらしいです。「死に放題」ってなんやねんってね（笑）。奇天烈《きてれつ》過ぎます。

堀本　方代の短歌は人生が乗っかっていますね。生き様といい、作風といい、方代は短歌の尾崎放哉ですよね。

又吉　ああ、まさにそうですね。俳句や短歌って、いや、小説でもなんでもそうかもしれないですけど、最初は言葉から入って、その後に作者の人生や背景まで学んで鑑賞していくと、読み方もまた変わるんですね。今、堀本さんの句集の次に僕がよく読んでいるのが、やっぱり放哉なんです。「先人の「句集」を読む」の回で『尾崎放哉全句集』を読み直して以来、また読み続けています。自由律を作り始める前の定型句も、じっくり読んでいます。

孤独な時代を経ての今

堀本　そういえば、初めて又吉さんの自由律句集『カキフライが無いなら来なかった』『まさかジープで来るとは』を読んだとき、放哉の影響を色濃く感じました。そして、放哉に通底する孤独というものを感じました。現代社会に生きる孤独が、すごくにじんでいるなぁと。

又吉　放哉って、もともとの生活からドロップアウトしたんですよね。

堀本　東京大学を出て、一流企業に就職し、エリートコースを突っ走っていたけど、酒で失敗したんですよね。周囲と協調できず、孤独に追い込まれていきました。

又吉　人って、ほんまのほんまに一人やったら、孤独は本来感じないものですよね。でも、一人で生きているわけじゃないからこそ、一人を感じてしまう。そういう感覚、すごくよくわかるんです。僕は十八歳で高校を卒業した後、誰にも求められていないのに、勝手に東京へ出てきて、勝手に貧乏な暮らしを始めたわけです。しばらくして、これはもうとんでもないことをしでかしてしまった、と気づくんです。大阪で挑戦する手もあったなと。それなら、実家に助けてもらえる環境にあるじゃないですか。東京でやると決めて出てきた、そやのに、何もしてへん。アホや。もう、自分で自分を笑うしかない、みたいな感じでした。夕方、当てもなく歩いてて、学校帰りや会社帰りの人とすれ違うじゃないですか。何も悪いことしてないんですけど、自分が犯罪者のような感覚になるんですよ。あのときの孤独感って、ずっと残ってるんですよね。

堀本　わかりますよ、それ。僕は大学で上京して、卒業後、一年間フリーターをしてたんです。もともと小説を書きたかったんですよね。でも、社会を知らないと小説って書けないなと思って、出版社に就職するんですけれども、東京の生活に疲れて、故郷の和歌山に帰ったんです。とはいえ、田舎には就職先もないし、何もやることがない。

又吉　どうしてたんですか。

堀本　たまたま行ったジャズ喫茶のマスターと仲良くなって、僕が大学で俳句をやっていたことを言ったら、じゃあ句会を開いてみる？　って、やらせてくれたんです。マスターは、ブドウ農家も営んでいたので、ブドウの路上販売のアルバイトもさせてくれた。あとは、鮎《あゆ》の養殖場やスーパーでも働きました。実家では、「あんた、何もやってへんのやから」と、お風呂洗いが僕の日課でした。そんな生活の中で、「やっぱり子どもの頃からずっと思っていたように、自分には言葉しかない」とわかったんです。それで二十八歳の頃、もう一回東京へ出ようと決めました。何も当てはなかったんですけどね。

又吉　そういう時代があったんですね。

堀本　本当に苦しかったし、孤独でした。大学時代は、俳句の奥深さには気づいたけれども、自分で作句して突き詰めようというふうにはまだならなかったんです。ただ、投句をしていました。その頃の文芸誌には、巻末に短歌と俳句のコーナーがあったんです。そこで鷹羽狩行さん、黒田杏子さん、高橋睦郎《むつお》さんらが採ってくださって、入選するようになっていくんです。ひょっとして俳句に向いているかもしれないなと思って、もうちょっとやってみよう、もうちょっとと続けるうちに、深みにはまったという感じです。

偶然選んでもらったうれしさが、向上心につながったのかもしれないです。僕は、自分には言葉しかないというその妄信で進んできたんです。そうやって思い続けているうちに、俳人としてちょこっと芽が出てきたので、もっと本格的に学ぼうと思い、「河」という角川春樹主宰の結社に入りました。それが大きな転機になりました。今こうして俳人として活動したり、俳句を広めたりできるのは、ありがたいことだと思っています。

俳句の技をお笑いに生かす

又吉　最近は句会続きだと言ってましたよね。

堀本　ひと月に十回ぐらい開いています。

又吉　それだけの数やっていたら鍛えられますね。僕にとって俳句はまだ非日常ですけど、堀本さんは俳句の世界に住んでるんですもんね。すごいです。

堀本　それはお互いさまですよ。僕がいきなり又吉さんに「コント出てください」って言われても無理ですもん。でも、又吉さんが「俳句は物ボケに似てる」とか、「オチ前に小ボケを入れたらあかん」とか、お笑いという又吉さんのベースになぞらえて俳句を吸収しようとしていたのが、僕にとっては新鮮でした。

又吉　僕、普段、空を見たら、この雲がもっと変な形だったら笑いのエピソードになるなとか考えてるんです。でも、鎌倉の吟行で空を見たときは、季語や自分の中に湧き上がってくる「言いたいこと」を探していました。お笑いのほうの感覚じゃなくて、俳句のほうの感覚で歩いてましたね。

堀本　え、芸人さんて、普段からそんなこと考えながら過ごしてるんですか。

又吉　標識や看板を見たら、「これにどんなセリフがついてたらおもろいんやろ」ということを当たり前のように考えますね。

堀本　「写真で一言」みたいなことですか！

又吉　はい。もうずっとそうですから、看板に人の顔があったら、セリフがほとんど自然に出てくるぐらいです。

堀本　それは俳人にはない回路です。じゃあ、又吉さんはお笑いの回路と俳句の回路、二つの回路がもうできているということですね。

又吉　いや、俳句のほうの回路はわからないですけど、ただ最近、いろいろ思いつくんですよ。たとえば、コントの登場人物全員がサ行から始まる言葉だけで会話するとします。すごくスピード感があるものができるかもしれんし、抜けた感じの変な気持ち悪さがあるものになるかもしれん。どんなコントになるのか、予測がつかないですよね。

堀本　コントに使う言葉を限定するという状況ですね。その状況が、奇妙な調和やシュールさを生むかもしれませんね。

又吉　そうですよね。以前、堀本さんが僕の名前の「な」「お」「き」を使って、挨拶句を作ってくれたことがあったじゃないですか。あれって、自由に作るのとはまた違って、使う言葉が決まっている中で他の言葉を探すから、自分でも思いもよらない並びになったりすることってあるんですか？

堀本　ありますね。「なつかしき男と仰ぐ帰燕かな」という一句だったと思うんですが、「な」「お」「き」という三文字を五七五それぞれの頭に入れて、又吉さんに捧げる言葉としていい意味合いが出ないかなと考えるんですけど、作り始めたら不思議なことに、自分が思っている以上の意味合いを持ち出すことがあるんですよ。

又吉　そうか。言葉の縛りによって、自分では想像できひんかったほうに行くというのは、やっぱりあるんですね。

堀本　又吉さんが考えているのは、挨拶句の偶発性のようなことをコントでも起こせたら、ということですね。小説家の横光利一《りいち》が、「偶然の持つリアリティ」ということを言っています。横光は石田波郷と十日会という句会をしていて、俳人でもあるんですね。偶然出会ったものに対して瞬発的に反応して生まれてくるもの、そこにリアリティが発生するということを俳句に感じ取って、小説に生かせないかなと思ったらしいですね。又吉さんはそれをお笑いに生かせないかと、考えているということですね。

又吉　そんな大げさなことではないんですけど（笑）、堀本さんに教えてもらった俳句の技が、言葉の作用としてお笑いに生かせる気がしてるんです。俳句を作り慣れてへん僕からしたら、季語というものがまさにいい感じの縛りになってます。散歩していて季語を見つけると、季語に「はい、今、何感じた？」「何思った？」と聞かれているような気がするんです。自分の中でそういう問いかけが自然に起こって、それに対して自分が反応するんですね。

堀本　それはもう又吉さんは「俳句的な目」で散歩しているし、「俳句的な目」を笑いに取り込み始めているということですよ。

芸は違えど

又吉　「せっかくここまで俳句をやってきたし、やめたらもったいないから、ぜひ続けましょう」と言ってもらえて、ありがたかったです。僕からしたら、堀本さんはもともとの感性のうえに、それを表現する技を持ってて、カッコええ。メッシを見ているみたいな感じです。

堀本　メッシにたとえられても、「ちゃいますよ」としか言えないですけど（笑）。

又吉　いや、イニエスタかな。

堀本　同じですって。

又吉　サッカーもお笑いも、最初は真似から入ります。だから、俳句もそうなのかなという気がしています。

堀本　お笑いの真似というのは、たとえばどういうことですか。

又吉　漫才にはボケとツッコミという型があるので、やっぱり僕らピースも最初はそこから入りました。でも、ボケとツッコミの役割について考えるときが、一回来たんです。漫才やったら、ボケとツッコミがあっていいと思うんですけど、コントだと、変な人が出てきてとにかくそれにツッコむというのがオーソドックスな形です。僕は、「まともな人なんておらんよな」と常日ごろ思っているから、コントの会話も変わったやつと変わったやつの、それぞれの常識をぶつけ合っているだけの会話やんと感じ始めたんですね。そうすると、ツッコミがただ単に変な理論を持っている変なやつになって、そのうち、変なやつと変なやつの会話になって、最終的に、真っ当と自覚している変なやつが変なこと言っているやつをつぶして大ボケになって、というコントがいつしかできて、それが後々ピースの個性になりました。で、そこでもう一回、太宰の小説に戻ってみると、まともなやつなんか一人も出てこないことに気づくんです。大ボケが一人おるから、他のやつがまともに見えるんですけど、本当は全員ちょっと変なやつです。ああ、だから太宰はおもろいんかと。とは言っても、お笑いで最初からそのスタイルをやろうとしたら、収拾つかへんかったと思うんです。やっぱり、ボケとツッコミという型をまず覚えて、そこからお互いの役割を溶かしていったから、ボケが普通のこと言ってもいいし、ツッコミが変なこと言ってもいいしというふうに、自由に動いて笑いを作れるようになった気がします。

堀本　型ありきということですよね。俳句もそうですよ。五七五という定型をまず体に入れて、そこからどう新しみを出していくかというせめぎ合いです。講義を通して又吉さんが好きになった俳人の上田五千石が、「まねぶ」ということを言っています。

又吉　まねぶ？

堀本　学ぶ、ですね。「俳句の勉強は真似から始まる（ある意味では一生真似ともいえる）。型の芸、言葉の術である定型短詩は、先人の真似なくしてモノになる筈《はず》がない。但し、いつでも『いま』『ここに』在る『われ』を捨ててはならない。そうでなければ、うまい作者にはなれても、ついに独自の俳句作家にはなれない」（『決定版　俳句に大事な五つのこと』角川学芸出版）。

又吉　めっちゃ深いこと言ってますね。

堀本　その五千石の句に、「まぼろしの花湧く花のさかりかな」というのがあります。花は、春の季語で桜です。普通は、花の盛りだけに目をとらわれて、そこを詠もうとすると思うんです。でも、五千石は、満開の桜が咲いているのを見ながら、幻の花を湧かせているんです。

又吉　感覚のメーター振り切ってますね。

堀本　この句について、「こういうとき芭蕉の「よく見れば」という言葉が生きてきます。我慢して「よく見」ていれば何かが発見できるものです。「まぼろしの花」が見えてきたのはそのお陰です。現実の「花」も「湧」きつぎ、「まぼろしの花」も「湧」きついで咲き加わっているのが見えてきたのです。「花のさかり」は虚実の「花」の混交だったのです」と、解説を記しています。

又吉　実際よりも何割か増しで咲き誇っている桜が、迫って来ているということですよね。どうやったらそう見えるんでしょうね。

堀本　それには、時間が要るんですよね。パッと見て、あっ、何にもないやというんじゃなくて、我慢して、じっと見つめる。時には耳を澄ましたり、手で触れてみる。そこで五感に、磨きがかかるんだと思います。この花の句の場合だと、視覚ですよね。研磨された見る力。じゃないと幻の花は見えないですもん。俳句では、「型の中で自在になる」という言い方もしますけど、その域は僕にはまだまだ見えないです。それが見つかるかどうかもわからないですね。

又吉　僕も十五年ぐらい漫才やらコントやらやっていますけど、まだ漫才ってどういうことなんやろう、コントってなんやと考えてます。

堀本　ずっと追い求めるものなんでしょうね、お互い。芸は違えど。

又吉　これからも、こんなことばっかり考えていくんやと思います。

巻末特典

芸人と俳人の十二ヶ月

又吉直樹

一月

寝《いね》積《つ》むや追つ手は象に嚙まれをり

二月

残雪を垂直に踏む北の人

三月

虫出しや一間の家に入りをり

堀本裕樹

一月

富士山へ遠会釈して旅はじめ

二月

下萌《したもえ》やギター取り出すギタリスト

三月

水面より亀の首伸び鳥雲に

又吉直樹

四月

蒲公英や行けなくなつた喫茶店

五月

母の日や体温計を探しをり

六月

後輪の泥《どろ》除《よ》けは無し桜桃忌

堀本裕樹

四月

夕風の道にころがる田《た》螺《にし》かな

五月

寂々と柿《かき》の葉《は》鮨《ずし》の葉を重ね

六月

車なき大駐車場さみだるる

又吉直樹

七月

涼しさや露店の裏の仄明《ほのあ》かり

八月

狂人は常人となる踊りかな

九月

青北風《あおきた》や踏んでもらへぬ影さびし

堀本裕樹

七月

紙魚《しみ》のぼりつめて天金崖なせり

八月

モヒートのミントあふれて星祭

九月

投扇のごとく蟷螂飛びにけり

又吉直樹

十月

秋高しハウリングする拡声器

十一月

夕しぐれ幼き翁《おきな》吠えにけり

十二月

血脈の讃美歌ひびく霜夜かな

堀本裕樹

十月

後《のち》の月《つき》手渡されたる貝のいろ

十一月

木《こ》枯《がらし》やこころの涯《はて》の一樹まで

十二月

革靴に鳩《はと》目《め》の並ぶ寒さかな

あとがき

最初は俳句に対して恐れを感じていた又吉さんだったので、それをどのように解きほぐして、どんなふうにして俳句の豊かさや楽しさを知ってもらおうかというのが僕の基本的な課題でした。

課題というと少しおおげさに聞こえるかもしれないけれど、対話のなかで俳句の持ついろいろな特徴を、又吉さんになんとかうまく伝えられればいいなと思っていたのです。そして又吉さんに伝えるのと同時に、読者にも頷いてもらえる講義をしないといけないとも考えていました。

行き当たりばったりの思いつきの講義では俳句の魅力が伝わりません。そんな懸念を払拭するために、先《ま》ず下準備を入念に行いました。又吉さんと読者の皆さんに伝えたいことをわかりやすく凝縮できればとレジュメを作って整理したりしました。その上で最終目的の句会、吟行に向けて、適度なペースを保ちながら、負担なく理解できる講義内容を目指そうと密かな使命感を胸に毎回又吉さんと向き合ってきたのでした。

第一回の講義で、又吉さんはいったい俳句の何が怖いのだろうと思いつつ、話を進めていきました。すると、こんな言葉が返ってきたのです。

「今、僕が定型句をやったら、俳句っぽいものにしなきゃと意識し過ぎてしまうような気がするんですよね。既存のもののコピーになってしまいそうやし、定型句というものを俯瞰で見てしまいそう。自分がカッコつけてしまいそうな気がするんです」

又吉さんのこの言葉を聞いたとき、最初から非常に俳句という「ものづくり」をよくわきまえた人だなと感じ入りました。よくわきまえているからこそ、そうして俳句に尊敬の念を持っているからこそ、怖く感じてしまうのだなということがようやくわかったのでした。

読書家でエッセイや小説を書かれる又吉さんだから、文学的素養が充分であるのはわかっていましたが、俳句が怖い理由を聞いて、よりいっそうこの人には教え甲斐があるし、吸収も早いだろうと確信したのです。

それからここが大事なポイントですが、優秀な生徒である又吉さんが的確な質問や鋭い疑問を発して、素直に俳句に関する事柄を吸収していくことで、同時に読者の皆さんにも講義がわかりやすく伝わる内容になっているのです。これは又吉さんだからこそ、自然とそのような運びになったといえるでしょう。

特に俳句のことを「物ボケ」など笑いの芸にたとえて、嚙み砕いてくれる又吉さんの発言はとてもわかりやすく、僕も又吉さんと話していてとても刺激的でした。俳句とお笑い芸の意外に多い共通項にも驚きました。

また、又吉さんならではの俳句の新鮮な解釈に眼を見張る場面もあり、又吉さんに教えられる部分もたくさんありました。

最初から又吉さんが生徒であることは何の心配もないばかりか、回を重ねるたびに又吉さんの俳句への理解と関心が深まっていることに僕は喜びを感じました。

又吉さんが優れた生徒であった秘密を僕なりに考えてみると、才能やセンスを有する他に、この講義以外の時間、多忙を極める日々のなかでも俳句に積極的に触れる努力を怠らなかったからではないかと推測するのです。

講義に臨む又吉さんの真摯な姿勢に、僕は頭が下がる思いでした。

吟行は鎌倉の寺院や文学館を巡って句作りをするという小旅行でした。この章では読者の皆さんも、僕らと一緒に古都鎌倉をゆったり散策した気分を味わえるでしょう。

そんなふうにして二人で重ねてきた講義であり対談は、期せずして二人の人間性が浮き彫りになり響き合う場にもなりました。

俳句を通して幼いころの話や家族の話、恋愛の話になったりもしました。

芸人である又吉さん、俳人である僕はどちらも社会においてはちょっと特殊な職業かもしれません。まだ、芸人のほうが舞台やテレビ、ラジオ、雑誌などで人目に付く職業だという認識があるでしょう。

　俳人はというと、何かと謎が多く、そもそも俳句でどのようにして生きていくのかなんて、世間では思われがちです。

「芸人の又吉さんってどんな人やろ？」「俳人の堀本ってどんな人なん？」、そんな素朴な疑問に答えるような内容になっているのもこの本のおもしろいところだと思います。

　本書を通して芸人と俳人の世界を垣間見ながら、皆さんにも又吉さんと一緒に俳句のことを少しでも知っていただければ幸いです。

　又吉さんと笑いながら楽しく俳句を学んでいけば、俳句なんて怖くなくなるはずです。そして四季を大事にする俳句のことを知ることで、日常を豊かにしてくれる素敵な「気づき」が増えることでしょう。

　最後になりましたが、僕の拙い俳句の話に二年ものあいだお付き合いくださった又吉直樹さん、『すばる』連載の担当をしてくださった羽喰涼子さん、渡邉彩予さん、稲葉努さん、ライターの井上佳世さん、カメラマンの前康輔さん、単行本を担当してくださった谷口愛さん、長期にわたる対談を支えてくださったすべての方々に心より感謝申し上げます。

二〇一五年五月

堀本裕樹

主な参考資料

『合本現代俳句歳時記』角川春樹・編　角川春樹事務所　一九九八年

『合本俳句歳時記』角川書店

構成／ものの芽企画
写真／前康輔
挿絵／曽根愛

巻末エッセイ　まんじゅうこわい。定型こわい。

最果タヒ

定型がこわい。

もうそれは仕方がないのだと思っていた。私は詩人として活動していて、そのためなのかなんなのか「俳句とか短歌もどうですか？　書いてみませんか？」なんて話をもらうことがときどきあり、そのたびに書いてはみる、書いてはみるけど、ほんとうひどい、なにがひどいって、言葉が明らかに浅いところでうごめいている、結局、定型やルールに対して「従うか無視するか」みたいな選択肢しか自分にはなく、それって定型のうわべをなぞっているだけですよね？　そんなので「書く」っていえるのか？　自分の無能さに悲しくなりながら血を吐く思いでお断りするような、そんな日々でした。しかし私、読むのは好きなんだよなあ。俳句も、短歌も。いや、好きだからこそ怖いのだろうなあ、そう思います。又吉さんの怖がっている姿は、本当に共感せずには読めないもので、そして成長していく又吉さんはあまりにも眩《まぶ》しかった。正直ちょっとさみしかった。勝手な話ですが。

もちろん詩人でも俳句や短歌が得意な人はたくさんいる。私は詩を即興で書くことが多いので、無計画だし、書き終わるまで、その詩がどういう長さになるのかも予想がつかないような人間なのです。だから余計に定型が不自由に思えるんだろうなあ。でも、不自由だと切り捨てることができない。自分には縁がないからと切り捨てることができない。本当はどこかで「定型こそが自由だ！　と思える瞬間がこの先にあるのでは」と期待している。そうだ、定型が不自由そうでこわいのではなくて、定型を自由と思えない自分の未熟さがこわかったんだ。

そもそもどうして俳句や短歌といった定型のある文学作品を、私は好きでいるのだろう？　わかっている理由としては、まず、文字数が少ない分、世界が遠くまで見渡せたような感覚になるから。小さな望遠鏡のレンズを覗《のぞ》き込むようにして、私は世界を見ている感覚になる。たとえば、本書にもあったけれど、ひとつの俳句でも、人によって解釈が全く異なっている。その多様性を受け入れる器の大きさ、という意味でも俳句はおもしろいけれど、さらにそれぞれの解釈に対して奥行きを持たせる、という意味でのおもしろさを私は気に入っていた。俳句という望遠鏡を覗き込む、何かが見える、「あ、山が見える」とふと気づく。でも、景色はそれだけでは終わらない。山の後ろにも前にも何かがあって、それはこれから自分が見つけていく。又吉さんが俳句に対する解釈を説明する際、一言説明することで、さらにもう一言説明が呼び起こされていくような、そんな場面がなんどもあった。一つの解釈がさらに奥にある解釈を呼び起こしていくのだ。これって、対談集だからこそわかるものだろうなあ、とも思う。語りながら突き進んで、どんどん深みにはまる様がみてとれて、ああ、もしかしてこれが俳句の「自由」さなのかな、と思った。書くときにはまったく触れることのできなかった「自由」に、私は読むとき触れていて、だから魅了されていたのだろう。

でも、ふと思う。この自由さというか、奥深さって、本当にただ「文字数が少ないから」なのだろうか？　だって、ただ短いだけじゃ、「情報量が少ない短文」に陥ってもおかしくないわけで。これまでは気づかないふりをしていたけれど、もしかして、いや、もしかしなくても、私が「めんどくさい」と思ってきた俳句の様々なルールこそが、そこに関係しているんじゃないだろうか。

今回、やっと堀本さんの解説によって、俳句の基礎的なルールを詳しく、具体的に知ることができました（ありがとうございます）。なによりそれに対する又吉さんの反応が、ルールを窮屈なものとはとらえない、むしろおもしろがる姿勢であることが私の心の壁を取り払っていった。そうなんだよなあ、めんどくさそうなふりをして、じつはどれもこれも「ヒント」なんだよなあ。世界にさらに深く触れていくための。「季語？

季語って本で調べながらやらなきゃいけないんでしょ？　なんかそれ勉強みたいで嫌じゃない？」なんて思っていた私が、「季語を通じて、知らなかったところまで世界を見通すことが、できるんじゃない？」なんてうっかり思っちゃって、自分でも驚く。
そうか、私は俳句を通じて世界を見渡せた気がしていたけれど、俳句を作る人たちは、同じ感覚で季語を通じて、その奥にある広くて深くてぶあつい世界を見つめていたのかもしれないんだ。世界を覗くための窓を、俳人はトンカチ振って作っているのかと思っていたけれど、彼らもまた世界を覗き込んでいて、そうしてそのまなざしが自然と窓を作り上げ、私がまた私の瞳でそこから世界を覗いている。これまで、私は季語なんてめんどうなルールだと思っていた。でも、ルールというよりは、それこそが俳句そのものだったのだ。なるほどなあ、形や規則が決まっている窓を、設計図にしたがって作るとか、そういう世界ではなかったらしい。

あと、ひそかに字余り・字足らずについても、「あ、字余りになっちゃった」とかそういう「まあいいか」の精神ではプロはやらない、という堀本さんの発言がありがたかったです。そう、そうなんですよ、５７５というルールは結構好きというか、「５７５がきれいというのはなんだかわかるぞ！　本能的にわかるぞ！」と納得していたからこそ、そのルールが頻繁にやぶられているのを目撃すると、「え、そのゆるさについてはなにかルール化されてますか？」なんて急にマニュアル人間のようにあたふたしていたんです。ゆるくないです、とあらためて、教えてもらい、救いのようです。

５７５。美しいリズムがすでに用意されていて、そこに言葉をあてはめるって、なんだか作詞みたいだなあ、と思います。私は歌詞をきっかけに言葉に興味を持ったぐらいなので、やっぱり「作詞」って思えると急に字数が決まっているというのもわくわくしてきます。そりゃあ、何にも決まらずに書けるのは、どんどん奥深くに潜っていける感じがして楽しいですが、しかしメロディやリズムが言葉の外側にあるっていうのは、言葉をより「跳ねさせる」ことができると思うんです。たとえば歌詞って、普通の小説や新聞記事よりもずっと文脈が飛んでいて、言葉単体だと意味が簡単にはとれないものも結構あります。けれど、その行間の大きな空きを埋めるようにメロディが流れていて。わからなかったはずなのに、なんだか納得して言葉を飲み込んでいけるような、そういう「圧」が生じているんですよね。歌詞が、メロディとコラボした言葉ならば、俳句は、５７５とコラボした言葉であり、もっと言ってしまえば、地球に根ざしている美意識とコラボした言葉でもあるように思います。５７５が心地いいのは、生物の本能的な部分とも関係しているように思うし、それこそ心音とか、体のつくりとか、それから地上にある様々な美しさ、リズム。そうしたものが形作った、かなり根本的な「美意識」であるように思うのです。それとコラボするってことか、そう思うとなんだかおもしろそうな気もしてきます。そうしてだからこそ、そのルールを破っている作品を見ると「なぜ！　なぜなの！　どっちなの！」と叫びたくもなるわけで……。

定型について、ルールの細かさについて、知れば知るほど、「おや、これって俳句に感じていた自由の正体では？」と思えるのは不思議だった。しかしよく考えてみれば、私だって「詩は自由！」とか思いながら、実は全然自由ではないのだ。締め切りがあり、ときにはテーマをもらい、書いている。そして、実は「締め切りのおかげで今月も書けた」と思うことは多々あるし（というかいつもだし）、テーマのおかげで通常なら行き着くことのない言葉がぽんとでてきて、おもしろがれたこともある。締め切りもないしテーマもない時より、実はずっと書きやすかったりするのですよねえ。

そしてなにより、人によっては「詩」というジャンルこそ、束縛にかんじることもあるだろう。私は「俳句を書いてくれなんて急に言われても無理！」とか思うけれど、ほとんどの人は「詩を書いてくれ」と言われたって「無理！」なのだ。そうか、どこにだってなんらかの「窮屈さ」はある。というか、まずなにかを「言葉にする」っていう時点で、無限にあった可能性を、狭めていくともいえる。ふわふわもやもや曖昧なままでいたものを、ぎゅっと一つの形に固定していくのだから。けれど、どこかでその固定に憧れてもいるのだ。意味を小さくするようなことは、したくない。雑な固定はしたくない。けれど、狭めるという作業を真摯につきつめていけば、どうなのだろう。狭め、狭め、ついには先端が尖《とが》りきり、ぼんやりとしていてはわからなかったもの、見えなかったもの、しかし、気配だけはあった真実のようなものに、言葉がついに到達するような、そんな予感があったのだよなあ。そして、もしかしたら尖らせるために、ルールはあるのかもしれないな。テーマも、締め切りもあるのかもしれない。すべては束縛ではなく、世界に触れていくためのエンジンであるのかもしれなかった。

よく知らないルールは、そりゃこわい。ただただ窮屈で、「うまくやらなきゃ」ってことばかり考えて、逃げるか従うか、みたいな選択肢しか見つからない。しかしルールを知ることができたら、それをおもしろがることができたら、むしろ頼もしく思うのかもしれない。今回は、そうでしたよ。私、とりあえず歳時記、買ってみようと思います。

（さいはて・たひ　詩人）

JASRAC 出 1806053-801

本書は、二〇一五年五月、集英社より刊行されました。

初出　「すばる」二〇一二年十月号〜二〇一四年十月号
「ササる俳句　笑う俳句」として連載

集英社文庫

芸人《げいにん》と俳人《はいじん》

2018年7月25日　第1刷　　定価はカバーに表示してあります。

著　者　又吉直樹《またよしなおき》
堀本裕樹《ほりもとゆうき》

発行者　村田登志江

発行所　株式会社　集英社
東京都千代田区一ツ橋2-5-10　〒101-8050
電話　【編集部】03-3230-6095
【読者係】03-3230-6080
【販売部】03-3230-6393(書店専用)

印　刷　大日本印刷株式会社

製　本　大日本印刷株式会社

フォーマットデザイン　アリヤマデザインストア　　マークデザイン　居山浩二

Printed in Japan　ISBN978-4-08-745766-7 C0195